中国古代文学的脉络梳理与创作解读

刘李娥 ◎ 著

吉林出版集团股份有限公司

图书在版编目（CIP）数据

中国古代文学的脉络梳理与创作解读 / 刘李娥著
. — 长春：吉林出版集团股份有限公司，2023.5
ISBN 978-7-5731-3201-7

Ⅰ.①中… Ⅱ.①刘… Ⅲ.①中国文学—古典文学研究 Ⅳ.①I206.2

中国国家版本馆 CIP 数据核字（2023）第 072677 号

中国古代文学的脉络梳理与创作解读
ZHONGGUO GUDAI WENXUE DE MAILUO SHULI YU CHUANGZUO JIEDU

著　　者	刘李娥
责任编辑	滕　林
封面设计	林　吉
开　　本	787mm×1092mm　1/16
字　　数	294 千
印　　张	12
版　　次	2023 年 5 月第 1 版
印　　次	2023 年 5 月第 1 次印刷
出版发行	吉林出版集团股份有限公司
电　　话	总编办：010-63109269
	发行部：010-63109269
印　　刷	廊坊市广阳区九洲印刷厂

ISBN 978-7-5731-3201-7　　　　　　　　　　　定价：78.00 元

版权所有　侵权必究

前　言

　　文学是人类借助于语言文字以艺术形式认识世界和掌握世界的一种方式，也是人类借以丰富知识、提升智慧、陶冶情感、塑造灵魂的文化资源。

　　中国古代文学是中华文明的重要组成部分，它历史悠久，其起源略同于中华文明的起源。漫长的历史上曾经产生了一代又一代的杰出作家和数不清的优秀作品，出现了丰富多彩的体裁、题材、风格、流派，形成了各种各样的文学现象、文学潮流和文学理论，内容极其丰富，这是一笔无比宝贵的文化遗产。在世界民族文学之林，我国古代文学以自己无比辉煌的成就和无比鲜明的独特风貌，占有重要的地位。

　　本书对中国古代文学与创作进行详细的分析和梳理，首先介绍了中国古代文学的起源、中国古代文学的类别，然后详细地梳理了先秦时期文学及创作、秦汉时期文学及创作、魏晋南北朝民间文学及创作、隋唐时期的文学及创作、宋元时期的文学及创作、明代文学及创作以及清代民间文学及创作等内容。希望读者通过本书能全面地了解中国古代文学，丰富自己的情操，将伟大的中国古代文化传承下去。

　　为了提升本书的学术性与严谨性，在撰写过程中，笔者参阅了大量的文献资料，引用了诸多专家学者的研究成果，因篇幅有限，不能一一列举，在此一并表示最诚挚的感谢。由于时间仓促和编者水平所限，本书中难免有一些疏漏之处，对于历史的见解也难免有个人之见，欢迎广大读者在发现不足之处时能够批评指正，和编者共同商榷。

目 录

第一章 中国古代文学的核心 ... 1
第一节 中国古代文学的起源 ... 1
第二节 中国古代文学的类别 ... 8

第二章 先秦时期文学及创作 ... 19
第一节 先秦文学源流 ... 19
第二节 《诗经》 ... 22
第三节 《楚辞》 ... 34
第四节 《左传》 ... 39

第三章 秦汉时期文学及创作 ... 42
第一节 秦民族文学的发展及其特性 ... 42
第二节 司马迁和《史记》 ... 46
第三节 班固和《汉书》 ... 49
第四节 李斯的《谏逐客书》与刻石文 ... 52
第五节 汉赋 ... 55

第四章 魏晋南北朝民间文学及创作 ... 62
第一节 魏晋南北朝文学发展概况 ... 62
第二节 "三曹"的诗 ... 65
第三节 建安七子与蔡琰 ... 69
第四节 古今隐逸诗人之宗——陶渊明 ... 71
第五节 魏晋南北朝的文学理论 ... 72

第五章 隋唐时期的文学及创作 ... 76
第一节 隋唐时期文学的发展 ... 76
第二节 隋唐时期的文学人物 ... 84
第三节 隋唐时期的文学作品 ... 96

第六章　宋元时期的文学及创作··········106
第一节　宋元时期文学的发展··········106
第二节　宋元时期的文学人物··········113
第三节　宋元时期的文学作品··········123

第七章　明代文学及创作··········131
第一节　明代文学概述··········131
第二节　明代诗文及其作者··········135
第三节　明代戏曲和汤显祖··········138
第四节　明代小说和作家··········142

第八章　清代民间文学及创作··········154
第一节　清代文学概述··········154
第二节　清代小说及其作家··········158
第三节　清代戏曲及其作家··········168
第四节　清代诗文和作家··········171
第五节　清代的散文与骈文··········176

参考文献··········185

第一章 中国古代文学的核心

中国古代文学具有悠久的历史。汉字是中国文学产生的基础，而上古诗歌与神话则是中国文学的源流。在数千年的历史长河中，中国古代文学不断发展演进，衍生出诸多各具特色的文学派别。这些文学派别所代表的不同文学思想，正是中国古代文学所独有的内涵。

第一节 中国古代文学的起源

一、汉字的产生

文学是人类文化传播的重要方式，传播文学的主要工具是文字。虽然有口头文学之说，但其受时空制约，传播的范围和时间都有很大的局限性，且会随着历史的进展在内容和形式方面有所改变，故很难说是原生态文学。通过文字流传的文学，才是最可靠的文献资料。因此，在某种意义上说，文字便是文学流传的前提和条件。即使是鲁迅先生说的"杭育杭育"派，也需要写出这几个字来。要整理研究以前的文学、与古人思想接轨，便非要识字不可。

中国的汉字尤其适于流传，而且适于永久性的流传。先不说字形和字体，只看传播文字的载体便可看出中国先民杰出的智慧。就现存史料来说，最早的汉字是甲骨文，殷商时的知识分子把占卜的结果以文字形式用刀雕刻在龟甲或大块兽骨上，然后集中存放，可能是想用来验证占卜的准确与否，当然肯定也有长期保存流传后世的意识。其结果真的流传下来，致使3000余年后的人们从土里将其挖掘出来后基本还能认识，并能读懂大体的意思，真是个奇迹。

流传至今最早的甲骨文是河南安阳小屯出土的殷墟文字，到现在已有3600

多年。西周时期，依然使用甲骨文，1954年在山西洪洞县首次发现西周甲骨文，其后在扶风、岐山两县间周原遗址也有发现，单字超过4500多个。

中国人历来有不朽意识，即使肉体死亡，也希望灵魂永生，希望自己的名字和事迹永载史册，于是便千方百计通过文字记录下来，并希望永远流传。在甲骨文之后，一些地位高的大贵族便把自己的名字和一些大事包括刑法等铸在青铜器上，这便是金文，也称钟鼎文。最初的铭文往往只有几个字或一两句话，到西周后期字数逐渐增多。成王时的令彝187字，康王时的小盂鼎390字，宣王时的毛公鼎33行、497字，是目前发现的最长的铭文。

其后，人们便把文字镌刻在石头上，所谓的勒铭、立碑、石鼓文均属此类。稍有地位和影响的人物死后一定要请名人撰写墓志铭并刻碑。诸如此类的举措，目的只有一个：永远流传。另外，用朱漆写在简牍上、用墨写在宣纸上等方式，都可以长久保存。近现代不断出土的竹简、敦煌保存的唐代人写的卷轴，都是1000多年前的文字，至今依然保存得清晰、完整。

甲骨文、钟鼎文还是石鼓文，只要是汉字，今人便绝大多数能够看明白，真的达到了流传的目的。我们中华民族能够比较有系统、连贯地记载3000余年的有文献可证的历史，文字以及这种记载文字的形式是关键性因素之一。

文字的产生是人类文明进步的重要里程碑，是文学流传下来的前提。那么，文字是如何产生的呢？

一般都说汉字是由仓颉创造的。《荀子·解蔽》《韩非子·五蠹》《吕氏春秋·君守》都持这种观点。司马迁《史记》据《世本》说仓颉是黄帝史官。秦始皇统一天下后，为统一文字，废除其他六国文字，命丞相李斯作《仓颉篇》，仓颉与文字的联系就更加紧密了。那么，文字的发明者到底是不是仓颉呢？下面，就这一问题做一简单讨论。

《荀子·解蔽》中说："好书者众矣，而仓颉独传者，一也。好稼者众矣，而后稷独传者，一也。好乐者众矣，而夔独传者，一也。好义者重矣，而舜传者，一也。"从荀子的话来体会，与仓颉同时爱好书写的人很多，但唯独仓颉写的字流传下来，是因为他精神专一。可知与仓颉同时便有许多人爱好书写文字。那么，文字便肯定不是仓颉创造的。在仓颉以前，文字已经成形并流传开来，成为比较普遍的交流工具。仓颉只能是同时代人中写字最好最全的人，对于文字的流传与推广有重要作用。

韩非是荀子的学生，他在分析字义时说："古者仓颉之作书也，自环者谓之私，背私谓之公。公私之相背也，乃仓颉固以知之矣。"认为仓颉创造文字时注意到"私"字和"公"字意义方面的对立，没有论述仓颉造字的情况。《吕氏春秋·审分览·君守》篇说："奚仲作车，仓颉作书，后稷作稼，皋陶作刑，昆吾作陶，夏鲧作城。"高诱注曰："仓颉生而知书写，仿鸟迹以造文章。"这是叙述一些发明家时连类而及的。高诱注则有神秘色彩，认为仓颉天生就会写字，但后面紧跟着说是观察模仿鸟爪在地面留下的痕迹而发明了文字。说仓颉"生而知书写"是不可信的，但推测"仿鸟迹以造文章"却有一定道理。

将上述材料综合一下，可以大致推测出文字产生的过程：在漫长的社会历史中，由于生产能力的提高和交流记忆的需要，人们逐渐用一些符号来记载事物，随着符号的增多和共同使用，数量日多使用范围日广。到仓颉时期，文字已经基本成形，由于仓颉的专门书写，再进行一些创造，使之进一步规范和便于掌握。又经过数百年甚至上千年的流传、增广，文字数量更多。秦始皇统一天下，为统治的方便，必须统一文字，于是由当时文化水平最高又掌握实权的李斯来统一书写，使天下文字完全统一，这便是篆书，也称"小篆"。其后经过隶书化和楷体化，文字便永远流传下来，发展成世界主要的几种文字之一。大量的古代文献通过文字流传下来，浩如烟海的古代文学作品也是通过文字流传下来，成为我们享用不尽的精神食粮。诗曰：伏羲仓颉复李斯，草创成型规范之。甲骨金石简牍纸，文明华夏尽由兹。

二、上古诗歌

文学是一种社会现象，是一种社会意识形态，早在文字之前文学作品就产生了。最早的文学是原始人类的口头创作，即流传于人群中的古代诗歌。

文学作品起源于劳动，上古诗歌就是根据劳动需要产生的。劳动是有节奏的，诗歌的韵律、节拍性因而也十分显著。它源于劳动，同时它又反过来在劳动中起着加强节奏和调剂精神的作用。关于文学起源于劳动的道理，前人阐述甚多。《吕氏春秋·审应览·淫辞》说"今举大木者，前呼舆雩，后亦应之"，《淮南子·道应训》也有类似的说法"今夫举大木者，前呼'邪许'，后亦应之，此举重劝力之歌也"。鲁迅先生的话更为明白、生动，他在《且介亭杂文·门外文谈》中说："我想，人类是在未有文字之前，就有了创作，可惜没有人记下，也没有法子记下，我们的祖先原始人，原是连话也不会说的，为了共同劳作，必须发表意见，才渐渐地练出复杂的声音来，假如那时大家抬木头，都觉得吃力了，却想不到发表，其中有一个叫道'杭育杭育'，那么，这就是创作；大家也要佩服、应用的，这也就等于出版；倘若用什么记号留存下来，这就是文学；他当然就是作家，也是文学家，是'杭育杭育'派"。

这种"舆雩""邪许""杭育"的劳动号子声，一旦和表示具体意义的语言相结合，便使呼声有了明确的含义，呼声中的语言也就演化为既有节奏又有意义的唱辞，于是上古诗歌就产生了。由于产生年代久远和没有文字可兹记录，所以今天能见到的上古诗歌已为数甚少，而且真伪也难考辨。某些古书中保存的诗歌，就其音节、形式、内容来看，是极似原始歌谣的，如《吴越春秋》所载的《弹歌》。

断竹，续竹，飞土，逐肉。这很可能是一首产生于渔猎时代的猎歌。唱出了原始人砍断竹子，捆成弓；射出土丸，追逐猎物的整个射猎过程，也抒发出我们的远古祖先为自己发明了狩猎工具而感到喜悦和自豪。这首歌淳朴自然、概括力极强，属原始型诗歌。

《易经·归妹》中也保存了一些古老的歌谣。例如：

女承筐无实，士刲羊无血，无攸利。

《易经》是一部巫书。这段歌词是反映一次祭祀前的占卜文字，说：女的将举着空筐子，男的杀羊不出血，要是祭祀准没好处。当然，对这首歌词也还有不同解释。例如说它是一首反映畜牧生活，描绘出了妇女托着筐，等待男子割下羊毛装进去的劳动场面。"无实"，是指羊毛没什么分量；"无血"，是指劳动轻巧，不伤羊体。唱词中含有诙谐和欢乐。从诗的内容推测成诗的年代，是在原始氏族成员结成劳动集体之际。

上古还流传一些祭雨已新祷的韵语，颇具早期诗歌特点。如《礼记·郊特牲》所载伊耆氏（"神农氏"）的《蜡辞》：

土反其宅，水归其壑，昆虫毋作，草木归其泽。

《蜡辞》是十二月蜡祭群神时，向鬼神发的祷告之词，希望神灵保佑：泥土不要流失，洪水退回深谷，害虫不要咬坏庄稼，草木恢复其润泽。虽是祈祷，但也显露出人与自然做斗争、要自然为人类造福的思想萌芽。当然，就其艺术形式较为完整、语言表达相当缜密而论，恐非传说中的神农氏时所作，起码应晚于上述各例，说它是殷商时的作品更可信一些。

照理说，作为文学作品最早形式的上古诗歌，应该是大量的，像当时的劳动生活一样丰富多彩，但是因为当时没有文字记录，全凭口耳相传，时间又已久远，自然存留甚少。但从《易经》仅存的有限材料中，已足见其清新、质朴、明朗、健康的情调。上古诗歌是中国文学的古老源头。

三、文学的摇篮——神话

在原始时代，生产力低下，原始人在同自然（也包括社会）做斗争的过程中，往往无能为力。他们的知识限制了他们对自然规律的认识和掌握，因而对变化多端的自然现象感到神奇莫测，认为在冥冥之中有神在控制、指挥，于是凭借自身的生活体验，通过想象和幻想，创造出人格化的神的形象，并按照幼稚的思考创作出神的故事，以解释自然现象，征服和支配自然界。这些故事在古代人的口头代代相传，后世便称之为神话。

神话在文学史中有着十分重要的价值。

首先，神话具有不朽的认识价值。神话是原始时期人类社会意识的最初记录，是自然界和社会生活本身的曲折反映，也是人类历史文明的第一页。它为我们认识人类幼年时期的状况，探索远古时代的历史奥秘，了解远古人类的意识、情感，提供了可贵的信息、宝贵的资料。例如《述异记》中盘古死后"头为四岳，目为日、月，脂膏为江海，毛发为草木"的传说，使我们了解到原始人对世界由来的认识，从中可以看出我们祖先的朴素唯物主义思想，即世界并非上帝创造，而是由物质变化而来。又如《山海经·海外西经》载"刑天与帝争神，帝断其首……乃以乳为目，以脐为口，操干戈以舞"，表现了古人敢于向绝对权威挑战的精神和不屈不挠的意志。又如许多奇人异物的神话，从中可以看出古人征服自然的愿望和丰富的想象力等。

其次，神话具有重要的艺术价值。古代神话是浪漫主义文学的萌芽，对后世文学的影响很大。一般说来，神话创作的基础是现实的，而神话的创作方法是浪漫的。神话以其奇特奔放的幻想，启发作家的想象力，并提供了丰富的文学题材和艺术形象。我国先秦时期的神话，同样是我国文学艺术的土壤。屈原的楚辞，庄子的散文，阮籍、陶渊明、李白、李贺、苏轼等的诗歌，特别是小说、戏剧。如《柳毅传书》《张生煮海》《西游记》《封神演义》以及鲁迅的《故事新编》等，同样是我国作家在古代神话的土壤上辛勤耕耘的丰硕成果。

最后，神话具有很高的审美价值。古代神话以其瑰丽壮伟给人以美妙的艺术享受。神话中所蕴含的对勤劳、勇敢、正直、善良的礼赞，对崇高、粗犷、神奇、悲壮的美的讴歌，不仅反映了我们祖先的思想、情感和性格，还对我们民族道德情操的形成、价值观念的取向，都有重要的启迪和陶冶作用。神话中的乐观主义、英雄主义以及对现实的积极态度，强烈要求改变现实和追求美好生活的愿望，鼓舞着后代子孙，尤其是对作家进步世界观的形成有着重要的作用。

我国古代神话主要保留在《山海经》《淮南子》《楚辞》《庄子》《列子》和其他一些古籍中。从流传下来的神话来看，大致可分为四种类型：一是关于世界由来、人类起源的"创世神话"，如《盘古开天》《女娲补天》等；二是关于自然神的形象和故事的"自然神话"，如日神、月神、雷神、海神等等；三是关于改造自然、改造社会的英雄形象和故事的"英雄神话"，如《鲧禹治水》《刑天与帝争神》等；四是关于一些具有特异功能的异人、异物的"传奇神话"，如"羽民国""长臂国""千里眼""顺风耳"的故事等。

和全人类的神话一样，中国古代神话也经历了自身发展演变的历史过程。从神话的发展历史看来，大致经历了从灵性神话到神性神话，再到人性神话不同阶段。由于中国古代神话在流传过程中，曾被后人不断加工、改造，以致失去了它的本来面目，上述发展阶段便难以明确地分辨与界定。

这种加工、改造的结果，还明显地导致了神话的历史化、寓言化和宗教化。

历史化是中国古代神话演变的最突出表现。历代统治者为了维护本阶级的利益，有意识地对神话妄加篡改。例如"女娲抟黄土作人"的故事，《风俗通义》引俗说，谓"天地开辟，未有人民。女娲抟黄土作人，剧务力不暇供，乃引绳緪于泥中，举以为人。故富贵者，黄土人也；贫贱凡庸者，緪人也"。这就明显地掺入统治阶级的意识，以神话作为统治阶级地位特殊的理由和根据。另外，由于中国古代史学发展较早，史学家认为神话荒唐怪诞，不能入史，对广泛流传的神话故事进行了看似合理的理性诠释，使之有资格进入历史简册。如把"黄帝三百年"解释为"生而民得其利百年，死而民畏其神百年，亡而民用其教百年"（《大戴礼记·五帝德篇》）；把"黄帝四面"解释为"取合己者四人，使治四方"（《尸子》上把"夔一足"讲成"夔非一足也，一而足也"（《韩非子·外储说左下》）。这种把"神"人化、把神话历史化的结果，就使神话失去了它的勃勃生机而僵化成为毫无色彩的"历史"了。究其原因，也与孔子为代表的儒家一向轻视和贬斥神异之说，认为神话"荒唐不经"有关。

寓言化，则是中国神话演变的又一结果。中国神话本来就有蕴含丰富的哲理性和教育性这一突出特点，后世的一些思想家为了宣扬自己的学说，便从神话的"武库"里选取"为我所需""为我所用"的部分进行加工改造，使之成为寄托某种思想哲理的寓言。这样一来，则强化了神话的理性韵味、减弱了神话的感性色彩，使生动的神话故事变成了以教化为主的寓言故事。这主要反映在先秦诸子的说理性文章中，特别是庄子，堪称改造神话、使神话寓言化的能手。

神话与原始宗教都是原始思维的产物，都是使人类的经验、情感和幻想更形象、具体化，同样属于艺术的创造。但阶级社会产生以后，宗教就成为剥削阶级统治人民、麻醉人民的工具，越来越带有迷信的色彩。神话本是鼓舞人民向自然、向社会做斗争的武器，与后世的宗教是不能混为一谈的；但神话中含有宗教的因素，易为宗教所用。中国神话在历史演变中，由"神话"流传为"仙话"，是神话宗教化的主要表现。比如，中国古代神话中，关于西王母的神话和月亮神话，就逐渐演变为"仙话"。女神成了仙女，形象也由粗朴变为美丽，情节由荒谬走向"合理"，其中便掺进了方术之士的仙道观念，这无疑是神话变质、趋向消亡的又一原因。

四、原始诗歌三要素

原始时代，各种艺术往往混合为一，即歌词、乐调、动作紧密结合在一起。《吕氏春秋·仲夏纪·古乐》篇说："昔葛天氏之乐，三人操牛尾，投足以歌八阕"。葛天氏是古帝名，说明在无文字之前的歌谣，其语言、音乐、动作三种要素是混合的关系。

第二节　中国古代文学的类别

一、文采斐然：诗词

人类许多民族在语言的发展中产生了适合本民族语言的诗歌形式。在中国，最早的诗歌总集是《诗经》，其中最早的诗作于西周初期，最晚的作品成于春秋时期中叶。

到了战国时期，南方的楚国华夏族和百越族语言逐渐融合，其诗歌集《楚辞》突破了《诗经》的一些形式限制，更能体现南方语言的特点。

乐府诗是为了配音乐演唱的，相当于现代社会的歌词。这种乐府诗称为"曲""辞""歌""行"等。三国时期以建安文学为代表的诗歌作品吸收了乐府诗的营养，为后来的格律更严谨的近体诗奠定了基础。

到了唐代，中国诗歌出现了四句的绝句和八句的律诗。律诗押平声韵，每句的平仄、对仗都有规定。绝句的规定稍微松一些。

唐代是我国古典诗歌发展的全盛时期。唐诗是我国优秀的文学遗产之一，也是全世界文学宝库中的一颗灿烂的明珠。尽管离现在已经有1000多年了，但许多诗篇还是被广为流传。

唐代的诗人特别多。李白、杜甫、白居易等人是世界闻名的伟大诗人，除他们之外，还有其他无数诗人，像满天的星斗一样。这些诗人，今天知名的就有2300多人。他们的作品保存在《全唐诗》中的就有48900多首。

唐诗的题材非常广泛。有的是从侧面反映当时社会的阶级状况和阶级矛盾，揭露了封建社会的黑暗；有的歌颂正义战争，抒发爱国思想；有的描绘祖国河山的秀丽多娇；此外，还有抒写个人抱负和遭遇的，有表达儿女爱慕之情的，有诉说朋友交情、人生悲欢的。总之，从自然现象、政治动态、劳动生活、社会风习，直到个人感受，都逃不过诗人敏锐的目光，而成为他们写作的题材。在创作方法上，唐诗既有现实主义的流派，又有浪漫主义的流派，而许多伟大的作品，则又是这两种创作方法相结合的典范，从而形成了我国古典诗歌的优秀传统。

唐诗的形式和风格是丰富多彩、推陈出新的。它不仅继承了汉魏民歌、乐府的传统，还大大发展了歌行体的样式；不仅继承了前代的五、七言古诗，还发展为叙事言情的鸿篇巨制；不仅扩展了五言、七言形式的运用，还创造了风格特别优美整齐的近体诗。近体诗是当时的新体诗，它的创造和成熟，是唐代诗歌发展史上的一件大事。

词是按照一定的乐谱而演唱的歌词。它是先有一定的曲调，然后再按照固定的通用曲谱进行填词，故又称"曲子词"或"乐府"。由于音乐的关系，词的句子一般是长短不齐的，但每一词调、句中之字、平仄都有一定的限制，词又被叫作"长短句"。

词这种体裁，早在六朝便已萌生，敦煌曲子词的牌调也多六朝旧曲。到了唐代既继承六朝以来的乐曲也大力吸收了"胡夷乐曲"和"里巷之歌"又制新曲，词便更加成熟，广泛地为民间所使用。唐代民间也有许多俚曲小调，如《杨柳枝》《纥那曲》《竹枝》《山鹧鸪》《抛球乐》《望江南》《菩萨蛮》《何满子》等。自盛唐、中唐以至晚唐五代均有，大部分作者是民间各行各业的劳动者，所反映的社会生活面非常广阔。

词在本质上和诗一样同属抒情文体，但是词不仅具有自己独特的形式体制，还取象造境、传声达情与诗大不相同。王国维在《人间词话》中指出："词能言诗之所不能言，而不能尽言诗之所能言。诗之境阔，词之言长。"相对而言，诗的言情功能强大，词的言情功能细致些。诗所表现的社会生活广泛得多，所运用的艺术手段丰富得多，而词则比诗更能深入地表达人们敏感而隐秘的内心世界，更加擅长刻画人们悱恻而缠绵的情态。在古代文坛上，词与诗各具风采，相得益彰。

宋代文学是继唐代文学之后的又一座高峰。不仅在作家作品的数量上远超前代，词和文的成就还超过了唐朝，尤其是词代表了宋代文学的最新成就。

北宋前期的词，大多是酒筵歌席间娱宾遣兴之作，多言男女情事，形式多为小令，风格婉约流丽，代表作家是晏殊、欧阳修。然而，晏欧词比南唐词抒情性更强，风格更雍容秀雅，文人化、诗人化的倾向更明显，显示的词逐渐由娱宾遣兴，转为了言情写志。

自元代开始，中国诗歌的黄金时期逐渐过去，文学创作逐渐转移到戏曲、小说等其他形式。

二、沉博绝丽：散文

中国古代散文的开端应从先秦历史散文和诸子散文说起。就体裁而言，先秦历史散文的形成有一个演变过程。早期的《尚书》，除假托的部分，完全是史官所保存的文件的汇编；《春秋》虽相传经过孔子的删定，但仍然保持着史官记录的体式。战国初形成的《左传》《国语》也利用了大量史官记录，但已经不是严格意义上的官方著作。至于战国末年至秦汉之际形成的《战国策》，其主要来源是策士的私人著作。总体说来，这个过程表现为官方色彩逐渐减弱。而越是后期的越是接近民间的著作，其文学成分越是显著，而相应的，在史学的严格性方面都有所削弱。这也可以说是创作风格的特征之一，亦属于文体的范畴之内。

《尚书》就其体裁而言，是古老的文章汇编。而"春秋"原是先秦时代各国史书的通称，后来仅有鲁国的《春秋》传世，便成为专称。这部原来由鲁国史官所编的《春秋》，相传经过孔子整理、修订，赋予特殊的意义，因而也成为儒家重要的经典。《春秋》是一部编年体史书，它以鲁国的纪年为线索，记写了春秋时期的大事，编年体史书之祖。《春秋》最突出的特点就是寓褒贬于记事的"春秋笔法"，这也作为一种写作手法，对后世产生了深远的影响。

《左传》实质上是一部独立撰写的史书。只是后人将它与《春秋》结合后，可能做过相应的处理。《左传》是第一部包含着丰富的这一类文学因素的历史著作，它直接影响了《战国策》《史记》的写作风格。促成文史结合，这是《左传》对散文的最大贡献。而另一部史书《国语》是我国第一部国别史，它的形式与春秋等书不同，是以国家为线索的记叙，分别记写了不同时期的大事，开国别体史书之先河。

诸子散文与历史散文不同，是春秋战国时代各个学派阐述自己学说的著作，是百家争鸣的产物。其思想各据一端，精彩纷呈。正因为它是随着争辩的风气而发展起来的，其基本趋向，就是从简约到繁复，从零散到严整。越是后期的著作，篇幅越宏大，组织越严密。就本身的意义说，诸子散文是政治、哲学、伦理等方面的论述文，不是文学作品。就体裁来说，可以说历史散文是记叙文，而诸子散文则是议论文。

时至西汉，以单篇的文章而言，文章的风格总体上带有显著的政治色彩和实用性质，同时也讲究文采。这一种文章受国家政治形势变化的影响很大。直到一部伟大的著作——《史记》的出现。

《史记》是散文体裁的一次变革。全书由本纪、表、书、世家、列传五种体例构成。"本纪"是用编年方式叙述历代君主或实际统治者的政绩，是全书的大纲；"表"是用表格形式分项列出各历史时期的大事，是全书叙事的补充和联络；"书"是天文、历法、水利、经济等各类专门事项的记载；"世家"是世袭家族以及孔子、陈胜等历代祭祀不绝的人物的传记；"列传"为本纪、世家以外各种人物的传记，还有一部分记载了中国边缘地带各民族的历史。《史记》通过这五种不同体例相互配合、相互补充，构成了完整的历史体系。这种体裁叫作纪传体，随后稍加变更，成为历代正史的通用体裁。

散文在魏晋时期没有长足的发展，这种状况一直持续到唐代的"古文运动"。所谓"古文"，是韩愈等人针对唐代的"时文"，即魏晋以来形成、至初盛唐仍旧流行的骈体文而提出的一个概念，指先秦两汉时单行散句、没有规定形式的文体。

古文与时文的区别在于强调的重点不同。时文由于对文章形式的要求过高，力求骈偶，讲究修辞，铺张华丽，是一种诗化的风格。但正是由于这种风格导致了内容的空泛、感情表达的不透彻。韩愈、柳宗元等人提倡的"古文运动"正是根据这个特点，欲改革文体，于是发起了声势浩大的古文运动。

古文运动是文学史上一个复杂的现象。就其解放文体、推倒骈文的绝对统治、恢复散文自由抒写的功能这一点来说，无论对实用文章还是对艺术散文的发展，都有不可磨灭的功绩。

我国古代散文的发展大致就是这样一个经过，至后来的宋、元、明、清各朝，散文的体裁没有发生变化，成就上也因此很难超过前代。

三、辞藻艳丽：骈文与辞赋

骈文是与散文相对而言的一种文体名称。骈文的主要特点：一是讲究对偶，二是协调音律。溯根寻源，这种语句对偶、讲究声韵作为一种技巧特色，在先秦散文中早已有之。汉赋出现后，对偶句趋向增多。到了魏晋，骈体文章已经形成，如曹丕《与吴质书》中就不乏对仗甚精的对偶句："岁月易得，别来行复四年，三年不见，东山犹叹其远，况乃过之？思何可支"。而曹植的《洛神赋》的对仗工整，声韵琅琅，更具骈体文字形成之美，如"其形也，翩若惊鸿，婉若游龙。荣曜秋菊，华茂春松、仿佛兮若轻云之蔽月，飘摇兮若流风之回雪。远而望之，皎若太阳升朝霞；迫而察之，灼若美蕖出绿波"。到了南北朝，尤其齐、梁之际，由于封建君王及贵族士大夫的爱好和提倡，骈文达到鼎盛时期。自东晋末至南北朝以来近两百年间,几乎所有作家都写骈文,不论历史、学术著作,还是书信、奏表,全部骈化,其中大量是些舍本逐末、不顾内容,只求华美的形式主义的东西。当然也有少数作家摆脱束缚,写出了内容较为充实、艺术技巧也较高的骈体作品,如南宋朝之鲍照,他的《芜城赋》被后世誉为"赋家之绝境",它以夸张对比手法,描绘了广陵城昔时之繁华与今日之荒凉,揭示由于统治集团之间的战乱造成的巨大破坏,如赋尾的歌曰:"边风急兮城上寒,井迳灭兮丘陇残,千龄兮万代,共尽兮何言!"抒发了浓厚的苍凉伤感之情。此外,他的《登大雷岸与妹书》与《瓜步山揭文》等,均写景抒情、议论纵横、笔底传神、各具特色。宋、齐间孔稚珪的《北山移文》,全篇以拟人法借山中景物之口,淋漓尽致地讽刺那些贪图官禄的假隐士的虚伪情态:"于是南岳献嘲,北陇腾笑,列壑争讥,攒峰竦诮,慨游子之我欺,悲无人以赴吊。故其林惭无尽,涧愧不歇,秋桂遗风,春萝罢月……请回俗士驾,为君谢逋客"。语言生动优美,抒情味极浓。齐、梁间陶宏景的《答谢中书书》、丘迟的《与陈伯之书》、吴均的《与朱元思书》、江淹的《恨赋》《别赋》均为这一时期骈文之名篇。或写南方清秀明丽之景,或抒不满现实、失意牢骚之情,多有惊人之笔。如《与陈伯之书》中的"暮春三月,江南草长,杂花生树,群莺乱飞"几句,把南国风光写得亲切动人。

　　北朝庾信的骈文成就最高,《哀江南赋》是其代表作,这是他由梁入西魏,羁留北周以后的作品。通篇以追叙梁代兴亡和感慨个人身世为主,客观地揭示出梁代统治者的昏庸腐朽,以及江陵陷落后百姓流离之苦。"日暮途穷,人间何世!将军一去,大树飘零;壮士不还,寒风萧瑟"。该赋的起始,迭用典故,气势苍凉,自是不同凡响。追读至"水毒秦泾,山高赵陉,十里五里,长亭短亭。饥随蛰燕,暗逐流萤;秦中水黑,关上泥青。于是瓦解冰泮风,飞电散,浑然千里,淄渑一乱",一片家国破败流亡在道的景象,令人掩卷而叹。唐代大诗人杜甫《咏怀古迹》"庾信平生最萧瑟,暮年诗赋动江关"之句,就是指此篇而言。庾信的《小园赋》和《枯树赋》小巧纤丽,也是自伤身世的抒情名篇。

　　尽管骈赋文体中还有上述较好的作品,但终因它在声律、对仗等形式上太过雕琢，对文学的发展起绊羁作用，所以南北朝之后，就逐渐由盛转衰了。

辞赋则是汉代最流行的文体，它的雏形可以追溯到先秦时期的《楚辞》。两汉四百年间，许多散文高手也是辞赋大家。后人以辞赋为汉代文学代表，故有"汉赋"的专称。赋盛于汉，但产生却在战国后期。最早以"赋"作为篇名的是荀子，他为"礼""知""云""蚕""针"五者作赋，以通俗的隐语铺写事物，是赋处于萌芽状态但还处于不成熟时期。另外，赋的进一步发展又与纵横家散文的特点有关，且直接受新兴文体楚辞的影响。故推究辞赋之祖，应是屈原与荀况。

作为一种文体，赋的主要特点是半诗半文。就它以铺叙手法写事物的特点来看，接近散文；但从它要求句式基本整齐，且一定要押韵看，又近诗歌。古人常常诗赋并称。由屈子楚辞、荀子之赋变为汉赋，中间自然有着逐步的过渡。如战国末期之宋玉、唐勒、景差等都以赋见称，保存至今的有《九辩》《高唐赋》《神女赋》《风赋》《登徒子好色赋》，均为宋玉的作品。对汉赋有一定影响。

汉赋的发展可分为三个阶段，一是西汉初年的辞赋家追随楚辞余绪，流行骚体。其代表人物有贾谊、枚乘。稍后至西汉中叶，即自武帝起，汉代鼎盛时期，辞赋风行一时，逐渐演变为有独立特征的散体大赋，这是汉赋的主体。据《汉书·艺文志》记载，整个西汉时期共有赋1004篇，其中单是汉武帝时期就有435篇。代表作家有司马相如、东方朔。东汉后期逐渐衰败，辞赋也进入晚期，这时的赋，多是短篇抒情、咏物之作，也兼寓讽世之意。以赵壹、蔡邕、祢衡等为代表。东汉末期，外戚擅权，统治阶级内部争权夺利，军阀混战，杀伐不休，人民反抗斗争如火如荼。尤其是公元184年的黄巾农民大起义的爆发，彻底摧垮了东汉王朝。再也没有表面上的升平繁荣可歌颂的了，汉赋已发展到晚期，汉大赋销声匿迹了，代之出现的是抒情咏物，兼寓嘲讽时世的短篇小赋。汉晚期小赋，虽具有一定思想内容和峻峭清丽的风格，但已趋向衰落了。

四、引人入胜：小说

"小说"一词，在我国是一个不断发展的概念，在不同的历史时期有着不同的内涵。"小说"二字最早出自战国时期的《庄子·外物》："饰小说以干县令，其于大达亦远矣。"这里把小说说成是不合大道的琐屑言论，与作为文体意义的"小说"并不相同。

从文体角度提出小说概念的是汉代。东汉初年,桓谭在《新论》中说"若其小说家,合丛残小语,近取譬论,以作短书,治身理家,有可观之辞"。这段话很明确地定性了小说的一个重要价值——治身理家。

在古代神话传说、民间故事、史传文学的肥田沃土上,魏晋南北朝的小说孕育而生。虽然大多是篇幅短小、情节简单,但结构完整、描写细致,大致具有小说的规模。按其内容而论,可分为鬼神怪异的志怪小说与记录人物逸闻琐事的轶事小说两类。前者以《搜神记》、后者以《世说新语》为其代表作。

《搜神记》保存了许多古代优秀神话传说,赖此书流产而千古不衰,成为我国优秀文化遗产的一个部分,它为唐代传奇的出现准备了条件。

《世说新语》以精练含蓄的语言,生动地表现了人物精神风貌,往往只言片语就极生动地勾勒出人物性格,表现了记事写人的高超技巧,艺术成就颇高。它是后世笔记小说的先驱。

南北朝的志怪与轶事小说,发展到唐代演变为传奇小说,这是小说发展史上的一大演进。唐代传奇就是用文言写的短篇小说。晚唐文人裴锄率先把所撰的文言短篇集命名为《传奇》。后人以为名。

唐传奇小说的艺术手法,也在发展中逐渐完备和提高,它虽源于志怪,但已不仅是"传鬼神、明因果",还主要在文采与意识上是"有意为小说"。所以它摆脱了志怪粗横简单、刻板公式,而"叙述婉转,文辞华艳";人物性格鲜明突出、结构严密、情节曲折,写景、抒情、叙事相结合,已初具长篇规模。另外,它成功地运用了市民口语,生动传神。这些都使它具有极强的生命力,对后代文学产生深远的影响。诸如宋代传奇小说的形式,宋代以后话本小说及元、明、清杂剧作品的取材等,均与唐人传奇有渊源关系。至于在后世诗文中引用唐传奇典故,就不胜其多了。

中国文学发展的各个时期都有一种比较繁荣的文学样式,如同唐诗、宋词、元曲一样,明代小说代表了明代文学的最高成就,呈现出万紫千红的繁荣景象,明代小说为清代小说艺术高峰的形成准备了充分的条件。明代小说的繁荣,首先表现为作品数量多、规模大、众体齐备，反映社会生活面广。从创作主体来看，由积累型转变到了独创型。《金瓶梅》以前的章回小说，均为世代积累，而后由作家写定，因而作家的个人风格不够突出。《金瓶梅》标志着积累型向独创型的转变，布局统一、结构严谨、风格一致的特征反映了作家概括生活、反映生活能力的提高。从此，文人独创的长篇小说大量涌现，如明末清初大批才子佳人小说和艳情小说的出现，直到《儒林外史》和《红楼梦》，使古代作家独创型小说艺术达到巅峰。

清代是我国最后一个封建王朝，也是我国历史上一个重要的转折时期。在清代数量浩繁、体式众多的文学作品中，一些卓有成就的大家，力求在继承中有所突破和创新，这在小说中表现得尤为突出。其中，蒲松龄的《聊斋志异》是历代文言短篇小说发展到极致的代表，吴敬梓的《儒林外史》是我国成就最高的古代讽刺小说，而曹雪芹、高鹗的《红楼梦》作为打破了"传统的思想和写法"的长篇白话小说，就像超拔于中国古典小说群山的一座最高峰，在我国文学史上有着不可替代的地位。

五、文学奇葩：戏曲

我国戏曲艺术形成较晚，有一个缓慢而独特的发展过程。原始社会以农牧生活为内容的歌舞，可以说已经包含了戏剧的萌芽。进入封建社会，出现祭祀乐舞和娱乐性的优舞；西汉封建帝国建立后，又盛行汇总了民间各种表演艺术的百戏；南北朝时期，北朝出现了"拨头""代面""参军"等具有一定故事性的表演形式。表演艺术经过各代的发展，一步一步地走向成熟。孕育着戏剧的萌芽。但唐代以前我国还没有出现真正的戏曲。

唐代到宋金，是我国戏剧形成的重要阶段，唐代乐舞对后代杂剧的乐调和表演，有很重要的影响。同时变文及传奇小说的产生，又为即将出现的戏曲准备了多样的题材。唐代参军戏更加流行，而且有了进一步的发展，一般有两个角色，并出现了伴奏和歌唱。北宋时，在唐参军戏的基础上发展起了杂剧，杂剧分艳段、正杂剧、杂扮几部分。艳段是起开场引入"正文"的作用；正杂剧演出故事经过,一般又分为两段;杂扮则是属于逗人发笑用的段子,一场有四人或五人演出。和杂剧十分相似的是金代院本,《缀耕录》记载的金院本名目有690种之多,剧目、人物已有很细致的区分。杂剧和金院本构成了我国戏剧的雏形。

诸宫是宋金流行的讲唱文学的一种,内容丰富,乐曲组织多样,有了说白和歌曲的分工。在题材和音乐方面,都为元杂剧准备了条件。此外,宋朝的傀儡戏和影戏已能讲述完整的故事,有配合的演唱,这对表演艺术也有积极影响。

我国历史上第一次出现的成熟的戏剧形式是元杂剧。它是在金院本和诸宫调的基础之上,融合各种表演艺术形式形成的。其文学剧本还受到了唐宋以来的话本、词曲、讲唱文学的影响。

元杂剧固然是我国表演艺术步步发展综合的辉煌成果,而它的出现与兴盛又有着必然的社会历史原因。

首先,宋辽金元这一历史时期是充满战争的时期,辽侵北宋,金灭辽,金灭北宋,元灭金,元灭南宋战乱连续,直到元朝确立统治地位之后,又实行民族压迫,也更加剧了阶级矛盾。长期处于灾难与反抗斗争中的人民,要求能够有一种文艺形式,能深刻地反映现实生活、通俗而具有强烈的感染力与抨击力量。于是,元杂剧就应运而生了。其次,元杂剧的产生与兴盛也具有可能性。元初,文化传统遭到一定程度的摧残,几十年不开科取仕,知识分子进士之途被阻塞,本来社会地位就不高的文人,就更增多了接触下层的机会。出现了许多由文人和民间艺人共同组成的书会,吸收了民间艺术成果,推动了杂剧的创作。另外,宋元经济的繁荣进一步为杂剧的发达提供了可能,城市中有大批的艺人和众多的勾栏瓦肆,表演活动的人力、物力资源空前雄厚。上述种种,都促使元杂剧的产生并在元代前期很快地达到了兴盛局面。

元代可以考知姓名的杂剧作家,有80多人。见于记载的作品,超过500多种。现存的也在百种以上,声势浩荡。

元杂剧将歌曲、舞蹈、宾白有机地融为一体,是一种综合性的艺术,它具有自己的一套完整的体制,很有规律。从结构上看,一般是一本四折,演出一个完整的故事,个别也有一本五折、六折的。

　　折,是音乐组织单位,同时又是故事情节发展的一个自然的段落。一折中往往又包括不少场次,有时间、地点的变动。杂剧每折必须使用同一宫调的曲牌组成的一套曲子,演出时,一般都是正末或正旦独唱,而其他角色只是一旁道白。所以一般根据正末或是正旦担任主角,可以分杂剧为末本戏和旦本戏。另外的角色有外末、外旦、净、卜儿、徕儿等,比较灵活,其多少、有无可以根据剧情决定。角色分工比诸宫调要细。

　　大多数杂剧还有楔子,一般篇幅较短,出现在第一折之前,起开场引起正文或对故事进行简介的作用;也有些插在折与折之间,起过场衔接的作用。

　　杂剧的剧本一般由曲词和宾白组成,曲词广泛地吸收了诗、词、民间说唱文学的精华,格律严密,适合演唱,同时又自由流畅,可以随意添加衬字,是一种新颖的诗体。宾白,一般由白话组成,也有少部分韵语。一般分为对白和独白。剧本往往还规定演员的主要动作、表情和舞台效果,叫作"科",如"哭科""跪科"等。

　　元杂剧形式严密,别具一格,表演精彩,颇具特色,在群众中影响极为深远。

第二章 先秦时期文学及创作

第一节 先秦文学源流

文字是文学的载体。文学艺术的起源经历了漫长的从口头到文字的发展、演变过程。尽管在远古的陶器上发现一些记号，人们认为这可能是原始的文字，但中国最早的成熟的文字仍要算商代的甲骨文。

早期中国文学的三个类型：散文萌芽、神话传说、原始歌谣。

一、散文萌芽

1. 甲骨文

甲骨文的发现是 20 世纪学术界一件轰动世界的大事。商代人刻在龟甲和兽骨上的许多占卜记录，沉埋地下数千年，19 世纪末开始在殷墟出土。1898 年，学者王懿荣从药材商那里得到一批甲骨，他辨认了上面的刻画，意识到这是一种古文字。甲骨文从此引起学术界的关注，以此为材料来展开文字学、历史学等方面的研究，成为 20 世纪中国学术的热点。

甲骨文的文学价值：完整的甲骨卜辞包括誓词、命辞、占辞和验辞四个部分，体现了一个事件的发生、发展和结果的全过程。因此，甲骨卜辞是我国文学史上最早的记叙文。

2. 铜器铭文

铸刻在铜器上的文字，称铜器铭文，亦称金文。铸刻铭文的风气，以商周时期最为兴盛。商周铜器基本上都是青铜器，比较常见的有鼎、簋等食器，爵、觚、尊等酒器，盘、盂等水器及戈、剑等兵器。

铜器铭文的文学价值：篇幅加长。西周前期的大盂鼎有291字，小盂鼎有400字左右。后期的大克鼎有290字，散氏盘有350字，而毛公鼎有498字，是已发现的商周铜器铭文中最长的一篇，详细记录了周王对毛公的诰命之辞。铭文内容丰富，有叙事，也有抒情。

3.《周易》

古代占筮用书，简称《易》，包括经和传两部分，是儒家重要经典之一。

《周易》的内容：周人占筮的范围也包括祭祀、战争、生产、商旅、婚姻、水旱等。所以《周易》收集的旧筮辞，广泛地反映了当时的社会现实。从中可以看到渔猎、畜牧、农、商等各生产部门的不断发展；还有各种各样的社会矛盾，尤其是贵族内部的斗争；频繁的战争；原始社会的婚姻遗俗；雷电、卫生之类科学知识等。其中还渗透了作者比较辩证的哲学思想，以及实行德治，反对钳制压迫的政治主张。

4.《尚书》

上古历史文献集。《左传》等引《尚书》文字，分别称为《虞书》《夏书》《商书》《周书》，战国时总称为《书》，汉人改称《尚书》，意即"上古帝王之书"。

汉人传说先秦时《书》有100篇，其中《虞夏书》20篇，《商书》《周书》各40篇，每篇有序，题为孔子所编，《史记·孔子世家》也说到孔子修《书》。但近代学者多以为《尚书》编定于战国时期。

秦焚书之后，《书》多残缺，今存《书序》，为《史记》所引，约出宁战国儒生之手。汉初，《尚书》存29篇，为秦博士伏生所传，用汉时隶书抄写，被称为《今文尚书》。西汉前期，相传鲁恭王拆孔子故宅一段墙壁，发现另一部《尚书》，是用先秦六国时字体书写的，所以称《古文尚书》，它比《今文尚书》多16篇，孔安国读后献于皇家，因未列于学官，所以《古文尚书》未能流传。

《尚书》所录，为虞夏商周备代典、谟、训、诰、誓、命等文献，其中虞夏及商代部分文献是据传闻而写成，不尽可靠。

自汉以来，《尚书》一直被视为中国封建社会的政治哲学经典，既是帝王的教科书，又是贵族子弟及士大夫必遵的大经大法，在历史上影响深远。

《尚书》的文学价值:《尚书》是中国古代散文已经形成的标志。书中文章,结构渐趋完整,有一定的层次,已注意在命意谋篇上功夫。后来春秋战国时期散文的勃兴,是对它的继承和发展。

秦汉以后,各个朝代的制诰、诏令、章奏之文,都明显地受它的影响。

《尚书》中部分篇章有一定的文采,带有某些情态,如《盘庚》三篇《无逸》《秦誓》等。

《尚书》在语言方面虽被后人认为"佶屈聱牙"(韩愈《进学解》),古奥难读,但实际上历代散文家都从中得到一定借鉴意义。

二、上古神话

原始社会的人们,面对难以捉摸和控制的自然界,不由自主地会产生一种神秘和敬畏的感情,而一些灾害性的自然现象,如地震、洪水,还有人类自身的生老病死等,尤其能引起人们的惊奇和恐慌。由此幻想出世界上存在着种种超自然的神灵和魔力,并对之加以顶礼膜拜,这样就使自然在一定程度上被神化了。

神话以故事的形式表现了远古人民对自然与社会的认识和愿望,是通过幻想用一种不自觉的艺术方式加工过的自然和社会形式本身。神话通常以神为主人公,他们包括各种自然神和神化了的英雄人物。神话的情节一般表现为幻化、神力和法术。神话的意义通常显示为对某种自然或社会现象的解释,有的表达了先民征服自然、变革社会的愿望。只有当人类可以凭借语言来表达自己的感情、表达对自然和社会的领悟的时候,神话才有可能产生。

在先秦古籍中,如《山海经》《左传》《国语》《楚辞》以及《吕氏春秋》等,中国著名的古典神话已得到记载,汉代的《淮南子》《史记》《汉书》《吴越春秋》,以及魏晋六朝的《搜神记》《述异记》等书中也都有许多古典神话的记录。其中,《山海经》保存的神话最为丰富,而且最接近古代神话的原貌。

三、原始歌谣

原始歌谣包括原始劳动歌谣、原始祭歌和咒语、原始图腾颂歌、原始民族史诗、早期的爱情歌谣。

原始劳动歌瑶。《淮南子·道应训》:"今夫举大木者,前呼邪许,后亦应之,此举重劝力之歌也。"《吴越春秋》卷九《弹歌》:"断竹,续竹,飞土,逐宍(肉)。"

原始祭歌和咒语。《礼记·郊特牲》:"迎猫,为其食田鼠也。迎虎,为其食田豕也。"《蜡辞》云:"土,反其宅!水,归其壑!昆虫,毋作!草木,归其泽!"据说是神农时代出现的,大约是一首农事祭歌。

原始图腾颂歌。《吕氏春秋·音初》,有娀氏有二佚女,为之九成之台,饮食必以鼓。帝令燕往视之,鸣若谥隘。二女爱而争搏之,覆以玉筐。少选,发而视之,燕遗二卵,北飞,遂不反。二女作歌,一终曰:"燕往南飞!实始作为北音"。原始民族史诗。《吕氏春秋·仲夏纪·古乐》"昔葛天氏之乐,三人操牛尾,投足以歌八阕:"一曰《载民》,二曰《玄鸟》,三曰《遂草木》,四曰《奋五谷》,五曰《敬天常》,六曰《达帝功》,七曰《依地德》,八曰《总万物(禽兽)之极》"。

早期爱情歌谣。《吕氏春秋·音初》:"禹行功,见涂山之女,禹未之遇而巡省南土。涂山氏女乃令其妾候禹于涂山之阳,女乃作歌,歌曰:候人兮猗!实始作为南音,周公及召公取风焉,以为《周南》《召南》。"

原始歌谣的特点:①原始歌谣的内容具有很强的实用功利性。②原始歌谣的创作具有集体性、口头性、诗乐舞三位一体的特征。③原始歌谣大都采用二言形式。

上古原始歌谣零散保存在先秦两汉的典籍之中,后代集中辑本有清代沈德潜的《古诗源》、今人逯钦立的《先秦汉魏晋南北朝诗》,其中后者收录最为详尽。

第二节 《诗经》

早在文字产生以前,就有原始歌谣在口头流传。甲骨卜辞和《周易》卦爻辞中的韵语,是有文字记载的古代诗歌的萌芽。《诗经》反映生活面广,艺术成就高,具有深厚的文化积淀,显示了我国古典诗歌最初的伟大成就。

一、《诗经》概述

《诗经》是我国第一部诗歌总集,共收入自西周初期(公元前 11 世纪)至春秋中叶(公元前 6 世纪)约 500 余年间的诗歌 305 篇(《小雅》中另有 6 篇"笙诗",有目无辞,不计在内),最初称《诗》,汉代儒者奉为经典,乃称《诗经》。

《诗经》分为《风》《雅》《颂》三部分。《风》包括《周南》《召南》《邶风》《鄘风》《卫风》《王风》《郑风》《齐风》《魏风》《唐风》《秦风》《陈风》《桧风》《曹风》《豳风》,叫"十五国风",有诗 160 篇;《雅》包括《大雅》31 篇,《小雅》74 篇;《颂》包括《周颂》31 篇,《商颂》5 篇,《鲁颂》4 篇。

这些诗篇,就其原本性质而言,是歌曲的歌词。《墨子·公孟》说:"颂诗三百,弦诗三百,歌诗三百,舞诗三百"。意谓《诗》300 余篇,均可诵咏、用乐器演奏、歌唱、伴舞。《风》《雅》《颂》三部分就是依据音乐的不同而划分的。《风》是周王朝统治地区的诸侯国的地方音乐,"十五国风"就是 15 个地方的土风歌谣。其地域,除《周南》《召南》产生于江、汉、汝水一带外,均产生于从陕西到山东的黄河流域。《雅》是都城之乐。雅又有"正"的意思,当时把王畿之乐看作正声——典范的音乐。《大雅》《小雅》之分,众说不同,大约其音乐特点和应用场合都有些区别。《颂》是专门用于宗庙祭祀的音乐。《毛诗序》说:"颂者美盛德之形容,以其成功告于神明者也。"这是颂的含义和用途。

《诗经》的作者成分很复杂,产生的地域也很广,除了周王朝乐官制作的乐歌,公卿、列士进献的乐歌,还有许多原来流传于民间的歌谣。这些民间歌谣是如何集中到朝廷来的,则有不同说法。汉代某些学者认为,周王朝派有专门的采诗人,到民间搜集歌谣,以了解政治和风俗的盛衰利弊;还有一种说法,认为这些民歌是由各国乐师搜集的。乐师是掌管音乐的官员和专家,他们以唱诗作曲为职业,搜集歌谣是为了丰富他们的唱词和乐调。诸侯之乐献给天子,这些民间歌谣便汇集到朝廷了。

《史记·孔子世家》说,《诗经》原来有 3000 多篇,经过孔子的删选,才成为后世所见的 300 余篇的定本。这一记载遭到普遍的怀疑。《诗经》的编定,当在孔子出生以前，约公元前6世纪左右。只是到了孔子时代，《诗经》的音乐已发生散失错乱的现象，孔子对此做了改定工作，使之合于古乐的原状。《论语》记孔子说："吾自卫返鲁，然后乐正，雅颂各得其所"。他还用《诗经》教育学生，经常同他们讨论关于《诗经》的问题，并演奏成歌舞。这对《诗经》的流传起了重要作用。

《诗经》中的乐歌，原来的主要用途，一是作为各种庆典礼仪的一部分，二是娱乐，三是表达对于社会和政治问题的看法。但到后来，《诗经》成了贵族教育中普遍使用的文化教材，学习《诗经》成了贵族人士必需的文化素养。

秦代曾经焚毁包括《诗经》在内的所有儒家典籍，但由于《诗经》是易于背诵的、士人普遍熟悉的书，所以到汉代又广为流传。汉初传授《诗经》学的共有四家：齐之辕固，鲁之申培，燕之韩婴，赵之毛亨、毛苌，简称齐诗、鲁诗、韩诗、毛诗"四家诗"。齐、鲁、韩三家属今文经学，是官方承认的学派，毛诗属古文经学，是民间学派。但到了东汉以后，毛诗反而日渐兴盛，并为官方所承认。前三家则逐渐衰落，到南宋，就完全失传了。今天我们看到的《诗经》，就是毛诗的传本。

二、《诗经》的内容

《诗经》的内容十分广泛，深刻反映了殷周时期，尤其是西周初至春秋中叶社会生活的各个方面。

1. 祭祖颂歌和周族史诗

上古祭祀活动盛行，许多民族都产生了赞颂神灵、祖先，以及祈福禳灾的祭歌。保存在《大雅》和"三颂"中的祭祀诗，大多是以祭祀神灵、歌颂祖先为主，或叙述部族产生、发展的历史，或赞颂先公先王的德业，总之是歌功颂德之作。如被认为是周族史诗的《生民》《公刘》《绵》《皇矣》《大明》5篇作品，赞颂了后稷、公刘、太王、王季、文王、武王的业绩，反映了西周开国的历史。如《生民》这样写后稷出生时的神奇经历：

厥初生民，时维姜嫄，生民如何？克禋克祀，以弗无子。

履帝武敏歆,攸介攸止。载震载夙,载生载育,时维后稷。
诞弥厥月,先生如达,不坼不副,无菑无害,以赫厥灵。
上帝不宁,不康禋祀,居然生子。
诞寘之隘巷,牛羊腓字之。诞寘之平林,会伐平林。
诞寘之寒冰,鸟覆翼之。鸟乃去矣,后稷呱矣。

姜嫄履帝迹生子的神话,实际上是只知有母而不知有父的母系社会的折射。后稷的诞生,充满神话色彩和人类童年的纯真气质。他是感天而生,一出世就经受了种种磨难。后五章写后稷懂得耕作,栽培五谷,在农业上取得很大成就,又创立了祀典。全诗不仅生动地写出了周人始祖后稷一生的事迹,还反映了由母系社会进入父系社会的历史背景。其他祭祖颂歌,也从不同的侧面反映了殷周时期的历史图景,以及人们敬天祭祖的宗教观念,是特定历史背景、哲学思想、伦理道德和美学观念的产物。

2. 农事诗

周初的统治者极为重视农业生产,一年的农事活动开始时,要举行隆重的祈谷、籍田典礼,祈求上帝赐予丰收,天子亲率诸侯、公卿大夫、农官到周天子的籍田中象征性犁地。秋天丰收后,还要举行隆重的汇报祭礼,答谢神灵的恩赐。《诗经》中的《臣工》《噫嘻》《丰年》《载芟》《良耜》等作品,就是耕种籍田、春夏祈谷、秋冬报祭时的祭祀乐歌。

《豳风·七月》是直接反映周人农业生产生活的作品,无论在内容上还是在艺术上,都是《诗经》农事诗中最优秀的作品。此诗是《风》中最长的一篇,共8章88句,380字,叙述了农夫一年间的艰苦劳动过程和他们的生活状况。他们种田、养蚕、纺织、染缯、酿酒、打猎、凿冰、修筑宫室,而劳动成果大部分为贵族所占有,自己无衣无食,吃苦菜,烧恶木,住陋室,严冬时节,填地洞,熏老鼠,塞窗隙,涂门缝,以御寒风。全诗以时令为序,顺应农事活动的季节性,把风俗景物和农夫生活结合起来,全面深刻、生动逼真地反映了西周农人的生活状况。

3. 宴飨诗

《诗经》中的宴飨诗,以君臣、亲朋欢聚宴享为主要内容,大多产生于西周初期，是周初社会繁荣、和谐、融洽的反映。如《小雅·鹿鸣》就是天子宴群臣嘉宾之诗，后来也被用于贵族宴会宾客。其第一章云：

呦呦鹿鸣，食野之苹。我有嘉宾，鼓瑟吹笙。吹笙鼓簧，承筐是将。人之好我，示我周行。

宴飨不是单纯为了享乐，而有政治目的。在这些宴饮中，发挥的是亲亲之道、宗法之义。《诗经》中许多其他题材的作品也都表现出浓厚的宗法观念和亲族间的脉脉温情。宴饮中的仪式，体现了礼的规则和人的内在道德风范。宴飨诗以文学的形式，表现了周代礼乐文化的一些侧面。

4. 怨刺诗

西周中叶以后，特别是西周末期，周室衰微，朝纲废弛，政治黑暗，社会动荡，大量反映丧乱、针砭时政的怨刺诗出现了。

怨刺诗主要保存在"二雅"和《国风》中，如《大雅》中的《民劳》《板》《荡》《桑柔》《瞻卬》，《小雅》中的《节南山》《正月》《十月之交》《雨无正》《小旻》《巧言》《巷伯》等作品，反映了厉王、幽王赋税苛重，政治黑暗腐朽，社会弊端丛生，民不聊生的现实。《国风》中的《魏风·伐檀》《魏风·硕鼠》《邶风·新台》《鄘风·墙有茨》《鄘风·相鼠》《齐风·南山》《陈风·株林》，或讽刺不劳而获、贪得无厌者，或揭露统治者的无耻与丑恶，辛辣的讽刺中寓有强烈的怨愤和不平。这些被后人称为"变风""变雅"的作品，是政治腐朽和社会黑暗的产物。

《魏风·硕鼠》则把统治者比作大老鼠，他们的贪残，使人民陷入绝境，为了摆脱这种绝境，人民不得不逃往他方。

硕鼠硕鼠，无食我黍！三岁贯女，莫我肯顾。

逝将去女，适彼乐土。乐土乐土，爰得我所。

硕鼠硕鼠，无食我麦！三岁贯女，莫我肯德。

逝将去女，适彼乐国。乐国乐国，爰得我直。

硕鼠硕鼠，无食我苗！三岁贯女，莫我肯劳。

逝将去女，适彼乐郊。乐郊乐郊，谁之永号。

5. 战争徭役诗

《诗经》中的战争诗，有些从正面描写了天子、诸侯的武功，表现了强烈的自豪感，充满乐观精神，如《大雅》中的《江汉》《常武》《小雅》中的《出车》《六月》《采芑》等。《诗经》战争诗中强调道德感化和军事力量的震慑，不具体写战场的厮杀、格斗，是我国古代崇德尚义、注重文德教化、使敌人不战而服的政治理想的体现，表现出与世界其他民族古代战争诗不同的风格。

周族创造的是农业文明，周人热爱和平稳定的农业生活环境。因此，更多的战争诗表现出对战争的厌倦和对和平生活的向往，充满忧伤的情绪。如《小雅·采薇》是出征玁狁的士兵在归途中所赋。诗人对侵犯者充满了愤怒，诗篇中洋溢着战胜侵犯者的激越情感，但同时又对久戍不归充满厌倦，对自身遭际无限哀伤。如末章云：

昔我往矣，杨柳依依。今我来思，雨雪霏霏。行道迟迟，载渴载饥，我心伤悲，莫知我哀。

《诗经》中的徭役诗，是表现对繁重徭役的愤慨和厌倦。如《唐风·鸨羽》第一章云：

肃肃鸨羽，集于苞栩。王事靡盬，不能艺稷黍，父母何怙？悠悠苍天，曷其有所？

由于"王事靡盬"，致使田园荒芜，人民不得不耕作以奉养父母，怨恨至极而唤苍天，揭示出了繁重徭役给人民带来的苦难。

《诗经》中的战争徭役诗，不仅写战争和徭役的承担者征夫士卒的痛苦，还有以战争、徭役为背景，写夫妻离散的思妇哀歌。如《卫风·伯兮》，即写一位妇女由于思念远戍的丈夫而痛苦不堪。其第二章云：

自伯之东，首如飞蓬。岂无膏沐，谁适为容？

《王风·君子于役》也以思妇的口吻抒发了对役政的不满。

君子于役，不知其期，曷至哉？鸡栖于埘，日之夕矣，羊牛下来。

君子于役，如之何勿思！

君子于役，不日不月，曷其有佸？鸡栖于桀，日之夕矣，羊牛下括。

君子于役，苟无饥渴！

《诗经》战争徭役诗有丰富且复杂的内容和情感取向，无论是颂记战功、叙写军威，还是征夫厌战、思妇闺怨，在后代诗歌史上都不乏回响。

6. 婚姻爱情诗

反映婚姻爱情生活的诗作,在《诗经》中占有很大比重,不仅数量多,内容还十分丰富,既有反映男女相慕相恋、相思相爱的情歌,也有反映婚嫁场面、家庭生活等婚姻家庭诗,还有表现不幸婚姻给妇女带来痛苦的弃妇诗。这些作品主要集中在《国风》之中,是《诗经》最精彩动人的篇章。

《诗经》中的情诗,广泛反映了那个时代男女爱情生活的幸福欢乐和挫折痛苦,充满坦诚、真挚的情感。

关关雎鸠,在河之洲。窈窕淑女,君子好逑。
参差荇菜,左右流之。窈窕淑女,寤寐求之。
求之不得,寤寐思服。悠哉悠哉,辗转反侧。
参差荇菜,左右采之。窈窕淑女,琴瑟友之。
参差荇菜,左右芼之。窈窕淑女,钟鼓乐之。

(《诗经·周南·关雎》)

《周南·关雎》就是写男子对女子的爱慕之情,前三章表现了一个贵族青年对淑女的追求和他"求之不得"的痛苦心情。末二章,想象若能和她在一起,将要"琴瑟友之""钟鼓乐之"。这种表现男女相互爱慕的诗,《诗经》中还有很多。

《邶风·静女》以情人幽会时的小场面抒写了男女青年相爱恋的纯真感情,一对恋人约会时互相逗趣的情景跃然纸上。

静女其姝,俟我于城隅。爱而不见,搔首踟蹰。
静女其娈,贻我彤管。彤管有炜,说怿女美。
自牧归荑,洵美且异。匪女之为美,美人之贻。

《郑风·子衿》则写女子对男子的思念。

青青子衿,悠悠我心。纵我不往,子宁不嗣音?
青青子佩,悠悠我思。纵我不往,子宁不来?
挑兮达兮,在城阙兮。一日不见,如三月兮。

这个女子在城阙等待情人,终未相见,便独自踟蹰徘徊,"一日不见,如三月兮"的咏叹,把相思之苦表现得如怨如诉、深挚缠绵。

《诗经》中有些诗篇表现了对意中人可望而不可即的痛苦心理,又在爱而不可得、望不可即的悲凉意境中展现了人类对更广阔更完善境界的不懈追求的心态。《秦风·蒹葭》抒发了对意中人的憧憬、追求和失望、惆怅的心情。

蒹葭苍苍,白露为霜。所谓伊人,在水一方。
溯洄从之,道阻且长;溯游从之,宛在水中央。
蒹葭凄凄,白露未晞。所谓伊人,在水之湄。
溯洄从之,道阻且跻;溯游从之,宛在水中坻。
蒹葭采采,白露未已,所谓伊人,在水之涘。
溯洄从之,道阻且右;溯游从之,宛在水中沚。

在《诗经》时代,男女爱情虽还不像后代那样深受封建礼教的压制束缚,但有时对婚姻自由的追求,也会受到父母和社会的干涉。

将仲子兮,无逾我里,无折我树杞。
岂敢爱之?畏我父母。
仲可怀也,父母之言,亦可畏也。
将仲子兮,无逾我墙,无折我树桑。
岂敢爱之?畏我诸兄。
仲可怀也,诸兄之言,亦可畏也。
将仲子兮,无逾我园,无折我树檀。
岂敢爱之?畏人之多言。
仲可怀也,人之多言,亦可畏也。

(《诗经·郑风·将仲子》)

《诗经》中反映结婚和夫妻家庭生活的诗,虽不如情诗丰富,但也极具特色,如《周南·桃夭》,诗人由柔嫩的桃枝、鲜艳耀眼的桃花,联想到新娘的年轻美貌,祝愿她出嫁后要善于处理和家人的关系。而《郑风·女曰鸡鸣》则写了一对夫妻之间美好融洽的生活。诗以温情脉脉的对话,写出这对夫妻互相警戒、互相尊重、互相体贴的感情,以及白头偕老的愿望。

总之,《诗经》的内容十分广泛且丰富。它立足于社会现实生活,展开了当时政治状况、社会生活、风俗民情的形象画卷,不仅播述了周代丰富多彩的社会生活、特殊的文化形态,还揭示了周人的精神风貌和情感世界,可以说,《诗经》是我国最早的富于现实精神的诗歌,奠定了我国诗歌面向现实的传统。

三、《诗经》的艺术特点

《诗经》关注现实，抒发现实生活触发的真情实感，这种创作态度，使其具有强烈深厚的艺术魅力。无论是在形式体裁、语言技巧，还是在艺术形象和表现手法上，都显示出我国最早的诗歌作品在艺术上的巨大成就。

1.赋、比、兴的手法

关于赋、比、兴的含义，历来说法众多。简言之，赋就是铺陈直叙，即诗人把思想感情及其有关的事物平铺直叙地表达出来。比就是比方，以彼物比此物，诗人有本物或情感，借一个事物来做比喻。兴则是触物兴词，客观事物触发了诗人的感，引起诗人歌唱，所以大多在诗歌的发端。赋、比、兴和风、雅、颂，合称《诗经》"六义"。

赋、比、兴三种手法，在诗歌创作中往往交相使用，共同创造诗歌的艺术形象，抒发诗人的情感。

赋运用得十分广泛，能够很好地叙述事物，抒发感情。如《七月》叙述农夫在一年十二个月中的生活就是用赋法。赋是一种基本的表现手法，赋中用比，或者起兴后再用赋，在《诗经》中是很常见的。赋可以叙事描写，也可以议论抒情，比兴都是为表达本事和抒发情感服务的，在赋、比、兴三者中，赋是基础。

比，运用也很广泛，比较好理解。其中整首都以拟物手法表达感情的比体诗，如《魏风·硕鼠》。而一首诗中部分运用比的手法，更是丰富多彩。《卫风·硕人》，描绘庄姜之美，用了一连串的比："手如柔荑，肤如凝脂，领如蝤蛴，齿如瓠犀，螓首蛾眉"。以具体的动作和事物来比拟难言的情感和独具特征的事物，在《诗经》中也很常见。如"中心如醉""中心如噎"（《王风·黍离》），以"醉""噎"比喻难以形容的忧思。总之，《诗经》中大量用比，表明诗人具有丰富的联想和想象，能够以具体形象的诗歌语言来表达思想感情，再现异彩纷呈的物象。

兴，运用情况比较复杂。有的只是在开头起调节韵律、唤起情绪的作用，兴句与下文在内容上的联系并不明显。如《小雅·鸳鸯》"鸳鸯在梁，戢其左翼，君子万年，宜其遐福"。兴句和后面两句的祝福语，并无意义上的联系，是《诗经》

兴句中较简单的一种。《诗经》中更多的兴句,与下文有着委婉隐约的内在联系,或烘托渲染环境气氛,或比附象征中心题旨,构成诗歌艺术境界不可缺少的部分。如《周南·桃夭》以"桃之夭夭,灼灼其华"起兴,茂盛的桃枝、艳丽的桃花,与新娘的青春美貌、婚礼的热闹喜庆互相映衬。《诗经》中的兴,很多都是这种含有喻义、引起联想的画面。

比和兴都是以间接的形象表达感情的方式,后世往往比兴合称,用来指《诗经》中通过联想、想象寄寓思想感情于形象之中的创作手法。

《诗经》中赋、比、兴手法运用得最为娴熟的作品,已达到了情景交融、物我相谐的艺术境界,对后世诗歌意境的创造有直接的启发。

2. 句式和章法

《诗经》的句式,以四言为主,四句独立成章,其间杂有二字至八字不等的句子。二节拍的四言句带有很强的节奏感,是构成《诗经》整齐韵律的基本单位。四字句节奏鲜明而略显短促,重章叠句和双声叠韵读起来又显得回环往复,节奏舒卷徐缓。《诗经》重章叠句的复沓结构,不仅便于围绕同一旋律反复咏唱,在意义表达和修辞上,还具有很好的效果。

《诗经》中的重章,是整篇中同一诗章重叠,只变换少数几个词,来表现动作的进程或情感的变化。如《周南·芣苢》:

采采芣苢,薄言采之。采采芣苢,薄言有之。
采采芣苢,薄言掇之。采采芣苢,薄言捋之。
采采芣苢,薄言袺之。采采芣苢,薄言襭之。

三章里只换了六个动词,就描述了采芣苢的整个过程。除同一诗章重叠外,《诗经》中也有一篇之中有两种叠章的情况,如《郑风·丰》共四章,由两种叠章组成,前两章为一叠章,后两章为一叠章,或是一篇之中,既有重章,又有非重章,如《周南·卷耳》四章,首章不叠,后三章是重章。

《诗经》的叠句,是指在不同诗章里叠用相同或相近的诗句。如《豳风·东山》四章都用"我徂东山,慆慆不归。我来自东,零雨其濛"开头,《周南·汉广》三章都以"汉之广矣,不可泳思。江之永矣,不可方思"结尾。有的既是重章,又是叠句,如《召南有氾》。

《诗经》的叠字，又称为重言。"伐木丁丁，鸟鸣嘤嘤"（《小雅·伐木》），以"丁丁""嘤嘤"摹伐木、鸟鸣之声。"昔我往矣，杨柳依依。今我来思，雨雪霏霏。"以"依依""霏霏"，状柳、雪之态。

《诗经》的双声，指两个声母相同的字连用。如"参差""踊跃""黾勉"、"栗烈"等双声。

《诗经》的叠韵，指两个韵母相同的字连用。如"窈窕""差池""绸缪""栖迟"等叠韵。

《诗经》中双声叠韵运用很多，使诗歌在演唱或吟咏时，章节舒缓悠扬，语言具有音乐美。

《诗经》的押韵方式多种多样，常见的是一章之中只用一个韵部，隔句押韵，韵脚在偶句上，这是我国后世诗歌中最常见的押韵方式。还有后世诗歌中不常见的句句用韵。《诗经》中也有不是一韵到底的，也有一诗之中换用两韵以上的，甚至还有极少数无韵之作。

3.《诗经》的语言

《诗经》的语言形象生动，丰富多彩，往往能"以少总多""情貌无遗"（《文心雕龙·物色》）。《诗经》的语言不仅具有音乐美，在表意和修辞上还具有很好的效果。《诗经》时代，汉语已有丰富的词汇和修辞手段，为诗人创作提供了很好的条件。

《诗经》中数量丰富的名词，显示出诗人对客观事物有充分的认识。《诗经》对动作描绘的具体准确，表明诗人具体细致的观察力和驾驭语言的能力。

后世常用的修辞手法在《诗经》中几乎都能找到。夸张如"谁谓河广，曾不容刀"（《卫风·河广》），对比如"女也不爽，士贰其行"（《卫风·氓》），对偶如"谷则异室，死则同穴"（《王风·大车》）等，不一而足。

《雅》《颂》与《国风》在语言风格上有所不同。《雅》《颂》多数篇章运用严整的四言句，极少杂言，《国风》中杂言比较多；《大雅》和《颂》中重章叠句运用得比较少，《小雅》和《国风》中则比较多见；《雅》《颂》中语气词较少，《国风》中则较多；《雅》《颂》多为西周时期的作品，出自贵族之手，体现了"雅乐"的威仪典重，《国风》多为春秋时期的作品，有许多采自民间，更多地体现了新声的自由奔放，比较接近当时的口语。

四、《诗经》在文学史上的地位和影响

《诗经》在中国文学史上具有崇高的地位和深远的影响，奠定了我国诗歌的优良传统，哺育了一代又一代诗人，我国诗歌艺术的民族特色由此肇端而形成。

1. 抒情诗传统

《诗经》虽有少数叙事的史诗，但主要是抒情言志之作。《卫风·氓》这类偏于叙述的诗篇，其叙事也是为抒情服务的，而不能简单地称为叙事诗。《诗经》可以说主要是一部抒情诗集，在2500多年前产生了众多水平如此之高的抒情诗篇，是世界各国文学中罕见的。从《诗经》开始，就显示出我国抒情诗特别发达的民族文学特色。从此以后，我国诗歌沿着《诗经》开辟的抒情言志的道路前进，抒情诗成为我国诗歌的主要形式。

2. 风雅与文学革新

《诗经》表现出的注重现实的热情、强烈的政治和道德意识、真诚积极的人生态度，被后人概括为"风雅"精神，直接影响了后世诗人的创作。

《诗经》中以个人为主体的抒情发愤之作，为屈原所继承。"《国风》好色而不淫，《小雅》怨诽而不乱，若《离骚》者可谓兼之矣！"（《史记·屈原列传》)《离骚》及《九章》中忧愤深广的作品，兼具了《国风》、"二雅"的传统。汉乐府诗"缘事而发"的特点，建安诗人的慷慨之音，都是这种精神的直接继承。后世诗人往往倡导"风雅"精神，来进行文学革新。陈子昂感叹齐梁间"风雅不作"(《与东方左史虬修竹篇序》)，他的诗歌革新主张，就是要以"风雅"广泛深刻的现实性和严肃崇高的思想性，以及质朴自然、刚健明朗的创作风格，来矫正诗坛长期流行的颓靡风气。不仅陈子昂，唐代的还有许多优秀诗人，都继承了"风雅"的优良传统。李白慨叹"大雅久不作，吾衰竟谁陈"（《古风》其一）；杜甫更是"别裁伪体亲风雅"（《戏为六绝句》其六)，杜诗以其题材的广泛和反映社会现实的深刻而被称为"诗史"；白居易称张籍"风雅比兴外，未尝著空文"（《读张籍古乐府》）。实际上，白居易和新乐府诸家所表现出的注重

现实生活、干预政治的旨意和关心人民疾苦的倾向，都是"风雅"精神的体现，并且这种精神在唐以后的诗歌创作中，从南宋陆游到清末黄遵宪，也代不乏人。

3. 比兴的垂范

如果说，"风雅"在思想内容上被后世诗人立为准，比兴则在艺术表现手法上为后代作家提供了学习的典范。《诗经》所创立的比兴手法，经过后世发展，成了我国古代诗歌独有的传统民族文化。《诗经》中仅作为诗歌起头协调音韵，唤起情绪的兴，在后代诗歌中仍有表现。而大量存在的兼有比义的兴，更为后代诗人所广泛继承，比兴就成了一个固定的词，用来指诗歌的形象思维，或有所寄托的艺术表现形式。《诗经》中触物动情，运用形象思维的比兴，塑造鲜明的艺术形象，构成情景交融的艺术境界，对我国诗歌的发展具有重大的意义。由此而来的后世诗歌中的兴象、意境等，对我国诗歌的发展具有重大的意义。

《诗经》于比兴时有寄托，屈原在楚辞中，极大地发展了这种比兴寄托的表现手法。同时，《诗经》中不一定有寄托的比兴，在《诗经》被经学化后，往往被加以穿凿附会，作为政治说教的工具。因此，有时"比兴"和"风雅"一样，被用来作为提倡诗歌现实性、思想性的标的。而许多诗人，也紧承屈原香草美人的比兴手法，写了许多寓有兴寄的作品。比兴的运用，形成了我国古代诗歌含蓄蕴藉、韵味无穷的艺术特点。

此外，《诗经》对我国后世诗歌体裁结构、语言艺术等方面也有深远的影响。曹操、嵇康、陶渊明等人的四言诗创作直接继承《诗经》的四言句式。同时，后世箴、铭、诵、赞等文体的四言句和辞赋、骈文以四六句为基本句式，也可以追溯到《诗经》。总之，《诗经》牢笼千载，衣披后世，不愧为中国古代诗歌的光辉起点。

第三节 《楚辞》

楚辞，其本义是指楚地的言辞，后来逐渐被固定为两种含义：一是诗歌的体裁，二是诗歌总集的名称。从诗歌体裁来说，它是战国后期以屈原为代表的诗人，在楚国民歌基础上开创的一种新诗体。从总集名称来说，它是西汉刘向在前人基础上辑录的一部"楚辞"体的诗歌总集，录入战国楚人屈原、宋玉的作品以及汉代贾谊、淮南小山、东方朔、王褒、刘向诸人的仿骚作品。

楚辞的出现，在中国文学史上有着特殊的意义。它和《诗经》共同构成中国诗歌史的源头。南方楚国文化特殊的美学特质，以及屈原不同寻常的政治经历和卓异的个性品质，造就了光辉灿烂的楚辞文学，并使屈原成为中国文学史上第一位伟大的诗人。

一、楚辞产生的背景

战国时期，楚国在长江、汉水流域，一度领有"地方五千里"的广袤疆域，在这片土地上生活着以芈姓楚贵族为主的南方部落集团。芈姓贵族源于中原的祝融部落，他们在夏商时期往南方迁徙。周代初年，定居于"楚蛮"之地，都丹阳，一直被中原诸国以蛮夷视之。

楚贵族集团毕竟源于中原，楚国和中原有着广泛的文化交流，所以，在政治思想方面，楚国和中原有很大的一致性，中原文化在楚国具有相当高的地位。中原儒家思想文化在很大程度上影响了楚国贵族的政治理想、历史观念和价值取向。

在习俗和审美趣味上，楚国则明显地表现出不同于中原文化的特点。楚国的文化崇尚巫风，自朝廷到民间，无处不在。巫文化对楚辞的影响是明显的。此外，楚地的民歌和保存于南方的上古神话也是影响楚辞的两大重要因素。楚辞奇丽飘逸的浪漫色彩、深邃悲怆的美学特点、奇幻绚烂的表现形式等，都与上述三方面因素密切相关。

"楚辞"之名，始见于西汉武帝，这时"楚辞"已经成为一种专门的学问，与"六经"并列。宋黄伯思《离骚序》云：

屈宋诸骚，皆书楚语，作楚声，纪楚地，名楚物，故可谓之楚辞。

这就是说，"楚辞"是指以具有楚国地方特色的乐调、语言、名物而创作的诗赋，在形式上与北方诗歌有较明显的区别。西汉末年，刘向辑录屈原、宋玉等人的作品，编成《楚辞》一书。

楚国到战国中期已经成为当时领土最大的国家，有"横则秦帝，纵则楚王"之说。但到楚怀王、楚襄王时，楚国由盛转衰，不仅在外见欺于秦国，一再丧师割地，连楚怀王本人也被秦劫留而死。在楚国内部，政治越来越黑暗，贵族之间互相倾乳，奸佞专权，排斥贤能，楚国由此走向没落。屈原正是在这艰难的环境中显示了自己的崇高品质，创造了名垂千古的文学作品。

二、屈原和《离骚》

1. 屈原

屈原，名平。先祖属楚国贵族。屈原曾任楚怀王左徒，他博闻强志，明于治乱，娴于辞令，入则与王图议国事，以出号令；出则接遇宾客，应对诸侯。对内主张举贤任能，对外主张联齐抗秦，深得楚怀王的信任。上官大夫靳尚出于妒忌，趁屈原为楚怀王拟订宪令之时，在怀王面前诬陷屈原，怀王因此怒而疏屈原。此后，楚国一再见欺于秦，屈原曾谏楚怀王杀张仪，又劝谏怀王不要往秦国和秦王相会，都没有被采纳。楚怀王死于秦后，顷襄王即位，屈原再次受到令尹子兰和上官大夫靳尚的谗害，被顷襄王放逐，终投汨罗而死。

屈原除了在郢都任职外，有两次被发落在外的经历。一次是汉北，这是在屈原遭到楚怀王疏远之时，自己离开了郢都。另一次是在江南，历经长江、洞庭湖、沅水、湘水等处，这是屈原在顷襄王时的放逐之地。在长期的流放生活中，屈原积聚了深厚的悲痛和思念之情，并通过诗歌表达出来。可以说，他的大部分诗篇都与漂泊生涯有关。他的《九歌》《离骚》《天问》《招魂》《九章》等，都印记着他一生的心迹。

2.《离骚》

《离骚》是屈原的代表作，是带有自传性质的一首长篇抒情诗。全诗共三百七十三句，近两千五百字。"离骚"二字，有多种解释。司马迁认为是遭受忧患的意思，王逸解释为离别的忧愁。司马迁的说法更为可信。

《离骚》的写作年代，一般认为是楚怀王疏远屈原，屈原离开郢都发往汉北之时。

《离骚》大致可分为前后两个部分。前一部分从开头到"岂余心之可惩"。首先自叙家世生平,认为自己出身高贵,又出生在一个美好的日子里,因此具有"内美"。他勤勉不懈地坚持自我修养,希望劝诫君王,兴盛宗国,实现"美政"理想,但"党人"的谗害和君王的多变使他蒙冤受屈。在理想和现实的尖锐冲突之下,屈原表示"虽体解吾犹未变兮,岂余心之可惩",显示了坚贞的情操。后一部分极其幻漫诡奇,在向重华(舜)陈述心中愤懑之后,屈原开始"周流上下","浮游求女",但这些行动都以不遂其愿而告终。这些象征性的行为,显示了屈原在苦闷彷徨中不知该何去何从的艰难选择,突出了屈原对宗国的挚爱之情。

《离骚》的主旨是爱国和忠君。国君在一定程度上是国家的象征,而且只有通过国君才能实现自己的兴国理想。所以,屈原的忠君是他爱国思想的一部分。屈原的爱国之情,是和宗族感情连在一起的。如他对祖先的深情追认,就是一种宗族感情的流露。屈原的爱国感情更表现在对楚国现实的关切之上,从希望楚国富强出发,屈原反复劝诫楚王向先代的圣贤学习,吸取历代君王荒淫误国的教训。他对那些误国的奸佞小人充满了仇恨,对宗国命运充满了担忧,发而为一种严正的批判精神。

《离骚》表达了屈原的"美政"理想。首先,国君应该具有高尚的品德,才能享有国家。其次,应该选贤任能,罢黜奸佞。最后,修明法度也是其"美政"的内容之一。

《离骚》为我们塑造了一个坚贞高洁的抒情主人公的光辉形象。这主要是通过三组矛盾的叙写来展现的。这三组矛盾是:我与党人的矛盾、我与楚王的矛盾、我与自己的矛盾。屈原的形象在《离骚》中十分突出,他那傲岸高洁的人格、忧国忧民的情怀、对理想的执着追求和不屈的斗争精神,激励了后世无数的文人,并成为我们的民族精神一个重要象征。

《离骚》"香草美人"的象征手法丰富了诗歌的比兴传统。《离骚》中运用最多的两类意象是香草和美人。美人,比喻君王,或是自喻。前者如"惟草木之零落兮,恐美人之迟暮",后者如"众女嫉余之蛾眉兮,谣琢谓余以善淫"。香草,作为装饰,支持并丰富了美人意象。同时,香草意象作为一种独立的象征物,一方面指品德和人格的高洁;另一方面和恶草相对,象征着政治斗争的双方。总之,《离骚》中的香草美人意象构成了一个复杂而巧妙的象征比喻系统,使得诗歌蕴藉而且生动。王逸说:

善鸟香草,以配忠贞;恶禽臭物,以比谗佞;灵修美人,以媲于君;
宓妃佚女,以譬贤臣;虬龙鸾凤,以托君子;飘风云霓,以为小人。(王逸《楚辞章句·离骚经序》)

《离骚》结构宏伟严密。在结构形式上,《离骚》抒情和叙事结合,幻想和现实交织,气势磅礴,浑然一体。

《离骚》的语言相对于《诗经》也有新的特点。《诗经》的形式是整齐、划一而典重的,而《离骚》则是一种新鲜自由、长短不一的"骚体"。屈原采用楚地方言,增强了诗歌的形象性和生动性。同时,对"兮"等语助词的多种方式的使用,促成了句式的变化。这些句式和婉转轻灵的楚声相结合,很适合各种不同情绪和语气的表达。

三、楚辞的流变与屈原的影响

屈原之后,还出现了一些深受屈原影响的楚辞作家。《史记·屈原贾生列传》云:

屈原既死之后,楚有宋玉、唐勒、景差之徒者,皆好辞而以赋见称;
然皆祖屈原之从容辞令,终莫敢直谏。

唐勒、景差无作品流传下来,宋玉有作品传世。宋玉的生平与屈原有相似之处,据《汉书·艺文志》载有辞赋十六篇。现在可以基本认定为宋玉所作的有《九辩》《风赋》《高唐赋》《神女赋》《登徒子好色赋》《对楚王问》等。宋玉的辞赋是在屈原的直接影响下创作而成的,并在文辞等形式方面有所发展。它们是由楚辞至汉大赋的一个过渡阶段。

屈原对后世有着积极且深远的影响。司马迁《史记·屈原贾生列传》对屈原的作品和人品给予了极高的评价:

其文约，其辞微，其志法，其行廉，其称文小而其指极大，举类迩而见义远。其志洁，故其称物芳。其行廉，故死而不容自疏。灌淖污泥之中，蝉蜕于浊秽，以浮游尘埃之外，不获世之滋垢，皭然泥而不滓者也。推此志也，与日月争光可也。

后世文人无不对屈原的作品推崇备至，如刘勰说"其衣被词人，非一代也"（《文心雕龙·辨骚》），李白诗云"屈平词赋悬日月，楚王台榭空山丘"（《江上吟》），杜甫诗云"窃攀屈宋宜方驾，恐与齐梁作后尘"（《戏为六绝句》其五），皆表达了对屈原作品的赞赏和追慕之情。

屈原的人格对后世影响极大。屈原的遭遇是中国封建时代正直的文人士子的普遍经历。因此，屈原的精神能够得到广泛的认同。屈原以其卓越的人格力量和深沉悲壮的情怀，鼓舞并感召了后世无数的文人志士。这是屈原及其辞赋对民族精神的重大贡献。

第四节　《左传》

一、《左传》其书

《左传》，西汉人称为《左氏春秋》，或《春秋古文》。司马迁《史记·十二诸侯年表序》：是以孔子明王道，千七十余君莫能用，故西观周室，论史记旧闻，兴于鲁而次《春秋》……鲁君子左丘明，惧弟子人人异端，各安其意，失其真，故因孔子史记具论其语，成《左氏春秋》。

后来班固赞同司马迁的说法，在《汉书·艺文志》中延用了此说。《汉书·艺文志》基本上源于刘向、刘歆父子的《七略》，由此可知，向、歆父子也是持此看法的。唐代以后开始有人怀疑左丘明作《左传》，清代刘逢禄和康有为等人甚至认为是刘歆据《国语》伪造的，殊为无据，已为众多学者如章太炎等人所驳斥。不过，正如许多先秦典籍一样，由于时代的变迁，聚散无常，加之古代长期转写流传及印刷条件之不备，以手抄写，难免后人增损窜入，甚至发现与原书抵牾矛盾之处。所以持怀疑论者虽提出了一些证据，然终因文献不足证，难以使人信服。

《左传》与《春秋》的关系，也是聚讼多年的问题。集中到一点，即《左传》是否为《春秋》作"传"。司马迁、班固、杜预、孔颖达等人都认为《左传》为解释《春秋》而作。但是，因为又存在许多"有经无传"和"有传无经"的现象，以及经、传思想观点相对立的地方，遂使许多学者反对《左传》为"传"经之作，认为《左传》为一部独立的史书，与《春秋》不存在依附的关系。对此，杨伯峻先生曾从五个方面就《左传》与《春秋》的关系加以说明，可以帮助我们了解《左传》与《春秋》之间实际存在的差异与内在关系。此外，徐复观亦总结了《左传》"以义传经"和"以史传经"的两大形式，"而左氏所兼用的以史传经的方法，则除了含有历史哲学的意味外，更重要的成就，是集古代千百年各国史学之大成的史学"。应该说，《左传》与《春秋》是存在密切联系的。不过，也有的学者取折中之说，认为《左传》是一部以《春秋》为纲，并仿照它的体例形成的编年史。

二、《左传》的时代特征

《左传》，是风雷激荡的春秋时代生动的历史记录。《左传》记事，也仿《春秋》按鲁国十二公时间次第编年，自鲁隐公元年（前722）始，延续到鲁哀公二十七年（前463）止，其后还附记鲁悼公四年（前46年）三家灭智伯之事。《左传》一书，鲜明地体现出春秋这一大变革时代的激荡澎湃的时代精神。

春秋时期，上承夏、商、西周的大一统王朝，下启列国并立、群雄争霸的局面。它既宣告了一个旧的社会制度的消逝，又预示着一个新的社会制度的诞生。这一时期，大批农奴摆脱了原有的井田制和奴隶制度的束缚，获得了人身自由而成为自耕农。经济基础的急剧变化带来了上层建筑的剧烈动荡。随着各诸侯国经济实力的增强，原为天下共主的周天子地位遇到了挑战，丧失了对诸侯国的控制能力。《左传》记载的郑庄公，是第一个发难者，他不仅敢于胁迫周平王用王子狐与郑太子忽交质，还在繻葛与周王军队打了一仗，"射王中肩"，完全不顾及周王天子的尊严。后来晋文公当上霸主，也不可一世地召周王赴践土之盟，周王朝的地位，已等同诸侯了。对于这种王纲解体、礼崩乐坏的局面，孔子曾慨叹说："天下有道，则礼乐征伐自天子出；天下无道，则礼乐征伐自诸侯出。自诸侯出，盖十世希不失矣；自大夫出，五世希不失矣；陪臣执国命，三世希不失矣。"（《论语·季氏》）从"礼乐征伐自天子出"到"自诸侯出"，再到"陪臣执国命"，是旧政权结构改变的三个阶段。《左传》真实地记载了这个变化。以《左传》的记载来划分，从隐、桓二公到庄、闵时期，是王权衰落、诸侯雄起，礼乐征伐自诸侯出的时代；从僖公到襄公时期，新的政治制度逐渐确定，世卿执政的情况在各国已非常普遍，是所谓"礼乐征伐自大夫出"的时期；昭公以降，"陪臣执国命"，一批有才干有心计的家臣支配了各诸侯国的政事。此时，权力的下移已成为不可逆转的一股潮流。礼乐征伐制度的变更，君臣礼数的僭越，宣告了一个生机盎然的新时代的来临。

与王权衰落同时兴起的，是各诸侯国之间为争夺霸主地位而展开的剧烈斗争。《左传》生动地展现了这一壮阔的历史画卷。自春秋初期郑庄公小霸叱咤于诸侯之间以后，争霸战争狼烟四起，烽火连天。齐桓公九合诸侯，晋文公册封为侯伯，秦霸西戎，楚霸诸蛮，争霸战争，旷日持久。《左传》对争霸战争的描写，最为出色，诸侯虎争，霸权迭兴纷纭复杂，波谲云诡，宛如一幅波澜壮阔的战争风云录。

春秋时期，又是一个思想大解放的时代。百家争鸣的出现被认为是冲破传统思维定式的思想解放运动的兴起。由于生产力的发展，人们征服和控制自然的能力得到增强，人的创造精神和独立意识也获得进一步的发展。当时一些进步思想家从现实生活经验之中，已经意识到宗教迷信思想的虚幻，要求人们摆脱宗教迷信，否定"天命"观念对人的价值的抹杀，反对以"天命"观念来解释自然现象和社会秩序。《左传》详细地反映了这一时期人们对天、神、人关系的新认识，反映了在思想观念大变革的背景之中，反对天道，重视人道，要求提高人的地位和价值的新思潮的出现，表现出对传统思想大胆地否定。

第三章　秦汉时期文学及创作

第一节　秦民族文学的发展及其特性

　　秦和楚一样，是周族以外的独立民族。它的先世，《史记·秦本纪》上说是颛顼之后裔，并且叙述得有声有色，但观其内容，却是神话与传说的成分居多。它的文化是落后的，发展是很迟的。前10世纪末年周孝王时代，他们的酋长非子，还在渭水之间为周王牧马。到后来才封给他一块小地，定邑于秦，奉嬴氏之祀，号曰嬴秦。这一个新兴的民族，以勇武善战的特点，在政治地位上，得到了迅速发展。襄公时代因为抵抗犬戎护送平王东迁有功，平王乃赐以岐西之地，封为诸侯。于是兴高采烈，用马牛羊各三头，大祭其天帝，组织正式的国家，同中原诸侯才发生外交上的种种交流。不用说，从这时候起，他们就可以大量吸收中原的文化。所以到了襄公之子文公十三年，才有史以纪事。从此以后他们在政治上的发展，是更快了。春秋时代，穆公称霸，战国时代，孝公为七雄之长。经惠、文、武、昭、襄数世，蒙故业，因遗策，连败六国之师，汉中、巴蜀之地，亦入其版图，因此国势日益富强。到了始皇，先灭韩、赵、魏，次灭楚、燕，最后灭齐，于是便产生了"六王毕，四海一"的秦帝国的新局面。这新局面他们想尽了方法来维持巩固，不料这个费尽了气力从六国手里夺取来的新帝国，不到30年，便在农民的锄耰白梃底下消灭了。

　　秦国在穆公时代，虽已建立了稳固的地位，但在政治经济上发生了革命的变更，由此而奠定统一中国的政治势力的基础，实起于孝公之世的商鞅变法。商鞅变法，在中国古代政治史上，或是社会经济史上，都是惊人的事件。他因为要适应当代政治势力的发展，增加国库的收入，实行君主集权的制度，于是他实行了废井田、开阡陌的土地政策，增收人口税的财源政策以及严厉推行的连保的乡党组织与贵族人民平等的法律制度。这些新政的推行，都是使秦国日趋富强的因素。《盐铁论》云："昔商鞅相秦，外设百倍之利，收山泽之税，国富民强，器械完饰。"这种情形自然是真实的。商鞅无疑是秦帝国的功臣，但是因为他的政策，不利于当时的贵族，所以孝公一死，他就遭遇车裂的惨运了。贵族势力毕竟成了最后的哀蝉，商君的思想与政策却是政治社会上不可挽回的趋势。他自己虽是惨死了，但是他的新政仍是继续活着的。我们试看自孝公到秦始皇，一直是法家政治，因为这种政治，终于成就了秦帝国大一统的伟业。

法家是彻底的功利主义者，是文化界的警察。他们轻视学术，鄙弃文艺，一味讲求富国强兵的道理，以图扩充地盘，推行严格的刑法，以图巩固君权。这种法治思想，在战国末年及秦代，融合各派思想的倾向，而成为学术思想界中的主流。这种思潮的兴起，并非偶然的。战国中叶以后，土地政策的改变，小农经济的发达，商业的蓄积，大地主的产生，都趋于激烈。因为当代社会经济的基础起了动摇，建立在这基础上面的政治制度自然要跟着发生变化。如贵族的崩溃，士人的抬头，君主的集权，官僚政治的兴起，都成了必然的事实。社会经济基础与政治组织发生变化，治国行政的方法与学术界的思潮，也就跟着发生变化了。贵族失去了早日的经济支配力，士人已握了政界的重权，于是除了一国之君以外，官吏与人民已经没有血统的差别。从前封建时代所奉行的"礼不下庶人，刑不上大夫"的话，现在已不能运用了。在这时候，以国法为官民共同遵守的规律的事，便适应着这需要产生了。在这种环境之下，所以战国末年的学者，都有趋于法治主义的倾向。

荀子虽称儒家的大师，但他的思想却是由儒至法的桥梁。由荀子到韩非、李斯，不过前进一步而已。他虽是倡说人治尊重学术，但他却又是重刑主义与思想统治的主张者。《王制》篇说："听政之大分，以善至者待之以礼，以不善至者待之以刑。两者分别，则贤不肖不杂，是非不乱。贤不肖不杂则英杰至，是非不乱则国家治。"又《正论》篇说："一物失称，乱之端也。夫德不称位，能不称官，赏不当功，罚不当罪，不祥莫大焉。夫征暴诛悍，治之盛也。杀人者死，伤人者刑，是百王之所同也。刑称罪则治，不称罪则乱。故治则刑重，乱则刑轻。犯治之罪固重，犯乱之刑固轻也。"他这种重刑主义，虽名为礼治的辅助，然与法家所讲的严刑峻法，却一点也没有分别。再看他对于思想的统制，其言论更是激烈。《正名》篇说："凡邪说辟言之离正道而擅作者，无不类于三惑者矣。故明君知其分，而不与辨也。夫民易一以道，而不可与共故。故明君临之以势，道之以道，申之以令，章之以论，禁之以刑，故其民之化道也如神，辨势恶用矣哉。"《非十二子》篇说："一天下，财万物，长养人民，兼利天下，通达之属，莫不从服。六说者立息，十二子者迁化，则是圣人之得势者，舜、禹也。今夫仁人也，将何务哉。上则法舜、禹之制，下则法仲尼、子弓之义，以务息十二子之说，于是则天下之害除，仁人之事毕，圣王之迹著矣。"他所说的三惑是惑于用名以乱名，惑于用实以乱名，惑于用名以乱实。六说是它嚣、魏牟的纵欲，陈仲、史鰌的高蹈，墨子、宋妍的兼爱，慎到、田骈的法度，惠施、邓析的诡辩，子思、孟轲的五行。他认为这些都是思想界的异端，是离叛正道的邪说辟言，必须一概禁绝。要实行严格的思想统一，才能达到天下太平圣人得势的地步。我们看了他这种极端的思想，便会了解他那两位弟子韩非与李斯成为法治思想的建立者或是实行者的事，没有什么可怪了。由荀子的禁三惑非六说到始皇时代的焚书坑儒，那思想与行动，不正是一贯的吗？

　　口吃的韩非虽死得不明不白，他的思想却完全实现在他老同学李斯的手上。始皇三四年，淳于越请封子弟功臣，李斯上书说："古者天下散乱，莫能相一，是以诸侯并作，语皆道古以害今，饰虚言以乱实。人善其所私学，以非上所建立。今陛下并有天下，辨白黑而定一尊，而私学乃相与非法教之制。闻令下，各以其私学议之。入则心非，出则巷议，非主以为名，异趣以为高，率群下以造谤。如此不禁，则主势降乎上，党与成乎下。禁之便。臣请诸有文学诗书百家语者，蠲除去之，令到满三十日弗去，黥为城旦。所不去者，医药、卜筮、种树之书。若有欲学者，以吏为师。始皇可其议，收去诗书百家之语，以愚百姓，使天下无以古非今。明法度，定律令，同文书。"（《史记·李斯传》）秦始皇和李斯，后人都把他们看作是罪大恶极的人，这都是受了儒家的宣传，其实他们都是极有眼光有手腕的革命政治家，他们的思想与方法，都是维持政权统治国家的必要方法。在战国末年，这种政治思想，是正适合于那个时代的潮流。焚书坑儒说出来虽是似乎有点野蛮，其实这套把戏，一直被历代的君王所采用，不过方法名义稍有不同，然其效果却没有两样。就是20世纪最文明的国家，每天都在那里焚书坑儒，其野蛮残酷，有10倍于始皇时代，一般人觉得都可原谅，这情形实在是可笑的。说穿了，也就知道李斯辈并不是什么特别的恶人。他实行明法度、定律令、同文书的政策，都是非常有价值的工作，他融合商鞅、荀子、韩非诸人的政治思想，做了一个具体的表现。

法家在政治上虽是收了巨大的效果，但对于妨碍学术思想的自由与纯文艺的发展是要负其责任的。商君的薄六虱，韩非的非五蠹，是大家都知道的事实。《文心雕龙》中云："五蠹六虱，严于秦令。"就是荀子也说过"凡言不合先王，不顺礼义，谓之奸言"的激烈话（见《非相》篇）。一个勇武好战完全在这种政治环境下面孕育成长出来的秦民族，欲求在纯文艺方面有多大的成就，实在是一件难事。加之秦帝国的寿命是那么短促，自然不容易产生什么大作家大作品来。

《诗经》中的《秦风》十篇，可称是秦民族最早的诗歌，大概是西、东周之交的作品。因为他们那种好战尚武的民族性，在那些诗里，多叙车马田狩之事，或赞美战士，或描写军容。其音节无不悲壮激昂。《汉书·地理志》云："安定北地、上郡、西河皆迫近戎狄，修习战备，高上气力，以射猎为先。"故秦诗曰，王于兴师，修我甲兵，与子偕行。（《无衣》篇）及《车邻》《驷铁》《小戎》之篇，皆言车马田狩之事。再如《黄鸟》《权舆》诸篇，虽非兵戎之诗，然其音调一样高昂悲壮，也是秦声的本色。唯有《蒹葭》一篇，却是情韵缠绵音调哀婉的抒情诗，其艺术亦在上列诸章之上。"蒹葭苍苍，白露为霜。所谓伊人，在水一方。溯洄从之，道阻且长。溯游从之，宛在水中央。"这是多么美丽的句子，又是多么有情致的意境。这篇诗在《秦风》里，自然是要称为杰作的。

《尚书》中的《秦誓》一篇（西纪元前六二七年），可算是秦民族存在的最早的散文。秦穆公侵郑时，为晋师大败于崤。穆公悔过，兼戒群臣，作《秦誓》。

从前的誓，都是誓师之辞，这一篇是罪己式的作品。文字通达简练，听闻动人。如"我心之忧，日月逾迈，若云弗来"数句，颇富诗意。可知在东周时代，秦民族的文化程度，已相当发达了。

《石鼓文》共有十篇，唐初始出土，现存北平国子监。但其时代的考证，为古今学者所争辩。有主周成王时者（宋程大昌），有主周宣王时者（唐韩愈），有主秦襄公至献公时者（近人马衡），有主秦文公时者（近人罗振玉），有主秦惠文王至始皇时者（宋郑樵），有主汉代者（清武亿），有主后周者（清万斯同）。众说纷纭，各持己见。因此对于《石鼓文》的本身，反使我们起了怀疑。其内容大半叙述游猎，亦有祝颂燕饮之作。其文体颇近《雅》《颂》，但其艺术，远比不上《秦风》。如果我们承认《石鼓》之出于《秦风》之后，那么他们在文学发展史上，自然是没有什么重要的地位。

秦代统一以后，寿命非常短促，在文学方面，自然不会有多大的成就。但荀子的赋，李斯的铭，我们却是必得注意的。荀子虽是赵人，《史记》上说："赵氏之先与秦共祖。"并且《史记》本传及《盐铁论·毁学》篇都说李斯相秦，荀子还在世。那么荀子是死在始皇帝统一六国以后。可知无论从世系或从年代上讲，荀子的文学，是可以放在秦代文学这个范围以内的。

第二节　司马迁和《史记》

司马迁，字子长，生于夏阳龙门（今陕西韩城）。司马迁的父亲司马谈，曾任太史令，是一位刻苦勤奋的学者，他的《论六家要旨》一文，分析了先秦到汉初六个主要学术流派的得失，精辟深刻，切中肯綮。司马谈在学术观点上的兼容并包而又崇尚道家的倾向，对司马迁有直接影响。

司马迁在史官家庭中长大，受到良好的文化熏陶，他还受益多师，向儒学大师孔安国学习古文《尚书》，向董仲舒学习公羊派《春秋》。后来担任太史令，他又利用工作上的方便，翻阅由国家收藏的各种文献资料。司马迁在阅读文献的过程中主动和古人沟通，读其书，识其人，做到知人论世。他不止一次地废书而叹，并且产生了为书的作者立传的冲动。

司马迁在20岁时有过漫游的经历，到过许多地方。漫游过程中凭文物古迹，听逸闻逸事，流露出对传统文化极其深厚的感情。长途漫游使司马迁搜集了许多新鲜的材料，接触到各个阶层的人物，直接感受到各地民风习俗的差异，加深了对某些历史记载的理解，也为《史记》的写作拓宽了视野，积累了素材。

元封元年（前110），汉武帝前往泰山举行封禅大典，任太史令的司马谈因病滞留洛阳，无法参加。这时，刚刚出使西南返回的司马迁匆匆赶到洛阳，接受了父亲的临终嘱托。司马谈固然对于无缘参加封禅大典而感到无比遗憾，更使他抱恨终生的还是未能完成修订史书一事。于是，他把希望寄托在儿子身上，勉励他完成自己未竟的事业。他拉着司马迁的手泣不成声，殷切地说道："余死，汝必为太史。为太史，无忘吾所欲论著矣。"（《太史公自序》）司马迁在与父亲生死诀别之际接受了修史的嘱托。

三年后，司马迁继任太史令。太初元年（前104），他在参与制定太初历以后，就开始了《太史公书》即《史记》的写作。但是，事出意外，天汉三年（前98），李陵战败投降匈奴，司马迁因向汉武帝解释事情原委而被捕入狱，并被处以宫刑。出狱后，司马迁任中书令，他忍辱含垢，继续写作《史记》。至征和二年（前91），他在写给任安的信中称《史记》的写作已经基本完成。从太初元年（前104）开始写作算起，前后经历了14年。司马迁死于武帝末年，即公元前87年前后。

一开始司马迁修史，为的是给西汉及前代历史做总结，颂扬圣君贤臣的德行功绩，是润色鸿业的自觉行动。经历李陵之祸以后，他的修史动机也有所调整充实，不再把修史看作是对以往历史的总结、对西汉盛世的颂赞，而是和自己的身世之叹联系在一起，融入了较重的怨刺成分，许多人物传记都寓含着作者的寄托，磊落而多感慨。司马迁修史过程中前后心态的巨大变化，赋予《史记》这部书丰富的内涵，它既是一部通史，又是作者带着肉体和心灵创伤所做的倾诉。

《史记》全书由十二本纪、十表、八书、三十世家、七十列传共五部分组成，记述了上自黄帝,下至西汉武帝时代3000年的兴衰历史。鲁迅称它是"史家之绝唱,无韵之离骚"(《汉文学史纲要》)。

《史记》是我国纪传体史学的奠基之作,同时也是我国传记文学的开端和高峰。中国古代史传文学在先秦时期就已经初具规模,记言为《尚书》,记事为《春秋》,其后又有编年体的《左传》和国别体的《国语》《战国策》。但是,主要以人物为中心的纪传体史学著作,却是司马迁的首创。

《史记》是传记文学名著,但它却具有诗的意蕴和魅力。《史记》指次古今,出入风骚,对《诗经》和《楚辞》均有继承,同时,战国散文那种酣畅淋漓的风格也为《史记》所借鉴,充分体现了大一统王朝中各种文学传统的融汇。

《史记》的影响是极其深远的,它为后代文学的发展提供了丰富的营养和强大的动力。

司马迁作为伟大的历史学家和文学家,在《史记》一书中大力弘扬人文精神,为后代作家树立起了一面光辉的旗帜。《史记》所渗透的人文精神是多方面的,主要有:以立德、立功、立言为宗旨以求青史留名的积极入世精神;忍辱含垢、历尽艰辛而百折不挠、自强不息的坚毅精神;舍生取义、赴汤蹈火的勇于牺牲精神;批判暴政酷刑、呼唤世间真情的人道主义精神;立志高远、义不受辱的人格自尊精神。《史记》中一系列血肉丰满的人物形象,从不同的侧面集中体现了上述精神,许多人物成为后代作家仰慕和思索的对象,给他们以鼓舞和启迪。

《史记》是传记文学的典范,也是唐代散文的楷模,它的写作技巧、文章风格、语言特点,无不令后代散文家景仰追慕。从唐宋古文八大家到明代前后七子、清代的桐城派,都对《史记》推崇备至,他们的文章也深受司马迁的影响。《史记》在语言上平易简洁而又富有表现力,多是单行奇字,不刻意追求对仗工稳,亦不避讳重复用字,形式自由,不拘一格。正因为如此,历史上的古文家在批评骈俪文的形式主义和纠正艰涩古奥文风时,都要标举《史记》,把它视为古文的典范。

《史记》的许多传记情节曲折,人物形象栩栩如生,为后世小说创作积累了宝贵的经验。小说塑造人物形象的许多基本手法在《史记》中已经开始运用，如使用符合人物的身份、性格的语言，通过具体事件或生活琐事显示人物性格，把人物置于矛盾冲突中再加以表现。从唐传奇到明清小说，在人物塑造、情节安排、场面描写等方面都可以见到《史记》的痕迹。

《史记》的许多故事在古代广为流传，成为后代小说戏剧的取材对象。元代出现的列国故事平话，明代出现的《列国志传》，以及流传至今的《东周列国志》，所叙人物和故事有相当一部分是取自《史记》。《史记》的许多人物故事相继被写入戏剧，搬上舞台，据傅惜华《元代杂剧全目》所载，取材于《史记》的剧目就有180多种。后来的京剧也有不少剧目取材于《史记》。总之，《史记》成为中国古代小说、戏剧的材料宝库，它作为高品位的艺术矿藏得到了反复开发和利用。

第三节　班固和《汉书》

一、班固

班固（32—92），字孟坚，扶风安陵（今陕西咸阳市东）人。父班彪，是当时著名学者，"才高而好述作"，尤"专心史籍之间"。因看到司马迁《史记》只写到武帝太初年间，而后之继作又"多鄙俗，不足以踵继其书"，于是"继采前史遗事，傍贯异闻，作后传数十篇"（《后汉书·班彪列传》）。这为后来班固创造《汉书》奠定了基础。班固在乃父的熏陶下，自幼聪敏好学，"年九岁，能属文诵诗赋，16岁入太学，博览群书，所学无常师，不为章句，举大义而已。性宽和容众，不以才能高人，诸儒以此慕之"（《后汉书·班固传》）。20岁时，班固继承父业，在家撰修《汉书》，被控告私改国史而入狱。出狱后为兰台令史，奉诏继撰《汉书》。后随窦宪出征匈奴，窦宪得罪被杀，班固亦被诬下狱而死。《汉书》基本完成，余下一部分表、志，由其妹班昭等人续写完成。

《汉书》体例，虽然大致沿用《史记》，但也有所发展，它改"书"为"志"，取消"世家",合入"列传"。不仅如此,《汉书》在内容上与《史记》也多有重复。《史记》记事上起黄帝轩辕之时,下至汉武帝太初年间;《汉书》记事上起汉高祖元年,下至王莽地皇四年。其中,从高祖元年至武帝太初年间的史实与《史记》相重合。刘知几比较二书说:"逮《史》《汉》继作,踵武相承。王充著书,既甲班而乙马;张辅持论,又劣固而优迁。然此二书,虽互有修短,递闻得失,而大抵同风,可为连类。"(《史通·鉴识》)所谓"同风""连类",就是在史学上与文学上肯定了《汉书》是一部直追《史记》的史著。但是,二书毕竟产生于不同历史时期,它们在思想倾向、史料的选择剪裁、艺术特征上又表现了明显的差异。因此,以《史记》为参照系,或许更有利于考察《汉书》的特点与价值。

《汉书》与《史记》相比,大汉王朝正统思想更为鲜明。同样是《高帝本纪》,《史记》太史公曰:"三王之道若循环,终而复始。周秦之间,可谓文敝矣。秦政不改,反酷刑法,岂不缪乎?故汉兴,承敝易变,使人不倦,得天统矣。"(《高祖本纪》)体现了司马迁"通古今之变"的思想;《汉书》论赞则说:"汉承尧运,德祚已盛,断蛇著符,旗帜上赤,协于火德,自然之应,得天统矣。"展现了班固依附谶纬神学迷信的汉王朝大一统思想。

《汉书》的这种思想,与班固的写作动机是紧密联系的。班固极不满意司马迁把汉高祖以后几位帝王"编于百王之末,厕于秦项之列"(《汉书·司马迁传》)的做法,立志要"探纂前记,缀辑所闻,以述《汉书》"(《汉书·叙传》),明确地表达了尊显汉室的写作动机。当然,《史记》和《汉书》,一为通史,一为断代史,二者在次序安排上有体例的不同。而且,尽管班固也强调通变古今,但尊显汉室之意却比《史记》强烈得多。他在明帝指责司马迁"微文刺讥,贬损当世,非谊士",称赞司马相如"颂述功德"时,回答说:"臣固被学最旧,受恩浸深,诚思毕力竭情,昊天罔极。"(班固《典引》)表达了效忠汉室,尊皇颂德的意愿。

因此,《汉书》体现出来的汉王朝大一统思想,就不足为怪了。进一步考察,班固的写作动机,是由他所处的时代现实与文化思潮所决定的。《汉书》的写作,开始于汉明帝永平元年(58),到章帝建初七年(82)基本完成。这一时期,是东汉王朝的鼎盛期，封建统治相对稳定。但是，西汉末年的大乱记忆犹新，统治阶级面临的矛盾并未减少，统治集团内部也存在激烈的矛盾斗争，所以，稳定秩序，巩固封建统治，仍然是首要任务。班固之家，世受汉室之恩，其曾祖之妹是成帝宠姬，班家素有外戚之称，是当时的名门显贵，因此，班固自觉担负起维护汉朝的时代使命。《汉书》展示的汉王朝大一统思想，正是这种时代的需要。

此外，这个时期，儒学已经与谶纬之学、阴阳五行学说结合起来，巩固了它的统治地位，各种异端思想毫无立足之地。班固之父班彪的《王命论》，正是这种思想的重要代表。班固就是在尊儒之风达到顶峰时，成为《白虎通义》的最后编定者。这件事对《汉书》的影响是可想而知的，安作璋在《班固与汉书》一文中指出："《白虎通义》一书，究竟是经过班固整理加工的，从其剪裁取舍之际，字里行间亦未尝不可窥见班固思想梗概，我们只要把《白虎通义》与《汉书》略加对照，就可以明显地看出班固的《汉书》确实贯彻了《白虎通义》的思想。"因此，上文提到的班固宣扬大汉王朝正统思想所依附的神学迷信，正是东汉时期与谶纬之学、阴阳五行学说结合起来的儒学的直接产物，这是班固尊显汉室的有力武器。

因此，笔者认为《汉书》是以尊显汉室、维护汉王朝大一统格局为旨归的，是以巩固汉代的统治需要为基本价值标准来观照和表现历史事件与历史人物的。这必然影响了它对历史人物的评价与对历史题材的选择与剪裁，从而决定了它的文学价值与史学价值。

二、《汉书》的文学成就

《汉书》的文学价值首先在于对西汉盛世各类人物的生动记叙。《史记》所写的秦汉之际的杰出人物是在天下未定的形势下云蒸龙变，建功立业，从而涌现出的一批草莽英雄，其中最引人注目的是战将和谋士。《汉书》所写的西汉盛世人物则不同，他们是在四海已定、天下一统的环境中成长起来的，其中固然不乏武将和谋士，但更多的是法律之士和经师儒生。西汉盛世的法律经术文学之士的阅历虽然缺少传奇色彩,但许多人的遭遇却是富有戏剧性的。他们有的起于刍牧,有的擢于奴仆,但通过贤良文学对策等途径平步青云,扶摇直上,其中有许多逸闻逸事。

第四节　李斯的《谏逐客书》与刻石文

中国文学进展到了汉朝,我们可以看出一个明显的现象。这现象便是文学同民众生活日益隔离,而那种贵族化、古典化的宫廷文学成为文坛的正统。作为宫廷文学代表的,是那有名的汉赋。在现代人的眼光中看来,汉赋自然是一种僵化了的缺乏感情的死文字,然而在当时,它却有活跃的生命与高尚的地位。

秦汉时期是我国从奴隶社会迈向封建社会的第一个繁荣期,这一时期,统治者们致力于封建政治制度的建设和发展社会经济,文学发展依托于强大的社会经济基础也逐步繁盛。本节拟从文学角度出发,对秦代文学到汉代赋的发展变化过程做详细阐述。

从春秋战国过渡到秦朝,这一时期的政治、经济、文化等各方面都发生了重大的变革。战国时期社会动荡,学术思想纷乱,各个学派兴起,直到秦灭六国之后,秦始皇开创了"六王毕,四海一"的新局面。[1]当时为了维护和巩固专制独裁的局面,秦始皇进行了一系列的改革。首先,他建立了专制主义中央集权政府,推翻原有的旧的封建制度;其次,他推崇法治、独尊权术,以求废除百家之学;最后,为了消除社会对他不利的舆论影响,开始焚书坑儒,以达到思想文化上的专制统一。据《史记》载,李斯上书:

古者天下散乱,莫之能一,是以诸侯并作,语皆道古以害今,饰虚言以乱实,人善其所私学,以非上之所建立。今皇帝并有天下,别黑白而定一尊。私学而相与非法教,人闻令下,则各以其学议之,入则心非,出则巷议,夸主以为名,异取以为高,率群下以造谤。如此弗禁,则主势降乎上,党与成乎下。禁之便。臣请史官非秦记皆烧之。非博士官所职,天下敢有藏诗、书、百家语者,悉诣守、尉杂烧之。有敢偶

---

[1]　杜牧.阿房宫赋[A].杜牧之诗集[C].南京:江苏广陵书社有限公司,2011.

语诗书者弃市。以古非今者族。吏见知不举者与同罪。令下三十日不烧,黥为城旦。所不去者,医药卜筮种树之书。若欲有学法令,以吏为师。[1] 始皇可其议,收去诗书百家之语以愚百姓,使天下无以古非今。明法度,定律令,同文书。[2]

由此不难看出,秦朝在政治上的专横与独霸。在秦始皇统一天下的初期阶段,北方文学发展已经到了强弩之末,再加上这种政治上的打击、文化上的摧残,文学发展自然也就销声匿迹。至于南方文学的发展虽然没有受到太大的影响,但在当时那种特殊的社会环境下也是不敢直述其事。这样一种时代环境的影响,可以说是文学发展过程中一个重大阻碍。另外,就时间上来说,秦朝当政不过短短一二十年,从理论上来说其文学发展难有辉煌成就,不过这一阶段还是有非常优秀的文学家及代表作的,其中不得不提的就是李斯。

李斯是战国时楚国上蔡人,曾经追随荀子学过帝王之术,后来见楚国不足以成就大事,自己的抱负难以实现,便西入秦国投靠吕不韦。李斯是一个严格的法治主义者,也是一个极富文采的纵横家,从《谏逐客书》中我们就可以发觉他非凡的文才和辞令。

《谏逐客书》是李斯针对太子嬴政(后来的秦始皇)因发现奸细而错误地下逐客令而写的一封奏章。此时的秦国无论是从政治上还是经济上都已经十分强大,特别是在商鞅变法之后,综合国力更是跃居七雄前列,时刻威胁着东方六国的安全,而临近强秦的韩国的国家安全问题更是首当其冲。韩国苦于秦国强大的军事攻伐,便派水工郑国入秦,名义上是帮助秦国兴修水利,实际上是想通过修渠等事使秦的注意力转移,并逐渐消耗秦国国力,借此减轻秦国对韩国的军事压力。秦的宗室大臣就这一问题趁机向秦王上书,掀起驱逐其他六国客卿的运动。秦王(后来的秦始皇)接受了秦国原本地贵族的意见,对客卿下了逐客令,李斯也在被逐之列。他在东归的路上,为自己,也是为其他客卿抱不平,十分激愤,向秦王写了这篇著名的《谏逐客书》,秦王看了这篇《谏逐客书》,很受感动,撤销了逐客令,李斯又返回了秦国。这对秦国的发展及对统一以后的中国,无疑是有好处的。

---

[1] 王育济,周作明.中国历史文选[A].秦始皇本纪[C].福州:福建人民出版社,2001.
[2] 司马迁.史记·李斯列传[M].上海:上海古籍出版社,2011.

文章首先通过论述历史事实来歌颂六国客卿的功绩，历数自秦穆公以来，各朝君王都以重用客卿而成就霸业，所以用人唯才，不必限于本土，分析了客卿为秦国发展所做的历史贡献，提出对客卿要做具体分析，不能一概排斥。其次，在以历史事实论证之后，李斯又以各国进贡的器物说理，列举种种器物，虽不产于秦，但秦用之，借此比喻君主重用各国人才，以此阐述事理，述说利害。再次，文章指出秦王不分青红皂白而一概"非秦者去，为客者逐"[1]的错误观点。文章最后进入议论说理阶段，李斯从正面进一步阐述留客之利与逐客之弊，明确提出秦王下逐客令实际上是削弱自己，帮助敌人，点到问题的要害之处，使陛下改逐客之令，恢复李斯原来的官职。

李斯从小生长在文风极盛的南方，所以承受了南方文学风气的熏陶，从这篇文章来看，无论铺成排比，还是气势上都显得极为豪迈奔放，不仅是秦代散文的佳作，同时更可以透过它看出当时散文逐渐赋化的趋向。刘勰《诠赋》篇说："秦世不文，颇有杂赋。"从这里我们可以看到，后来的汉志中记载的秦代杂赋共有9篇，内容虽然早已失传，但散文融合赋体形式，的确就是秦代文学发展的普遍趋势。而这篇文章中铺陈直叙的作风也是当时形体赋化的一个明显特征。

除了《谏逐客书》，李斯的几篇刻石文也是秦代文学代表作品之一。继位之后的秦始皇为了宣传天子的德威，到处刻石勒碑歌功颂德。李斯便用他雄伟的气魄，典雅的文字，把秦帝国的政治武功、皇帝胸怀以及版图的扩大、六国破灭等事迹，以刻石文的形式记载下来，供世人敬仰膜拜。据载，李斯的刻石文以《峄山刻石》《泰山刻石》《琅琊台刻石》《之罘刻石》《东观刻石》《碣石刻石》《会稽刻石》最为著名。有关《泰山刻石》原文如下：

皇帝临位，作制明法，臣下修饬。二十有六年，初并天下，罔不宾服。亲巡远方黎民，登兹泰山，周览东极。从臣思迹，本原事业，祗诵功德。治道运行，诸产得宜，皆有法式。大义休明，垂于後世，顺承勿革。皇帝躬圣，既平天下，不懈於治。夙兴夜寐，建设长利，专隆教诲。训经宣达，远近毕理，咸承圣志。贵贱分明，男女礼顺，慎遵职事。昭隔内外，靡不清净，施于後嗣。化及无穷，遵奉遗诏，永承重戒。[2]

---

[1] 李斯. 谏逐客书 [A]. 朱东润. 中国历代文学作品选 [C]. 上海：上海古籍出版社，1979.

[2] 司马迁. 史记·秦始皇本纪 [M]. 上海：上海古籍出版社，2011.

这是秦始皇二十八年（前219）东巡郡县时封泰山所刻，刘勰在《文心雕龙》封禅篇说："秦始皇铭岱，文自李斯。法家辞气，体乏泓润，然疏而能壮，亦彼时之绝采也"。[1]这种评论在肯定其价值之余也反映了秦代文学为统治者歌颂功德的特点。

秦代虽然时间不长，但在文学发展史上却是一个重要的时期，秦代文学到汉赋的转变不仅是文学发展史上的一次重要转型，其形式、内容的丰富与发展都为后来文学的发展创作奠定了基础，在与政治、经济、思想文化相互影响之际，更是秦汉社会大变革的一个缩影，成为我们研究这一时期历史发展不可或缺的重要途径。

第五节 汉赋

一、汉赋的缘起

任何文学的产生都不是偶然的，它与当时社会背景之间是有紧密联系的。由先秦到汉代，文学的形成与演变已经发展到一个新的阶段，不论其本身还是政治、经济等因素，都在迫使汉代文学形成自己独树一帜的风格，由此，我们就不难理解汉赋兴盛的缘由。

（一）文学本身的演进

《诗》大序说："一曰风，二曰赋，三曰比，四曰兴，五曰雅，六曰颂。"[2]赋作为六艺之一，原本是属于诗的范畴。虽然屈原被后世称为赋体文学的鼻祖，但他的作品却没有直接用赋来命名，在形式方面也仍然明显地体现诗歌的风格。中国文学发展到荀子，才有正式以赋做篇名的记载。这时的赋，不论就其体制还是内容，都逐渐发展成为一种独立而重要的文体。由于秦代推行文字统一，淘汰怪异方言，全国通行简化后的文字，这虽然对知识的保存与传播很有助益，

---

[1] 刘勰.文心雕龙·封禅[M].北京：中华书局，2012.
[2] 程俊英，蒋见元.诗经注析[M].北京：中华书局，1991.

但也导致文学和语言分化，贵族化的赋体文学便应运而生。《文心雕龙》说：

"汉初词人，顺流而作：陆贾扣其端，贾谊振其绪，枚马播其风，王扬骋其势，皋朔已下，品物毕图。繁积于宣时，校阅于成世，进御之赋，千有余首，讨其源流，信兴楚而盛汉矣"，又说："枚乘菟园，举要以会新；相如上林，繁类以成艳；贾谊鹏鸟，致辨于情理；子渊洞箫，穷变于声貌；孟坚两都，明绚以雅赡；张衡二京，迅发以宏富；子云甘泉，构深玮之风；延寿灵光，含飞动之势……"[1]

由此可见，当时贵族宫廷文学可以说是汉代文学发展的主流，它只服务于上层会社，多为统治阶级歌功颂德。顾炎武说道："《三百篇》之不能不降而楚辞，楚辞之不能降为汉赋者，势也。"[2] 这也是赋体演化的必然趋势和过程。

（二）时代环境的影响

除了汉赋本身的演变，社会环境的影响也不容忽视。

首先，汉代继秦得天下之后，鉴于秦朝的暴政，统治者在政治上面崇尚清简，经济上轻徭薄赋。《史记·平准书》："太仓之粟，陈陈相因，充溢露积于外，至腐败不可食。"[3]可见汉代国富民安。在经济繁荣、人民富足的基础上，山川之祭、宫殿之建也接踵而来，由此才能产生杨雄、班固、张衡等人以描写汉代帝国物质文明和贵族宫廷生活为主的赋体文章。

其次，据《汉书·礼乐志》记载"高祖乐楚声，其房中乐为楚声"，[4] 从高祖的《大风歌》可以看出是受楚地文学的影响。到汉文帝、汉景帝时期，封国郡王如淮南王刘安、吴王刘濞、梁孝王刘武等喜好文学，武帝受他们的影响，也喜欢文艺，他曾读了司马相如的《子虚赋》而任命他为郎，可见，汉代帝王对赋体文学的爱好以及当时文人雅士的倍受邀宠。

再次，由于汉代帝王本身的喜好，因此多数重用文人，《汉书·儒林传》说："自武帝立五经博士，百有余年，大师众至千余人，盖利禄之路然也。"[5] 司马相如、东方朔、枚皋都是以辞赋得官的。汉宣帝时期王褒、张子侨，汉成帝时期的扬雄，

---

[1] 刘勰．文心雕龙·诠赋 [M]．北京：中华书局，2012．
[2] 顾炎武．陈垣．日知录校注：卷二十一 [A]．诗体代降 [C]．合肥：安徽大学出版社，2013．
[3] 司马迁．史记·平准书 [M]．上海：上海古籍出版社，2011．
[4] 班固．曾宪礼．汉书·礼乐志 [M]．长沙：岳麓书社，2008．
[5] 班固．曾宪礼．汉书·礼乐志 [M]．长沙：岳麓书社，2008．

汉章帝时期的崔骃，汉和帝时期的李尤等人，也都以辞赋入仕。这种君王提倡于上、群臣鼎沸于下的结果也助推了汉赋的兴盛。班固《两都赋·序》说：

至于武、宣之世，乃崇礼官，考文章。内设金马、石渠之署，外兴乐府、协律之事，以兴废继绝，润色鸿业。是以众庶悦豫，福应尤盛，白麟、赤雁、芝房、宝鼎之歌，荐于郊庙。神雀、五凤、甘露、黄龙之瑞，以为年纪。故言语侍从之臣，若司马相如、虞丘寿王、东方朔、枚皋、王褒、刘向之属，朝夕论思，日月献纳。而公卿大臣御史大夫倪宽、太常孔臧、大中大夫董仲舒、宗正刘德、太子太傅萧望之等，时时间作。或以抒下情而通讽喻或以宣上德而尽忠孝，雍容揄扬，著于后嗣，抑亦《雅》《颂》之亚也，故孝成之世，论而录之。盖奏御者千有余篇。[1]

在当时以赋取士的制度下，文人雅士认为有利可图，都视之为仕宦之路的终南捷径，如此一来笔墨文章自然盛行一时，汉代赋体文章发展到此时可以说是达到了鼎盛。

二、汉赋的特点与代表作品

汉代的赋体文章无论是体制结构还是内容表达都发展到了一个比较完备的阶段，较之前的文学而言其本身的特点主要有以下几个方面：

第一，汉赋形体接近于散文。赋原先是古诗六艺的一种，借诗表达。后来通过不断的发展演变，诗的范围扩大，篇幅加长，逐渐与散文融合在一起而构成了新体诗。汉代的赋结构上以散文形式表达，内容上多偏重歌功颂德，在这种情形下抒情浪漫主义成分减少，如果楚辞相比，两者还是存在明显差异的。

第二，内容表达多空洞且不切实际。汉代赋家大都受到当时社会环境的影响，加上钻研六书训诂风气极盛，为了迎合君王的喜好，只在辞藻上多下功夫，这样一来文辞虽然华丽，但却失掉了根本内容，舍本逐末。

虽然汉代赋体文章流于形式，但这一时期也不乏脍炙人口的佳作。例如，贾谊的《鹏鸟赋》、枚乘的《七发》、司马相如的《子虚赋》《上林赋》、王褒的《洞箫赋》，这些文章或咏物抒情，或说明事理。其中，王褒的《洞箫赋》中骈偶句运用非常多，开启了后代骈文学先锋，部分原文如下：

---

[1] 班固. 两都赋·序 [A]. 全后汉文 [C]. 北京：商务印书馆，1999.

原夫箫干之所生兮,于江南之丘墟。洞条畅而罕节兮,标敷纷以扶疏。徒观其旁山侧兮,则岖嵚岿崎,倚巇迤,诚可悲其不安也。弥望傥莽,联延旷荡,又足乐乎其敞闲也。托身躯于后土兮,经万载而不迁。吸至精之滋熙兮,禀苍色之润坚。感阴阳之变化兮,附性命乎皇天。翔风萧萧而径其末兮,回江流川而溉其山。扬素波而挥连珠兮,声磕磕而澍渊。

朝露清冷而陨其侧兮,玉液浸润而承其根。孤雌寡鹤,娱优乎其下兮,春禽群嬉,翱翔乎其颠。秋蜩不食,抱朴而长吟兮,玄猿悲啸,搜索乎其间。处幽隐而奥屏兮,密漠泊以猭。惟详察其素体兮,宜清静而弗喧。幸得谧为洞箫兮,蒙圣主之渥恩。可谓惠而不费兮,因天性之自然……[1]

自《洞箫赋》以后,创作咏物赋的风气才算是真正兴盛起来,它在整个汉赋流变过程中产生了相当大的影响,可以说它开创了一个新的赋体文学风格。

三、汉末赋体文学的转变

东汉中后期可以说是赋体文学发展的转变期。从和帝到献帝共130年间,宦官外戚相互争斗,贵族奢侈成风,民生凋敝。受大环境影响,汉赋在此时也出现了转变,一洗之前大赋繁重凝滞、虚夸堆砌的形式,转为文句平淡清丽、结构短小灵活的小赋。如张衡的《归田赋》:

游都邑以永久,无明略以佐时;徒临川以美鱼,俟河清乎未期。感蔡子之慷慨,从唐生以决疑。谅天道之微昧,追渔父以同嬉;超埃尘以遐逝,与世事乎长辞。

于是仲春令月,时和气清。原隰郁茂,百草滋荣。王雎鼓翼,鸧鹒哀鸣;交颈颉颃,关关嘤嘤。于焉逍遥,聊以娱情。

尔乃龙吟方泽,虎啸山丘。仰飞纤缴,俯钓长流;触矢而毙,贪饵吞钩;落云间之逸禽,悬渊沉之鲋鲤。

于时曜灵俄景,系以望舒。极般游之至乐,虽日夕而忘劬。感老氏之遗诫,将回驾乎蓬庐。弹五弦之妙指,咏周孔之图书;挥翰墨以奋藻,陈三皇之轨模。苟纵心于物外,安知荣辱之所如?[2]

《归田赋》是东汉辞赋家张衡的代表作。它主要描绘了田园山林那种和谐欢快、神和气清的景色,反映了作者畅游山林、悠闲自得的心情,又颇含自戒之意,

---

[1] 章沧授,等.古文鉴赏辞典(上册)[M].上海:上海辞书出版社,1997.
[2] 陈宏天.昭明文选译注[M].长春:吉林文史出版社,2007.

表达了作者对道家思想的超脱精神，这是这一时期是描写田园隐居的代表作品。

另外，这一时期也出现一些针砭时弊、借古讽今的赋体文章，如赵壹的《刺世疾邪赋》：

伊五帝之不同礼，三王亦又不同乐。数极自然变化，非是故相反驳。德政不能救世溷乱，赏罚岂足惩时清浊？春秋时祸败之始，战国逾复增其荼毒。秦汉无以相逾越，乃更加其怨酷。宁计生民之命？唯利己而自足。

于兹迄今，情伪万方。佞谄日炽，刚克消亡。舐痔结驷，正色徒行。妪媰名势，抚拍豪强。偃蹇反俗，立致咎殃。捷慑逐物，日富月昌。浑然同惑，孰温孰凉？邪夫显进，直士幽藏。

原斯瘼之所兴，实执政之匪贤。女谒掩其视听兮，近习秉其威权。所好则钻皮出其毛羽，所恶则洗垢求其瘢痕。虽欲竭诚而尽忠，路绝险而靡缘。九重既不可启，又群吠之狺狺。安危亡于旦夕，肆嗜欲于目前。奚异涉海之失舵，积薪而待燃？荣纳由于闪榆，孰知辨其蚩妍？故法禁屈桡于势族，恩泽不逮于单门。宁饥寒于尧舜之荒岁兮，不饱暖于当今之丰年。乘理虽死而非亡，违义虽生而匪存。

有秦客者，乃为诗曰：河清不可俟，人命不可延。顺风激靡草，富贵者称贤。文籍虽满腹，不如一囊钱。伊优北堂上，抗脏倚门边。

鲁生闻此辞，系而作歌曰：势家多所宜，咳唾自成珠；被褐怀金玉，兰蕙化为刍。贤者虽独悟，所困在群愚。且各守尔分，勿复空驰驱。哀哉复哀哉，此是命矣夫！[1]

这是一篇讥讽不合理的世事，憎恨社会邪恶势力的作品。龚克昌先生评价此赋：此赋艺术上的独特之处是篇幅短小，感情喷发，铺陈夸饰之风尽弃，从而使赋风为之一变。铺陈叙事的汉大赋，从此以后就渐渐为抒情小赋所代替。[2]可见，在汉末文坛，小赋快速发展起来，取代僵化的大赋占据了文坛的主体地位。

两汉之后，文学思潮随着社会的变动而发生了转变，到魏晋南北朝，赋体文学已不再是主流，六朝的古诗和唐宋的新体诗开始兴盛，再加上玄学清谈的影响，文学写作的题材范围扩大，思想内容上也突破传统观念的束缚，而此时文学作品也多以表达真实的个性与生活为主，相继出现阮籍、陶潜等一批新的文学代表人物。

从上述秦代文学到汉代文学发展演变的过程来看，当一种旧的文学在发展

---

[1] 严可均.全上古三代秦汉三国六朝文[M].上海：上海古籍出版社，2001.
[2] 龚克昌.汉赋研究[M].济南：山东文艺出版社，1990.

的同时也孕育着一种新的文学,新事物的产生是不可能完全抛弃旧事物而突出。[1] 就秦代文学与汉赋的发展演变来说,除了自身的演化,它们更多的是与社会发展紧密相连的,如果我们能够把握这些文学演化的过程和趋势,就不难了解秦汉文学的发展与流变,也为我们当下文学艺术的发展提供借鉴。

四、汉代诗歌

辞赋虽是汉代文学的主流,但它们却只表现了汉帝国的财富与威权,君主贵族的好尚,以及高级文士们的学识辞章。在那些作品里,缺少了民众的情感与社会民生的状态。因此,我们从那些文字里,只能看见汉帝国的表面,却无从了解当日全社会全民众的生活面貌与心理情况。我们想知道当日的社会,不得不求之于汉代的诗歌。这里所讲的汉代的诗歌,并不是那些君主皇妃贵族文士的拟古式的作品,而是那些乐府中收集的民歌和那些无名作家的古诗。他们的诗的形式是新创的,文字是质朴的,题材都是普遍平凡的人事现象,使我们现在读了,对于当日民众的欢哀苦乐,还能亲切地体会与共鸣。这些作品,比起那些华丽虚夸的辞赋来,是最有价值的表现人生的社会文学。

两汉的有名诗人是寂寞的。他们偶尔作几首诗,也无不是模拟《诗经》《楚辞》形式既无新创之点,内容也是空洞无物,没有什么特色。笔者试举几首作例。

大孝备矣,休德昭明。高张四悬,乐充宫庭。芬树羽林,云景杳冥。金支秀华,庶旋翠旌。

(唐山夫人《房中歌》)

肃肃我祖,国自豕韦。黼衣朱黻,四牡龙旗。彤弓斯征,抚宁遐荒。总齐群邦,以翼大商。

(韦孟《讽谏》)

这种诗不过是模拟《雅》《颂》,没有一点新的生命。再如司马相如的《封禅颂》,东方朔的《诫子》,张衡的《怨篇》,傅毅的《迪志》,宋穆的《绝交》,仲长统的《述志》,都是《诗经》的模拟。其中较好者,是仲长统的《述志》,然而它已经是到了天下大乱、道家思想兴起的建安时代了。

---

[1] 丁玲. 汉代赋颂关系析论 [J]. 哈尔滨学院学报,2014(11).

比模拟《诗经》的作品较有生趣的,是《楚辞》式的诗歌。

大风起兮云飞扬,威加海内兮归故乡,安得猛士兮守四方!

(汉高祖《大风歌》)

是耶非耶?立而望之,偏何姗姗其来迟!

(汉武帝《李夫人歌》)

径万里兮渡沙漠,为君将兮奋匈奴。路穷绝兮矢刃摧,士众灭兮名已隤。老母已死,虽欲报恩将安归。

(李陵《别歌》)

秋素景兮泛洪波,挥纤手兮折芰荷。凉风凄凄扬棹歌,云出曙月低河,万岁为乐岂云多。

(汉昭帝《淋池歌》)

陟彼北芒兮,噫。顾瞻帝京兮,噫。宫阙崔巍兮,噫。民之劬劳兮,噫。辽辽未央兮,噫。

(梁鸿《五噫歌》)

这些诗全是《楚辞》的嫡派,文字虽清丽可喜,毕竟带了浓厚的贵族文士的个人气息,但不能与表现社会生活的平民文学同列。在这些作家里,武帝的文学天赋是较高的。他还有《瓠子歌》《秋风辞》等,也都是这一类的作品。

如果我们把这些君主皇妃高级文士的诗篇作为汉诗的代表,篇目内容,自然都是非常贫弱的。好在汉代的文人在那里埋头作赋的时候,却有许多无名的作家,在那里作诗,由这些群众诗人的作品,在汉代的诗史上,填满了那空白的一页。因他们的努力,由酝酿而达到一种新诗体的形成。这种新诗体成立以后,在中国的诗史上,开辟了一个新局面,于是《诗经》与《楚辞》,在形式上,同中国的诗歌便宣告了独立。他们从前在诗歌中所保持的那种偶像尊严的地位,也由这些无名氏的群众诗人的作品取而代之了。后代诗人拟古之作,也都以这些作品为对象了。于是这一群无名英雄的作品,成了我国诗歌的正统,古诗的典型。建立了一直到现在还没有动摇的地位。

第四章 魏晋南北朝民间文学及创作

第一节 魏晋南北朝文学发展概况

从东汉政权崩溃到隋统一,前后历时约400年。这一时期,统治阶级内部矛盾非常尖锐,社会处于动荡不安和长期分裂之中。

东汉后期,宦官、外戚相互争权夺利,朝政极端腐败。剧烈的土地兼并,把广大农民推向饥饿流亡的绝境。中平元年,农民起义虽然被地主武装镇压下去了,但是代之而起的是在镇压农民起义中扩张了势力的各地军阀拥兵割据,使社会经济遭到严重的破坏。汉末社会的动乱,使名、法等各家思想得到发展,使文人的思想获得了某种程度的解放,他们大胆而真切地反映当时社会生活。魏国的统治者曹操父子不仅自己雅爱诗章,还聚集了建安七子、蔡邕等一大批文人。他们诗歌中的很多篇章能深刻地反映汉末社会动乱的现实,他们的作品,悲凉慷慨,后人称之为"建安风骨"。"建安风骨"是指充实的内容、真实的感情的语言风格。建安诗人掀起了第一个文人诗歌创作的高潮。完整的七言诗也产生于这一时期。历来作家都把"建安"看作是中国古代文学发展的黄金时代。

开始时期,曹氏统治集团日趋衰落,为了扫除篡魏的障碍,司马氏父子用血腥的手段杀戮异己,致使"天下名士少有全者"。崇尚虚无、不问世务和行为放诞逐渐成为士风。"竹林七贤"主要作家是阮籍和嵇康。他们的创作代之而起的是对恐怖政治的揭露,反映在诗风上,则表现出虚玄的倾向,为了全身避祸,诗风常趋向隐晦曲折。

泰始元年司马炎篡魏立晋,西晋统一之初,曾出现过短暂的繁荣。但没过多久,晋武帝司马炎死去,司马衷继位,拥有武装的诸侯王争权互攻,外族统治者趁机入侵中原，西晋王朝覆亡。建武元年司马睿建立东晋王朝。这时，各种社会矛盾仍在激化，战乱和政变时有发生。

　　文学发展到两晋时代，发生了明显的转变：文人大多没有继承"建安风骨"的传统，其创作缺乏感人的力量；特别是注意追求形式的华美，对文学的审美性有了自觉认识。在东晋100多年间，在文坛占统治地位的是玄言诗，这是一种以阐释老庄和佛教哲理为主要内容的诗歌，脱离现实，对后来山水田园诗的出现，起到了推动作用。陶渊明的出现才给东晋文学带来了新鲜的内容。

　　东晋之后，南方经历了宋、齐、梁、陈四个朝代，南方较北方安定，社会经济有了较大发展。但南朝基本上仍是两晋士族社会的继续。南朝的帝王和士族过着安逸享乐的生活，他们大多爱好文学创作。南朝君主对文学的爱好与提倡，使文学与史学、哲学有了明确的分工，使单纯追求形式华美的风气盛行起来。

　　文学在晋、宋之际发生了很大变化，就是山水诗的兴起和玄言诗的消歇。谢灵运把自然界的美景引进诗歌，提高诗歌的表现技巧，描写逼真的山水诗，给诗坛带来了新鲜的气息。

　　后来南朝宋诗坛上又出现了鲍照。他创造性地运用七言和杂言诗体，改进了七言诗的用韵方式，为七言歌行开拓了宽广的道路。

　　齐代永明年间，声律说大盛，中国诗歌发生了重要的变化。沈约提出了"四声八病"说。这确是中国诗歌史上的一个创举。结合声律的运用，创造了"永明体"新诗，标志着中国诗歌从比较自由的古体将走向格律严整的近体。

　　梁、陈时代，绮靡浮艳的诗风更炽，宫体诗盛行，主要描写女色，内容狭窄，但某些作品仍有一定的艺术性。

　　北方先后建立了十六个政权，史称"十六国"。魏太武帝拓跋焘统一北方，中国北方的经济与文化才得到恢复与发展。开皇元年，杨坚篡夺北周政权，建立隋朝。分裂了200多年的南北方才又重新归于统一。

　　五胡十六国时期，很少有文学作品流传下来。北魏统一后，逐渐出现了一些作家。庾信的诗风从绮艳转为刚健。表现了南北诗风融合的趋势，受到唐代诗人的高度重视。

南北朝乐府民歌是又一座高峰。南北长期对峙，南北民歌呈现出迥然不同的风貌。南朝民歌几乎全是情歌，表现了人民对爱情生活的热烈追求。它们体制短小，风格婉转柔美。数量上虽然北朝民歌不及南朝，但突出地表现了北方民族尚武的精神面貌。

小说的发展可以溯源到古代的神话和历史传说。战国时期，民间就有信巫的习俗。秦汉神仙之说盛行。东汉传入佛教。汉末创立道教。魏晋时期社会形成了喜谈鬼神的社会风气，产生了许多志怪小说。魏晋文人又喜欢清谈玄理，品评人物的风气极盛。一些人物的逸闻琐事被记录了下来，就产生了轶事小说。刘义庆的《世说新语》是轶事小说最重要的代表作，反映了汉末至东晋士族阶级的精神面貌。虽然只是文人的随笔杂记，但其中也不乏完整的故事与精彩的描写。它标志着中国小说成熟阶段是在它的基础上发展起来的。

魏晋以后的赋，有了许多新的特点。汉赋对话体形式不再被普遍采用，体制上也以短赋为主，明显地增加了抒情成分，大大地提高了赋的艺术感染力。由于受骈体文的影响，赋也完全骈偶化了。除了小说与历史等学术著作外，骈体文几乎占有了一切文字领域。骈文与骈赋讲究对偶、声律和用典，艺术上很有特色。骈文与骈赋作品大多内容贫乏，过分注重形式美而流于浮艳纤弱。

魏代的散文逐渐向清峻通脱的方向发展。晋代的散文，清新隽爽，反映了当时士大夫超脱现实的作风。晋末陶渊明又使这种文风更加朴实自然而接近生活。

南北朝时期，北朝出现了三部著名的散文作品。《水经注》描摹祖国雄奇秀美的山川景色，文笔清丽秀逸。《洛阳伽蓝记》善于叙述故事，笔致婉曲而冷峻。《颜氏家训》真切地反映了当时社会习俗和民生疾苦。

文学批评在魏晋南北朝时期得到了快速发展。魏晋时期，玄言盛行，学术思想呈现出比较自由活跃的局面。在品评人物风气的影响下，又逐渐形成了品评文章的风气。

《典论·论文》是中国最早的一篇讨论文学问题的专论。《文赋》第一次全面地探讨了作家创作的过程、技巧等基本问题。南朝宋文帝设立了文学馆，把文学与儒学、玄学、史学区别开来。齐梁时期，随着"声律说"的产生，作家越来越讲究艺术技巧。当时文学创作中出现了片面追求华美形式的倾向，在这种情况下，产生了《文心雕龙》《诗品》两部文学批评巨著。

这两部巨著对后世的文学批评产生了重大影响，《文心雕龙》标志着中国的古代文学理论发展高峰，在中国文学批评史上具有划时代的意义。

第二节 "三曹"的诗

一、曹操

曹操（155—220），字孟德，沛国谯县（今安徽亳州）人，其父曹嵩是东汉末年大宦官曹腾的养子，官至太尉。曹操20岁即举孝廉，后起兵伐董卓，被封为丞相，遂"挟天子而令诸侯"。逐步消灭了割据势力，统一了北方，在他的儿子曹丕建魏后，被追尊为魏武帝。

曹操首先是一个政治家和军事家，然后才是礼聚学士、雅好诗文、"横槊赋诗，皆成乐章"的文学家，他不仅是曹魏政权的主宰，而且是建安文学的开创者和领袖人物。他"外定武功，内兴文学"，将济世创业的豪迈气概与慷慨忧思的诗人气质融为一体，使其诗歌最具"梗概多气"的建安风骨。其诗继承了汉乐府"感于哀乐，缘事而发"的传统，多用乐府旧题写时事以反映现实。《蒿里行》就十分真实地记录了董卓之乱后军阀混战的经过，凄凉地再现了兵祸的惨状：

关东有义士，兴兵讨群凶。
初期会盟津，乃心在咸阳。
军合力不齐，踌躇而雁行。
势利使人争，嗣还自相戕。
淮南弟称号，刻玺于北方。
铠甲生虮虱，万姓以死亡。

白骨露于野，千里无鸡鸣。
生民百遗一，念之断人肠。

汉献帝初平元年（190）春，关东军阀推举袁绍为盟主，联合讨伐董卓，但他们各怀私心，都打算乘机削弱他人，壮大自己，因此观望不前，甚至自相残杀。曹操率军参加了这次战争，深为感慨，写下了这首诗，对军阀混战给人民造成的深重灾难表示悲愤，朴实真切的诗句中贯注着苍凉沉痛的情感，真乃"汉末实录，真诗史也"。

最能体现曹操诗歌艺术风格的是那些直披胸襟、歌以述志的诗篇，如《龟虽寿》：

神龟虽寿，犹有竟时。
腾蛇乘雾，终为土灰。
老骥伏枥，志在千里。
烈士暮年，壮心不已。
盈缩之期，不但在天；
养怡之福，可得永年。
幸甚至哉！歌以咏志。

老当益壮、自强不息的骏爽英气扑面而来，历来被人传诵。又如另一名篇《短歌行》：

对酒当歌，人生几何？
譬如朝露，去日苦多。
慨当以慷，忧思难忘。
何以解忧？唯有杜康。
青青子衿，悠悠我心。
但为君故，沉吟至今。
呦呦鹿鸣，食野之苹。
我有嘉宾，鼓瑟吹笙。
明明如月，何时可掇？
忧从中来，不可断绝。
越陌度阡，枉用相存。
契阔谈䜩，心念旧恩。

月明星稀，乌鹊南飞，
绕树三匝，何枝可依？
山不厌高，海不厌深。
周公吐哺，天下归心。

诗人以"对酒当歌"这种貌似颓放的意态来表现对人生哲理的严肃思考和积极进取的精神，酣畅淋漓地抒写出自己慷慨不平的心理和渴慕贤士的情意，表现了诗人欲统一天下、建功立业的宏伟抱负，格调高远，慷慨悲凉。

曹操的诗在艺术上有很高的成就，语言质朴自然，风格健康明朗。他拯世济物、统一天下的宏伟抱负，正视现实、关心民生疾苦、关心国事的慷慨激情，以及壮志难酬的低沉悲凉情调交织在一起，形成了他的独特风格，"如幽燕老将，气韵沉雄"，极具慷慨悲壮之气概，体现了"建安风骨"的文风和特点。

二、曹丕

曹丕（187—226），字子桓，曹操次子，三国魏著名文学家。他虽然也有一些作品反映了军旅生活的艰辛，流露出对人民的同情，但是内容远不及他父亲的深刻、丰富，也没有那种古直苍凉的气韵。现存诗歌40余首，其中比较出色的是描写男女爱情和离别愁恨的作品，以《燕歌行》第一首最为著名：

秋风萧瑟天气凉，草木摇落露为霜。
群燕辞归鹄南翔，念君客游思断肠。
慊慊思归恋故乡，君何淹留寄他方？
贱妾茕茕守空房，忧来思君不敢忘，
不觉泪下沾衣裳。
援琴鸣弦发清商，短歌微吟不能长。
明月皎皎照我床，星汉西流夜未央。
牵牛织女遥相望，尔独何辜限河梁。

诗人先烘托渲染出霜飞木落、秋凉萧瑟、"悲哉！秋之为气"的氛围。又以鸿雁南归感物起兴，暗暗提出鸟亦知归，独我所思之人远游不返之意。接着用"念君客游思断肠"锁上关下，点醒主题，但推出思妇之后，却不径直写主人公如何苦思、如何"怨旷"，而先就游人设想猜度，他也在"慊慊思归"反衬自己思念之深。"君何淹留"一句，有疑虑、有失意、有关切、有期待、有担忧，久役不归是战事紧急，还是军务繁忙？是染病，还是负伤？还是另有他心？总之，思念是复杂的，是充满沉重的忧虑。"贱妾"三句是说思念的专一，"不敢忘"是谓不能忘，也忘不了，思念之深，自然泪下沾裳，忧伤负荷太重，即思排遣，弹琴解忧，浅唱泄愁，然思苦歌伤，反增若许忧伤，这"短歌微吟"情调凄苦的清商曲自然不能长——再不能继续弹下去，这表现了主人公生活上的孤苦无依和精神上的寂寞无聊。弃琴歇息，然而明月照床，又别增一番孤独滋味，辗转反侧，银河西向，分明已至深夜未尽的时候——"夜未央"，愁怀依然难释，索性披衣徘徊漫步中庭，仰视满月明星，偏偏牛女二星正眸子相寻，不言己之怀人，却代牛女抱怨"尔独何辜限河梁。"全诗一气舒卷，千曲百折，缠绵悱恻，低回掩映，"声欲止而情自流，绪相寻而言未绝。"

曹丕诗三言、四言、五言、六言、七言、杂言诸体兼备，《燕歌行》二首算是文人创作的现存最早的完整七言诗。

曹丕的散文《典论·论文》将文学提高到"经国之大业，不朽之盛事"的高度，成为文学时代极为昭著的理论标志。

三、曹植

曹植（192—232），字子建，曹操之子，曹丕之弟。建安时期最杰出的文学家。曾封为陈王，死后谥号"思"，故世称陈思王。他才华出众，深得曹操的赏识与宠爱，曾欲立为太子。曹丕称帝后，曹植受到猜忌和迫害，屡遭贬爵、改换封地，曾多次上书请求任用，终未如愿，忧郁而死。这种生活悲剧，对他的文学创作有很大的影响。曹植现存诗歌80余首，较完整的词赋、散文40多篇。

曹植的文学创作活动，以曹丕即帝为界，分为前后两个时期。曹植早年随父南征北战，有着远大的抱负和强烈的建功立业事业心。他前期的诗歌主要是表现追求政治理想、向往建功立业的雄心壮志，如《白马篇》：

白马饰金羁，连翩西北驰。借问谁家子，幽并游侠儿。
少小去乡邑，扬声沙漠垂。宿昔秉良弓，楛矢何参差。
控弦破左的，右发摧月支。仰手接飞猱，俯身散马蹄。

狡捷过猴猿,勇剽若豹螭。边城多警急,虏骑数迁移。
羽檄从北来,厉马登高堤。长驱蹈匈奴,左顾凌鲜卑。
弃身锋刃端,性命安可怀?父母且不顾,何言子与妻!
名编壮士籍,不得中顾私。捐躯赴国难,视死忽如归!

该诗塑造了一个武艺精湛的爱国壮士形象,歌颂了他为国献身、视死如归的高尚情操,寄托了曹植自己的愿望。诗歌通过对控、破、摧、接、散、蹈、凌等动词的运用,表现了游侠儿浑身积蓄的无限力量,其奔腾、跳跃的强劲生命和无坚不摧的英雄气概跃然纸上,这正是骨气和词采的完美结合。

曹植是建安时期创作五言诗最多的作家,对五言古诗的发展贡献突出。他的诗"骨气奇高,词采华茂",其作品个性表现之充分、鲜明和强烈,是在屈原以后和陶渊明以前所仅见的。他是建安文学的杰出代表,钟嵘称其为"建安之杰",在中国文学史上有着重要的地位。

第三节　建安七子与蔡琰

除了"三曹"外,"建安七子"也是建安时期的主要作家。"七子"之称出于曹丕的《典论·论文》:"今之文人,鲁国孔融文举、广陵陈琳孔璋、山阳王粲仲宣、北海徐干伟长、陈留阮瑀元瑜、汝南应玚德琏、东平刘桢公干,斯七子者,于学无所遗,于辞无所假,咸自以骋骥騄于千里,仰齐足而并驰。"

"七子"中的孔融年辈较高,他看不惯曹操"挟天子而令诸侯"的做法,不与曹操合作,专门找碴儿捣乱。一次曹操出于经济考虑颁布了一道禁酒令,借口喝酒可以亡国。孔融写信给曹操,说历史上有女人亡国的说法,为什么不禁婚姻?他后来被曹操以"败伦于乱理"的罪名加以杀害,其文学成就主要是散文。曹丕说他的文章"体气高妙"。除孔融之外,其余六人都是依附曹氏父子的僚属和邺下文人集团的主要作家。他们目击汉末动乱,有的还经历困苦流离的生活,他们又都有一定的抱负,想依附曹氏父子做一番事业,所以他们的作品都能反映动乱的现实,同时表现了建功立业的精神,具有建安文学的特征。

王粲是"七子"中成就最高的作家,其《登楼赋》不仅代表了他的艺术成就,而且对于魏晋辞赋的发展也有重要意义,如其中怀念故乡一段:

情眷眷而怀归兮,孰忧思之可任?凭轩槛以遥望兮,向北风而开襟。平原远而极目兮,蔽荆山之高岑。路逶迤而修迥兮,川既漾而济深。悲旧乡之壅隔兮,涕横坠而弗禁。

情思眷眷,哀意沉沉,可谓思乡之经典,人称魏晋赋之首。它实际上已经摆脱了汉大赋的思路,直接取法《楚辞》的哀婉流畅的节奏,用华美绚丽的语言和新鲜丰富的意象来抒发自己的感情。

建安时代出现了一位杰出的女作家蔡琰(字文姬,约177—249),她的父亲蔡邕(字伯喈,133—192)是东汉末年一流的学者和作家,也是孔融、曹操的老朋友。蔡邕死于非命之后,孔融对他非常怀念,而曹操则用重金把流落在南匈奴的蔡琰接回中原。"文姬归汉"从此成为一个著名的典故,也是人物画的一大题材。

蔡琰的五言《悲愤诗》是建安文坛上的一篇杰作,长达540字,是我国诗史上文人创作的第一首自传体的五言长篇叙事诗。这首诗生动地描写了诗人在汉末军阀混战中的悲惨遭遇,在被胡人掳后受尽了胡兵的虐待和侮辱,如下面一段:

岂复惜性命,不堪其詈骂。
或便加棰杖,毒痛参并下。
旦则号泣行,夜则悲吟坐。
欲死不能得,欲生无一可。
彼苍者何辜,乃遭此厄祸。

在滞留胡地的漫长岁月中,蔡琰无时不为思念亲人乡土的感情所煎熬:"感时念父母,哀叹无终已,有客从外来,闻之常欢喜。"幸而得以归国了,却又要和亲生的子女离别:

儿前抱我颈,问母欲何之。人言母当去,岂复有还时。阿母常仁恻,今何更不慈。我尚未成人,奈何不顾思。见此崩五内,恍惚生狂痴。号泣手抚摩,当发复回疑。

待她回到家后,等着她的是一片废墟,虽然"托命于新人",但是"流离成鄙贱，常恐复捐废"。在残酷的礼教统治下，有了像她这样遭遇经历的是为人所不齿的，无可奈何的她只有"怀忧终年岁"了。

《悲愤诗》以亲身经历为线索，写被俘的情由、南匈奴的生活和被赎回后的遭遇，将叙事、抒情、议论熔铸在一起，不仅抒发了自己颠沛流离、倍受屈辱的悲愤，而且反映了汉末战乱的悲惨现实，其悲愤惨痛之情感、细腻具体的描写，读之令人震颤。蔡琰的《悲愤诗》在建安文学中不仅具有所谓的建安风骨，而且在一定意义上能独树一帜。

《文心雕龙·时序》在评论建安七子与三曹及其文学时，说他们"洒笔以成酣歌，和墨以藉谈笑。观其时文，雅好慷慨，良由世积乱离，风衰俗怨，并志深而笔长，故梗概而多气也"。战乱的现实打乱了所谓的君臣纲常，共同的爱好使他们经常在一起宴饮狎游，而慷慨之气又相互感染，扩大了他们的豪兴，在这"世积乱离、风衰俗怨"中就孕育出了慷慨悲凉的建安风骨。所谓"慷慨"，实际上就是一种具有悲忧色彩的感情；所谓"志深"，指的是情志真实、思想深刻、意气骏爽；所谓"笔长"，指的是深沉优美的文笔；"梗概而多气"则是指悲凉慷慨、刚健有力的风格。所有这些，都准确地展现了"建安风骨"的时代特色和审美内涵。

第四节　古今隐逸诗人之宗——陶渊明

陶渊明（365—427），字元亮，后来又改名潜，浔阳柴桑（今江西九江）人。曾祖陶侃曾官至大司马，祖父、父亲也做过太守、县令一类的官。陶渊明幼年丧父，家境衰落，直至孝武帝太元十七年（392），陶渊明均在家读书，料理家务。陶渊明一生几次出仕，几次辞官。29岁时，经亲友推荐任江州祭酒，因不堪吏职，很快辞归。不久州上又招他去做主簿，他拒绝了。36岁时，在江陵桓玄幕府任职，因母丧辞官还乡；40岁始任军职，任镇军将军参军，第二年改任建威将军参军，8月为彭泽县令，到11月，还是因为无法面对政治纷争和黑暗现实，最后一次弃官，选择了归隐。仕途失意的陶渊明在文学创作方面取得了辉煌的成就，在中国诗歌发展史上做出了重要贡献。他开创了田园诗派，首次将大量的农家生活和劳动写入诗歌，扩展了诗的创作内容。在陶渊明笔下，田园变成了痛苦世界中的一座精神避难所。《归园田居（五首）》《饮酒（二十首）》《劝农》《荣木》等都是他田园诗的代表作。在这些诗歌中，陶渊明描绘了清新优美的田园风光，歌颂了亲自参加劳动的感受。凡此种种，都表现出他对隐居的热爱，以及对安宁闲静生活的追求，展现了一种随遇而安、淡泊名利以及安贫乐道的旷达胸怀。除田园诗外，陶渊明还写过一些咏史诗，如《咏荆轲》《咏二疏》和《咏三良》等，读这些诗，我们能感受到陶渊明的政治抱负以及他激烈、慷慨、豪放的一面。

通过他的《杂诗十二首》，可以看出诗人孤独、寂寞、惆怅之情。陶渊明毕竟是饱读经史的文人，济世之志无法实现，仅仅共道桑麻是不能满足他的精神需要的。这些诗与其散淡的田园诗恰好合成一个整体，完整地反映出陶渊明的精神境界。

陶渊明的散文虽不多，但多是精品，有令人神往的《桃花源记》、风格独特的《五柳先生传》和《归去来兮辞》。

陶渊明在中国诗歌发展史上的巨大贡献是拓宽了传统诗歌的题材，创立了田园诗。在此之前，田园自然和农村生活从未真正成为诗歌表现的主题，只是作为衬托而存在，陶渊明的隐逸人格，使他把自然美和农村的自然生活当作审美的对象，把诗歌的审美触角伸展到世俗诗人无可企及的领域。

第五节　魏晋南北朝的文学理论

魏晋以前，中国没有关于文学批评、文学理论专著，有关文学的言论，多散见于诸子、经史著作中。魏晋南北朝由于文学的繁荣、文学创作的自觉、文学与经史的分离和品评人物的时代风尚的影响，促进了文学批评、文学理论的发展，逐渐形成了评论作家作品、研究创作规律的风气，随之诞生了一批专门的理论著作。

一、《典论·论文》

曹丕的《典论·论文》是中国文学批评史上较早探讨文学价值、作家气质与作品风格的关系、文体分类和文学批评方式等问题的一篇专论。作者首次把文学看作"经国之大业,不朽之盛事",充分肯定了文学的价值和地位。又认为"文以气为主",强调作家气质个性的清浊不同,是决定其作品风格差异的关键。

在文体分类上,曹丕首创"四科八体"之说,指明"奏议宜雅,书论宜理,铭诔尚实,诗赋欲丽"的各体特点。正因为各体文章功能不一、风格各异,一般作家很难兼通,所以他主张在进行文学批评时,提倡"审己以度人"的方式,杜绝"文人相轻""贵远贱近"的陋习,并就此具体分析了建安七子各体文章的优劣。

《典论·论文》对魏晋文学批评的深入开展起到了推动作用。

二、《文赋》

陆机的《文赋》是西晋的文学理论论文。陆机根据自己的创作实践,总结前人的经验,在中国文学批评史上第一次系统地论述了文学作品的创作过程,对于文学创作构思过程中的想象问题和感性问题的论述极为精辟。陆机强调构思前应观览万物,钻研典籍,培养情志;构思时必须"收视反听",惨淡经营,充分发挥想象力的作用;构思后要重视创作表现技巧,遵循以内容为主、辞采为辅的原则,精心剪裁。只有这样,才能正确处理"物""意""文"三者的关系。此外,《文赋》还将文学体裁的划分扩充到十类,分别概括了它们不同的风格特点。其中"诗缘情而绮靡"强调了诗歌的抒情和语言精美,从审美角度修正了先秦偏重道德功利目的的"诗言志"论,反映了这个时代人们对文学特性的认识的深入。

三、《文心雕龙》

刘勰的《文心雕龙》是我国文学批评史上第一部有严密体系,"体大而虑周"(章学诚《文史通义·诗论篇》)的文学理论专著。全书用骈体写成,共五十篇,分四个部分:

第一部分:总论(第一至五篇)。这部分论"文之枢纽",提出了指导创作的根本原则就是"本乎道,师乎圣,体乎经",要求一切文章的写作都必须以儒家经典为指导。

第二部分:文体论(第六至二十五篇)。刘勰按"有韵"和"无韵"的标准分类,以文笔分类,以性质分体,不可分者别辟一类,解释其源流、特征,指出其写作方法和评述各家各体作品的优劣,都比曹丕、陆机详备和透辟。

第三部分:创作论(第二十六至四十四篇)。这是全书最有创见最有价值的部分,涉及艺术构思、风格个性、文质关系和修辞技巧等文学理论问题。

第四部分:批评论(第四十五至四十九篇)。这部分主要探讨文学发展规律和文学批评的方法、原则。其最后一篇《序志》,是全书的序言,说明了写作此书的目的和结构方法。

《文心雕龙》内容丰赡、体大思精,其系统的理论建树远超前代、深启后世,是我国文学理论卓拔千古的集大成之作。

四、《诗品》

钟嵘的《诗品》是我国现存最早的一部论诗专著。全书共三卷,将汉至梁一百二十二位五言诗人列为上、中、下三品,每品一卷,分论这些诗人的创作特色和渊源流变。

钟嵘的诗歌批评理论,强调外界客观事物是产生主观情感和创作冲动的根本原因。这方面,钟嵘继承了《礼记·乐记》、陆机《文赋》、刘勰《文心雕龙》关于心物关系的论述,但前人都是从自然景物对人心的作用着眼的,钟嵘则特别强调社会生活与诗歌创作的关系,"物"的内涵从自然景物扩展到社会生活的各个方面。基于这一认识，在评论诗歌时，往往能从诗人的生活遭遇和所处的社会环境出发，进行品评。

《诗品》正文品第诗人，注意揭示他们的风格特色和渊源所在，意在引导诗歌创作向"风"、"骚"看齐，这是可取的。但风格流派形成的因素十分复杂，简单化地判定某家源自某家，不免牵强。此外，《诗品》论人也有失当之处，如曹操贬在下品，陶渊明抑在中品，陆机、潘岳、张协扬为上品。这反映了他审美标准与批评实践的矛盾。尽管如此，《诗品》的成就仍然是主要的。

《诗品》在理论问题和批评实践上的有益探索，直接启迪、影响了后世的诗论与诗话创作。《诗品》与《文心雕龙》一样，代表着这个时期文学批评和文学理论发展的高峰。

第五章 隋唐时期的文学及创作

隋唐是我国封建社会的繁荣时期，隋唐文学自然也是我国文学史中的辉煌时期，而唐代诗歌更是中国古代诗歌中的巅峰。韩愈领导的古文运动、唐代传奇小说的出现对后世的文学影响很大。

第一节 隋唐时期文学的发展

一、唐代诗歌的繁荣

唐代是中国古代诗歌史上最繁荣最辉煌的时期。据《全唐诗》及其有关补遗所载，现存诗有52000余首，作家2300多人。数量之多、作者之众、内容之广、风格流派之繁、体裁样式之全，均堪称空前。

从题材内容看，唐诗几乎深入唐人生活的每个领域，大至国家兴衰、政治得失、社会动乱、战争胜负、民生疾苦，诸如盛唐时的对外用兵、盛唐至中唐转折时的安史之乱，以及人民在其间受到的征戍与诛求之苦，中晚唐的三大痼疾——宦官专权、藩镇割据、党争倾乳，无不写入诗中，号称"史诗"的作品，不计其数；小至琴技棋艺、书理画趣、虫鱼鸟兽，亦莫不入诗。至于那些描写自然田园、歌咏日常生活、抒发离情别绪、赞美建功立业、向往渔樵山林等传统题材，更是如雨后春笋。而且形式各异，有纪游体、寓言体、赋体、传记体、传奇体等等。特别值得注意的是唐诗在反映现实的广阔性和深刻性方面超过了前代。他们从许多方面接触到当时社会的重大问题，如对统治者的穷奢极欲、横征暴敛、穷兵黩武、腐败无能、拒谏饰非、斥贤用奸，都进行了大胆的揭露和谴责，有的甚至把矛头指向最高统治者，以至后人无不感慨道唯唐人方敢如此。同时他们对农夫织妇所受到的种种压迫与剥削充满了深切的同情，描写下层人民的生活已成为诗歌创作的一大内容。他们还提出了妇女问题、商人问题及其他社会问题。凡此种种都是前代诗人没有或很少写到的。

　　从风格流派看，更是百花齐放。仅盛唐而言，就有"李翰林之飘逸，杜工部之沉郁，孟襄阳之清雅，王右丞之精致，储光羲之真率，王昌龄之声俊，高适、岑参之悲壮，李颀、常建之超凡，此盛唐之盛也"（高棅《唐诗品汇总序》）。其中，孟襄阳（浩然）、王右丞（维）等人，高适、岑参等人还被后人奉为田园诗派和边塞诗派的代表作家。在盛唐之后，还出现过以清丽精雅著称的十才子体、以平易通俗著称的元白诗派（亦称长庆体）、以奇警峭劲著称的韩孟诗派、以精深婉丽著称的温李诗派等。

　　具体而论，唐诗派别虽多，但总体而论，却有一个共同的特点，即能把充实的内容与饱满的感情、高度的写作技巧与纯熟的表现方式完美地结合起来。而这几个因素是诗歌的基本因素，唐诗不但能兼而有之，且能将其炉火纯青地融为一体，故而能登上诗歌的顶峰。唐之前的诗并非没有充实的内容和饱满的感情，但苦于表现方法、艺术技巧尚不能像唐人那样随心所欲，作起诗来难免有些板滞拙涩，缺乏活泼流动的韵味与风情；唐之后的诗并非没有高度的写作技巧与纯熟的表现方式，但很多内容和感情早已被唐人表现得淋漓尽致，很难再有所创新，故而作起诗来难免多从形式及人工安排上用力，或摆脱不掉因袭的成分，使诗歌在某种程度上丧失了应有的情韵。但唐诗则不同，历史的机遇使它处于一种最佳的处境。它一方面能保有充实内容和饱满感情，另一方面又能在写作技巧上充分发挥自己的聪明才智，因而唐人几乎开口便能写出好诗，如"少小离家老大回，乡音无改鬓毛衰。儿童相见不相识，笑问客从何处来？"（贺知章《回乡偶书》）"葡萄美酒夜光杯，欲饮琵琶马上催。醉卧沙场君莫笑，古来征战几人回？"（王翰《凉州词》）"松下问童子，言师采药去。只在此山中，云深不知处。"（贾岛《寻隐者不遇》）感情真切，情趣盎然，仿佛一切皆从胸中流出，并非在有意为诗，但写出来的却是一派有如天籁的真情神韵，这正是它前无古人、后无来者的不可及处。

盛唐是唐诗的繁荣昌盛时期。经过近百年的探索和准备，盛唐诗坛出现了百花齐放、美不胜收的繁盛局面。从内容上讲，此时的诗歌已得到了最充分的解放，唐诗所表现的种种内容，都在此时得到最集中的反映。从体裁上讲，这时的律诗已走向成熟，七言歌行和绝句得到了最充分的发展，达到了诗歌史上的最高水平。从风格上讲，现实主义和浪漫主义两大流派在此时都得到了最充分的发展，而其代表人物杜甫、李白可谓登上了中国古典诗歌的两座高峰。其他如壮浪奔放的边塞诗派、优美清新的田园诗派亦达到了极高的水平。

中唐是唐诗的繁衍期。此时的风格流派比盛唐更多：刘长卿、韦应物的山水诗，李益、卢纶的边塞诗，都在一定程度上继承了盛唐诗风；韩愈、孟郊有意发展杜诗雄奇的一面，形成了以横放杰出、排弄瘦硬为特点的韩孟诗派；李贺更融合楚辞、乐府和李白的浪漫色彩，独树诡丽瑰奇之一帜；刘禹锡、柳宗元或发思古之幽情，或借山水以抒幽愤，亦有独到的浑成清俊的特色。值得注意的是他们之中有些人在语言上刻意推敲，如韩愈、孟郊，有些人在意境上着意刻画，如李贺、柳宗元，有些人尤喜以议论或散文入诗，如韩愈，这都不但进一步丰富了"唐音"，而且也在一定程度上开启了"宋调"。

中唐诗歌影响最大的流派，要推以白居易为首的，有李绅、元稹、张籍、王建等人广泛参加的新乐府运动。

晚唐是唐诗衰落期。最初尚有李商隐、杜牧两位著名诗人，时称"小李杜"。他们的长篇五古《行次西郊作一百韵》《感怀诗》，题材重大，颇能继承老杜的同类作品。李商隐的七律和杜牧的七绝成就更高。李商隐在七律已被前人多方开掘，几乎在难以为继的情况下，异军突起，独树一帜。他对语言、对仗、声律和典故，无不精心地锤炼安排，形成了一种富艳精工和深于情韵的风格，成为唐诗灿烂的晚霞。尤其是几首表现爱情的《无题诗》，如"春蚕到死丝方尽，蜡炬成灰泪始干""身无彩凤双飞翼，心有灵犀一点通"，感情极为缠绵，意象极为朦胧，给人一种别开生面的美感。杜牧的七绝以清新俊逸、流走明快、语浅意深见长，在王昌龄、李白等绝句大师之后能自成一家。

李商隐、杜牧之后，不曾再出现有重大影响的诗人。这时作家虽多，但多是中唐以来各大家的学步者,如方干、李频之于贾岛、姚合,吴融、韩偓之于李商隐、温庭筠,只有皮日休、聂夷中、陆龟蒙、罗隐、杜荀鹤诸人稍有特色。他们的某些作品能继承新乐府运动"惟歌生民病"的现实主义传统和平易流畅的风格,如杜荀鹤的《再经胡城县》曰"去年曾经此县城,县民无口不冤声。今来县宰加朱绂,便是生灵血染成",但气魄才力以至影响都远不及前人了。

二、文学革新:古文运动

所谓古文,就是与当时流行的骈文相对称的散文。就形式来说,它是一种文句散行、文句长短不限的文体。因为这种文体的倡导者主张恢复先秦、两汉时代的散文传统,故称为古文。中唐时期,以韩愈、柳宗元为首的一批作家掀起了一场反对骈文、提倡古文的文学革新运动,为散文的发展开辟了新的天地。

唐代古文运动可以分为四个时期:

第一时期(618—741),是古文运动的发展期。武德、贞观年间,是骈文的一统天下,高祖、太宗出于施政的需要,提倡公文疏奏,实录切用。在一些史书和魏徵、傅奕、马周等人的奏疏谏议中,已出现以散间骈的征兆。

高宗武后之世,四杰的骈文指责朝政,褒贬时事,抒发志向和牢骚,内容充实,气势宏大,有汉赋余响;辞藻华丽,仍六朝积习。适应武周改制称帝的需要,一些阿世取容的御用文人(如李峤、宋之问等)所作的文章,从内容到形式,近于南朝文学侍从之词,而陈子昂的直言极谏,则显得不合时宜。他为人任侠使气,又精习纵横,所作论议疏奏,陈王霸之术,揭时政之弊,说言直论,凌厉风发,行文也多用散体,因此,尽管他的"道"与后世古文家所倡言者内涵不同,文风也有别,而且他的表序颂祭,仍有俳偶陈习,但后世还是尊其为古文运动的先导者。

第二时期(742—805),是古文运动高潮的酝酿期,涌现了一批散文改革的倡导者。前有李华、萧颖士、元结,后有独孤及、梁肃和柳冕。他们在理论上主张明道宗经,强调文章有救世劝俗的社会作用,不满于骈文的浮靡华艳,推崇陈子昂的斫雕返朴。他们的主张是安史之乱以后欲以儒道重振王纲朝政的社会思想在文学上的反映。但他们的儒道不纯：元结不师孔氏，李华、梁肃兼信儒佛；理论片面：忽视文章的美感和辞章文采对表达内容的功用；成就有限：未脱骈俪旧习，少有传世名作。其中成就最高者当首推元结。他的散文忧时愤世，风格危苦激切，在山水游记、寓言杂文上有所创新。有"上接陈拾遗，下开韩退之"（全祖望《元次山阳华三体石铭跋》）的重要过渡作用，但也有艰涩古奥、文采韵味不足的缺点。

第三时期（805—859），是古文运动盛极而衰的时期。其中永贞至长庆（805—824）年间是古文运动的极盛时期。一批文人抱着行道济世、重振唐运的志向，积极参与永贞改革、元和中兴。古文运动高潮的形成，适应了当时的政治需要。一时人才辈出，既有韩、柳做领袖，又有李翱、李观、李汉、皇甫湜、刘禹锡、吕温、白居易等人为羽翼，他们互相切磋推挹，造成声势。对古文运动的指导思想、创作宗旨，韩、柳都有较明确、系统的论述，提出"文以明道"的主张，阐发了文道相辅而行的关系，克服了前辈重道轻文的偏颇。韩愈的"不平则鸣"说和柳宗元的"辅时及物"说，提倡创作面向人生，干预现实，抒情言志，不仅"明道"而已，而且极大地丰富了古文的创作内容。他们对古文的艺术形式也做了具体论述，力主"陈言务去""气盛言宜""文从字顺""意尽便止"，还对作家的道德、文艺素养和创作态度有所要求，这对于规范古文创作，提高艺术水平起了重要作用，他们的古文创作成就斐然，在散文的各种体裁如序、铭、记、说、寓言等，几乎都有有突破和创新，并形成了各自鲜明的风格。韩文雄深奇崛，柳文精深峻洁，被奉为后世散文的楷模。李翱、皇甫湜分别发展了韩愈"文从字顺"和"怪异奇崛"的特点。

宝历至大中年间（825—859）古文运动逐渐衰落，作者人数和成就均不如前。代表人物孙樵、刘蜕，生活经历既不如韩柳那样丰富，而且才力心志更相去甚远，只能在怪奇峭僻上着力。虽也有些刺世疾邪的佳作，但与皇甫湜相比，已是等而下之了。倒是著名诗人杜牧的散文，论列大事，指陈利病，剀切排奡，成就突出。

第四时期（860—907），这一时期进入了唐朝季世，古文运动衰微，小品文却异军突起,出现了皮日休、陆龟蒙、罗隐等一批穷愁之士。他们的小品文远绍元结,近承韩、柳。杂文寓言,短篇零章,愤世嫉俗,幽默讽刺,深切犀利,被誉为"一塌糊涂的泥塘里的光彩和锋芒"(鲁迅《小品文的危机》)。

三、小说的成熟期——唐传奇

所谓"传奇",即传述奇人奇事。唐代传奇,就是唐人用文言写作的短篇小说。因其有曲折奇特的情节,与一般散文不同,故名。晚唐裴铏以"传奇"题名自己的小说集,宋代以后就以"传奇"作为这类小说体裁的统称。

唐代传奇在六朝志怪小说的基础之上产生,并深受六朝志人小说、唐以前史传散文、诗歌艺术、古文笔法,以及当时流行的变文、话本等通俗文学的影响。它的兴起和日趋成熟,是唐代社会生产力发展、商业经济发达、市民阶层兴起、社会较为开放、知识分子思想活跃的产物。

唐代传奇的发展大致可分为三期:

初盛唐时期。这是唐传奇初步发展的时期,作品少,内容与六朝志怪小说相似,艺术上也不够成熟,但在人物形象的塑造、环境气氛的渲染,以及细节描写等方面,都比六朝小说有不同程度的进展。代表作品有王度的《古镜记》、无名氏的《补江总白猿传》、张鷟的《游仙窟》。

中唐时期。这是唐传奇的繁荣兴盛期,作家云集,佳作迭出。其题材虽多是才子佳人、英雄侠士,但现实性大大增强并且触及社会的某些本质方面。某些篇章虽涉神仙道化、狐妖鬼怪,但也并非专为怪志,而是借以反映现实。这些作品,生活气息浓厚,结构精巧,情节曲折,人物形象鲜明,文笔优美生动,具有较高的艺术性。著名作品有沈既济的《枕中记》、李公佐的《南柯太守传》、李朝威的《柳毅传》、许尧佐的《柳氏传》、蒋防的《霍小玉传》、白行简的《李娃传》、元稹的《莺莺传》、陈玄祐的《离魂记》、陈鸿的《长恨歌传》等等。

晚唐时期。这是唐传奇数量骤增、专集涌现的时期。主要作品有牛僧孺的《玄怪录》、李复言的《续玄怪录》、牛肃的《纪闻》、薛用弱的《集异记》、袁郊的《甘泽谣》、裴铏的《传奇》、皇甫枚的《三水小牍》等,其内容题材倾向于搜奇猎异、言神志怪，无甚可取。但也有一些描写侠义之士抑强扶弱、申冤除害的篇章，反映了当时动荡的社会现实和人民的愿望，如杜光庭的《虬髯客传》、袁郊的《红线传》、裴铏的《聂隐娘传》等。总之，晚唐传奇在思想和艺术上都不及中唐时期，显现出逐渐衰落的趋势。

从思想内容上看，唐代传奇题材广泛，从侧面揭示了复杂的社会矛盾，具有积极的现实意义。

首先，以婚姻和爱情为主题的作品比较突出，如蒋防《霍小玉传》、白行简的《李娃传》、元稹的《莺莺传》、李朝威的《柳毅传》等，这类作品的女主人公，虽然出身不一，表现各异，但都有着对婚姻自主、爱情自由的渴求。她们以自己纯真的爱情、热烈的追求、大胆的反抗以及往往是悲剧性的结局，对封建婚姻制度进行了血泪的控诉。

其次，运用现实题材、历史题材和志怪题材，直接或间接地反映当时政治状况，占了相当比重。代表作品有李公佐的《南柯太守传》、沈既济的《枕中记》、陈鸿的《长恨歌传》等。例如《南柯太守传》中的槐安、檀罗国，正是中唐社会的现实缩影。小说中所描写的官场险恶、庸人当道、任人唯亲、相互倾轧等，具体反映了中唐豪贵专权、党争迭起的黑暗政局；所谓的"南柯一梦"，也正是当时封建士大夫知识分子思想的曲折反映。《长恨歌传》写唐玄宗和杨贵妃的故事，"惩尤物，窒乱阶"，批判的矛头直指封建统治阶级。

从艺术上看，唐传奇在描写人物、情节安排和语言运用等方面都取得了巨大成就，标志着中国古代小说艺术的渐趋成熟。

在人物描写方面，唐传奇善于通过对话和行动的具体描绘来表现人物的性格特征；善于通过对比、烘托，使人物形象更加丰满；善于运用细节描写、肖像描写和心理刻画，更细致深入地展示人物性格的复杂性等等。因此，唐传奇塑造了众多、栩栩如生的人物形象，如纯真痴情的少女霍小，浪荡无耻的公子李益，口齿伶俐的媒婆鲍十一娘（《霍小玉传》），不甘凌辱、自结良缘的龙女，正直善良、勇敢侠义的柳毅，疾恶如仇、刚烈如火的钱塘龙君（《柳毅传》）等等，便是其中的典型。

唐代传奇的产生，标志着中国小说的发展已逐渐成熟。从此，小说正式形成了自己的规模和特点，成为一种独立的文学式样。而且出现了一些专门从事传奇创作的作家，促进了小说在艺术上的丰富与提升。

唐代传奇多从侧面反映城市社会生活的繁荣复杂，把反对封建门阀制度和礼教压迫当作基本主题，从而揭开了中国现实主义小说的序幕。同时，一些优秀作品还兼具积极浪漫主义的精神。这就直接影响到后世的小说、戏曲的创作，如宋元话本；蒲松龄的《聊斋志异》、王实甫的《西厢记》、郑光祖的《倩女离魂》、汤显祖的《邯郸记》、洪升的《长生殿》等等，都可以明显地看到唐传奇的影子。

唐代传奇高度的艺术成就，如完整的情节结构，细腻的肖像、服饰、生活细节、心理的刻画，人物形象系列的生动塑造，以及简洁、准确、丰富、优美的语言，都给予了后世文学创作以积极影响。许多传奇人物和故事，亦成为后世诗文中常用的典故。

唐代传奇对世界文学尤其是日本文学，也有一定的影响。

四、敦煌变文

敦煌变文，是指在敦煌发现的唐代讲唱文学，即当时寺院僧徒和民间艺人用来讲说故事的底本。

变文的内容，可分为宗教"俗讲"的讲经文与讲唱佛经故事的变文，以及民间讲唱故事的话本、唱词和变文等。这些内容，性质不一，体式不同，但都统称为"变文"。思想意义则以民间讲唱故事者为优。

变文形式上的主要特点，是诗文相间、说唱结合。散文部分是口述，多为浅近的文言与四六骈语，也有使用白话的；韵文部分是吟唱，以七言为主，间杂三、五、六言。韵散结合的方式一般有两种：一是以散文讲述故事，以韵文重复吟唱讲述内容；二是以散文作引文，再用韵文来敷衍铺陈。

变文的发现填补了文学史的空缺。它是后世各种说唱文学的先驱，并且对后世小说、戏曲有深远的影响。

第二节 隋唐时期的文学人物

一、诗佛——王维

唐代宗喜好文学。有一次，他对宰相王缙说："卿之伯氏，天宝中诗冠代，朕尝于诸王座闻其乐章。今有多少文集，卿可进来。"王缙回答说："臣兄开元中诗百千余篇，天宝事后，十不存一。"第二天，王缙就将原来收集起来的400余篇诗献给了代宗。为此事，代宗还专门"优诏褒赏"。那个被唐代宗称为"天宝中诗冠代"、死后还受"优诏褒赏"的人是谁呢？这个人就是王缙的长兄、和孟浩然齐名的山水诗人王维。当然，唐代宗未必评得准、褒得对，但王维确实是盛唐时期一位有名的诗人、画家、音乐家。

王维（701—761），字摩诘，太原祁（今山西祁县）人，出身仕宦之家，"父处廉，终汾州司马，徙家蒲，遂为河东（今山西永济县）人"（《旧唐书·王维传》）。王维21岁时中进士，任大乐丞，因伶人舞黄狮子事触犯皇权而受连累，被贬为济州司库参军。开元二十二年（734），在政治上较有远见的张九龄为相，王维积极拥护，并上书请求引荐，遂被提升为右拾遗。不料三年后，历史上有名的口蜜腹剑的李林甫为相，张九龄被贬，王维也被排出朝廷，以监察御史的身份出使边塞的凉州。直到开元二十七年才应召回长安，此后一直在京供职。历任左补阙、库部郎中、给事中、太子中允、中书舍人、尚书右丞等职。因为职务关系，他曾到过四川和湖北。著作有《王右丞集》。

王维"有俊才""博学多艺"（《旧唐书·王维传》）。王维的确是一位有才气的人物。他在青年时期已经显露出惊人的才华。他17岁时作的《九月九日忆山东兄弟》、18岁时写的《洛阳女儿行》，不但在当时文坛上获得了很高的声誉，直到今天还为人们所赞赏。其中"每逢佳节倍思亲"等，已成为人们普遍传诵的名句。

天宝十五年（公元756），安史叛军攻陷两都（长安、洛阳），唐玄宗奔蜀。

"维扈从不及，为贼所得"。安禄山素慕王维之名，派人把他挟持到洛阳，关押在菩提寺里，强迫接受"给事中"的伪职。开始，王维"服药取痢，伪称喑病"，但后来还是接受了安禄山授给的职务。这是王维政治上的一个污点。后来官军收复两都，唐肃宗回到长安，凡做过伪官的按三等定罪。王维一方面有《凝碧诗》在，同时他弟弟王缙因平叛有功，官职已显，"请削己刑部侍郎以赎兄罪"。因此，肃宗"特宥之，责受太子中允"。之后，王维的官职又逐渐升迁。

王维先后在终南山和兰田辋川别墅，过着半官半隐的"弹琴赋诗，傲啸终日"的悠闲生活，写下了许多山水田园诗，其中不少是脍炙人口的佳篇。苏轼评论王维的诗说："味摩诘之诗，诗中有画；观摩诘之画，画中有诗。"（《东坡志林》）这个评论是十分精彩的，准确地揭示了王维诗歌的特点。

据《唐诗纪事》卷16记载，安史之乱时，大音乐家李龟年南奔，曾在湘中采访使的筵席上唱过王维的《相思》："红豆生南国，春来发几枝。劝君多采撷，此物最相思。"这说明王维诗作的又一个特点，既明白如话，又情意深长，音节响亮，宜于入乐。其他如"渭城朝雨浥轻尘，客舍青青柳色新。劝君更尽一杯酒，西出阳关无故人"，以及《鹿柴》《白石滩》《辛夷坞》等诗，语言也非常简练，意境都十分优美，王维的山水田园诗，数量多，诗意浓，形成了他独特的艺术风格，对后世颇有影响。但也要看到，王维笔下的田园生活，与当时农村的真实生活相去甚远。它无非表现了诗人自己安适自得的情趣而已。

王维还是一个有名的画家。《新唐书·王维传》说他"画思入神，至山水平远，云势石色，绘工以天机所到，学者不及也"。他善于从客观世界里选择出最具有特征和最富于表现力的事物，描绘出十分和谐的图画。他擅画山水，写山水人物，在深浅浓淡中，显现出大自然的神韵。在前人的基础上，他总结出了"丈山、尺树、寸马、豆人"的理论，改变了过去"人大于山"的表现方法。他的画法对后来水墨山水画的影响很大。现存传世的作品有《雪豁图》《伏生授经图》（又称《写济南伏生像》）等。

王维在青年时代就喜好音乐。《唐诗纪事》说他"年未冠……妙能琵琶"。他在进士及第后的第一个官职，就是"大乐丞"。据说，有一次，有人得到一幅画得很复杂的"奏乐图",大家都争相围着去看,但是没有一个人看出画的内容和叫出画的名字。王维看了之后说:"这就是'霓裳羽衣曲'第三叠第一拍嘛。"大家都将信将疑。有个好事的人,专门去找了乐队来奏《霓裳羽衣曲》,当乐工奏到第三叠第一拍时,和画面上完全一致。于是大家都佩服王维见多识广,有学问。

王维父早丧,母亲崔氏信佛,对王维影响很大,因此,王维也是一个虔诚的佛教徒。他的名和字就是取自《维摩诘经》中的维摩诘居士。维摩诘是佛门弟子,但过着世俗贵族的豪华生活。王维中、晚年的生活也跟维摩诘不相上下。他一方面"晚年长斋,不衣文采""退朝之后,焚香独坐,以禅颂为事";同时又半官半隐在辋川别墅里。那儿风景优美,辋水环绕舍下,有"孟城坳""华子冈""欹湖""竹里馆""鹿柴""柳浪""金屑泉""白石滩""辛夷坞"等专供游乐的名胜。王维经常与裴迪等人乘坐小船,泛游于辋水之中,往返于名奇胜地,以赋诗相酬为乐,过着"啸咏终日"的生活。他"在京师日饭十数名僧,以玄谈为乐"。维妻早亡,没有再娶,所谓"三十年孤居一室,屏绝尘累"。他的书房里没有其他的陈设,只有"茶铛、药臼、经案、绳床而已"。王维和他的弟弟王缙"俱有俊才"、"俱奉佛"既是同胞,又是同僚,所以感情深厚,关系很好。王维临死时,其弟不在身边而在凤翔。他向人要了纸笔,专门给缙写了遗书,内容是敦促其"奉佛修心"。遗书写好后,他放下笔就咽了气。王维的诗歌中,有一部分就是谈禅说佛的,这是其创作中的糟粕,并不可取。

二、诗仙——李白

李白号青莲居士,公元 701 年出生于中亚的碎叶城。他的祖籍是陇西成纪(今甘肃秦安附近),他的祖先是在隋朝末年流亡到碎叶的。他 5 岁的时候跟随父亲李客全家迁居到绵州的昌隆县青莲乡(今四川江油县境内)。他的青少年时期是在西蜀度过的,因此他一直把蜀中认作自己的故乡。

李白出生在一个富裕而又具有一定文化修养的家庭。他在父亲的督教下,5 岁就开始诵六甲(计算年月日的六十甲子),10 岁开始阅读诸子百家的著作。

年幼时背诵司马相如的《子虚赋》引起过他的欣慕和向往。到 15 岁左右，他除了搜寻各种罕见的书籍阅读以外，已经开始从事写作活动，他自认为这时所作的赋已能与司马相如相媲美了。除了读书写作以外，他还努力学习剑术。由于他从小怀有济世治国、建功立业的远大志向，所以他既学文，又习武，学习是非常刻苦的。

当时有一位官阶很高的文学家苏颋到益州（今成都）来做长史，李白在半路上拦住他请求相见。他看了李白的诗文以后，大为赞赏，曾说："这个青年天才英丽，写文章下笔就不必停歇。虽然他自己的风格还未成熟，但他的风骨已经形成了。如果再坚持学习，完全可以赶上司马相如。"李白能获得这样的评价，绝非偶然。

在从 20 岁到 25 岁这几年里，李白几乎漫游了所有的蜀中有名的山水和名胜。蜀中雄峻的山川景色，与他豪纵的性格是合拍的。他这段游历，一方面是尽兴地欣赏大好的自然风光，另一方面也是为未来建立功业做必要的准备：广交游，结名流，陶冶自己阔大豪壮的胸怀。锦城散花楼上远眺，峨眉山幽深景色里听琴，司马相如的琴台，扬雄的故宅，无不在他的诗作中留下动人的痕迹。

李白 28 岁那年到了湖北的安陆。在这里，他和曾经做过宰相的许圉师的孙女结了婚。于是他就在安陆安了家，居住了 10 年左右。

在这期间，他结识已经退隐的诗人孟浩然。两人志气相投，一见倾心。他们在襄阳邂逅相逢，虽然孟浩然比李白大 12 岁，但他们的情谊是深厚的。从李白著名的《黄鹤楼送孟浩然之广陵》一诗中，我们可以领略到他们之间的感情是多么的深挚：友人的船影渐去渐远，已经消失在水天相接的碧空之中了，自己还伫立在黄鹤楼的栏杆旁，望着流向天边的长江水，久久不肯离去。

李白从政的活动虽然到处碰壁，但十多年的游历使他的足迹几乎遍布全国，他优美的诗文在各地不胫而走，被人们交口传诵；他的品格风范、才情器度，为极多的人所钦佩赞叹，唐玄宗也必有所闻。于是在李白 42 岁那一年（天宝元年，公元 742 年）玄宗接连三次下诏书召他入京。李白当然极为欣喜，认为这样一来，自己的理想、抱负就一定能实现了。但是唐玄宗只给他一个翰林供奉的虚衔，没有给他实授任何官职。每日只是陪侍宴饮游猎，奉命写些玩乐的词赋。加上权佞小人的忌妒诬谄，使李白郁郁不得志，一切美好的理想愿望都成了泡影。所以他在长安总共只待了一年多的时间，就向玄宗提出了还山的要求。玄宗也就趁势把他"赐金放还"了。

李白初到长安时，有一位名气很大、年事很高的大臣叫贺知章，在紫极宫第一次见到李白，就惊叹说："你真是谪仙人啊！"立即解下身上佩戴的金龟，与李白一起换酒喝。所以后来人们常称李白为"谪仙"。

李白虽然在起初难免应命写了一些应景的诗词，但他对自己所充当的这个角色越来越不满意。他又目睹了上层统治者荒淫无耻、卑鄙阴毒的种种恶劣行径，他极端蔑视这些人物。尽管这些人身居高位，手握大权，而李白只是一个连官职都没有的"布衣"，但李白在精神上比他们高百倍，对他们不但没有丝毫的奴颜婢膝，而且完全不把他们放在眼里，正如李白自己说的："安能摧眉折腰事权贵，使我不得开心颜。"当时唐玄宗最宠信的宦官高力士，是多么威赫显贵的人物，他权倾海内，连宰相的任命他都起决定性作用，太子称他为"二兄"，诸王、公主叫他"阿翁"，他的财产之富，不是王侯所能比拟的。对于这样一个人物，李白可以在皇帝的酒宴上伸出脚去令他脱靴。对于皇帝最宠爱的杨贵妃，李白写诗时可以令她捧砚。

天宝三载（744）春天，李白离开了长安，毅然选择丢弃繁华舒适的生活，重新踏上了漫游的路程。

李白离开长安刚到洛阳，就认识了唐代的另一位大诗人杜甫，两人结下了深厚的友谊。由于他们都具有高超的诗歌艺术修养和精深的思想、才华，所以一见面就互相被对方的风采所吸引，极为投合。他们在一起饮酒游历，赋诗抒怀，倾心畅谈，越发互相敬佩和爱慕。他们两人又曾在开封与另一位名诗人高适一起度过了一段舒畅愉快的日子。这三个意气相投的挚友，结伴在这座著名古城里寻访古迹、论诗怀古、饮酒打猎、畅抒心怀。以后他们常常怀念这段畅游的日子，杜甫还写了不少的诗来追忆这一段生活。李杜又曾一起游东鲁，访齐州（济南）。他们最后分别是在天宝四载（745）的秋天，在兖州（曲阜）的石门山。分别时李白向杜甫赠诗一首,流露了依依惜别的深情:"飞蓬各自远,目尽手中杯!"并表达了重新相会的殷切期望:"何时石门路,重有金樽开?"但现实并不尽如人意,他们从此被命运分开,各自漂泊,再也没能见面。

安史之乱发生后,李白在宣城、溧阳、剡中等地辗转漂泊以后,暂时到庐山隐居。

公元755年,永王李璘率师东巡经过浔阳时,派人带着书信和礼品三次上庐山聘请李白去做他的幕僚。李白也以为这是报效国家民族的一个机会,就怀着高昂的激情参加了李璘的军队。但是很快永王的军队就被他哥哥李亨派兵围歼了。这本是最高统治阶层为争夺帝位产生的内讧,而李白等一心报国的人却成了牺牲品。李白莫名其妙地被加上了叛逆的罪名,在江西彭泽被捕,关进浔阳监狱,准备处死。幸亏率兵收复长安的中兴名将郭子仪在肃宗面前尽力为李白辩白,情愿拿自己的官爵来换取李白的生命。这样李白才幸免于死,降等定罪,流放夜郎(今贵州桐梓一带)。

758年,58岁的李白满含辛酸悲苦,离别了妻子,走上了流放夜郎的路程。从浔阳出发,经江夏溯江而上,直到三峡。一路上写了不少发抒悲愤的诗,也受到人们友好的接待。第二年春天,李白刚到巫山的时候,朝廷因册立太子和天旱而发布的在全国实行大赦的命令传到了。这时他的高兴是无法形容的,立刻回程东下。著名的七绝《早发白帝城》就是描绘当时的心情的。

遇赦后,李白又重新游历江夏、岳阳、洞庭湖,然后到豫章(南昌)。这时他的心情开朗愉快,又恢复了诗酒豪纵的兴致。但兴奋和愉快很快就过去了,李白不得不面对战祸频仍、社会动荡、人民受难、自己生活凄凉的残酷现实。他为国家民族的危难怀着深深的忧虑。他多么希望能够平息战乱,使国家重新走上繁荣安定的道路啊!所以到了晚年,虽然靠别人周济为生,辗转于金陵、宣城等地,但他豪壮的胸怀仍未减当年。上元二年(761),当他听说朝廷委太尉李光弼为帅,率大兵抗御叛军时,他以61岁的高龄,以长年坎坷漂泊残留下来的老弱身躯,竟然要赶往临淮(安徽泗县)踊跃投戎,"请缨杀敌"。结果中途病倒,只好返回金陵。

宝应元年（762）十一月，李白去世。李白临终前曾把诗文稿全部交给李阳冰，李阳冰后来把它们编为《草堂集》10卷，可惜也未能流传下来。刚即位的代宗曾下诏封他一个左拾遗的官职，但他还未来得及接受这项任命就去世了。关于李白的逝世，我国向来有一种传说，说他月夜游采石江，身穿宫锦袍，傲然自得，旁若无人。酒醉后因见水中明月倒影可爱，就入水捉月而淹死。

这位中国文学史上继屈原之后最伟大的浪漫主义诗人，一生怀着大鹏的志向，但生活道路坎坷难言，在政治上始终未能展翅凌云。也许正因为这样，他才在诗歌艺术上达到了非凡的成就。他存留下来的上千首诗歌，成了中国和世界文化史上的瑰宝。

三、诗圣——杜甫

唐玄宗先天元年（712年），杜甫降生在河南巩县瑶弯一个封建贵族家庭里。祖籍襄阳，远祖杜预是晋代名将，曾祖杜依艺因做巩县县令迁居河南巩县。祖父杜审言曾任膳部员外郎，是唐初有名的诗人。杜甫的父亲杜闲任奉天县县令。

杜甫之所以名"甫"，是因为父亲希冀他成为男子之美，因此，还赐给他一个象征贤善德行的字"子美"。生母死后，父亲将年幼的杜甫暂时寄养在洛阳姑母家里，姑母是一个善良的妇女。有一次，杜甫和表兄弟同时染上了瘟疫，她总是优先照顾侄儿，使杜甫转危为安，不久便恢复了健康。

杜甫虽然"少小多病"，貌也不出众，但与同龄儿童相比却聪颖过人。他的记忆力和模仿力随着年龄的增长日渐突出，因而常常受到父亲和邻居的夸奖。6岁那年，他有幸在郾城街上看到当时著名的舞蹈家公孙大娘的剑舞，第一次呼吸到民间艺术的淳朴气息。他起初不解：为什么平平常常一个女子和身躯，能够创造出这样神奇感人的境界？后来，当他听到公孙大娘一些刻苦练功的故事后，便从中发现一个道理：一个人要有志向，有所作为。而这些只要发奋努力学习，就可以实现。从那以后，他开始攻书，仅用了几年时间，即"读书破万卷"，把祖父的传世著作，先圣六艺经文，鲍照、庾信等作家的诗集，凡家中藏书，很快就读完了，并且还四处寻找借读当世作家的作品。7岁时，他就能"缀诗笔""咏凤凰";9岁临摹虞世南的书法,书得一手好字,14岁时,他已经能与年纪远远超过自己的文人吟诗作赋,"出游翰墨场"。

杜甫的童年多半是在洛阳度过的。在那里,他得到了老一辈作家的推崇。洛阳名士崔尚、魏启心见了他的诗,都为之惊叹,赞赏他是当世的班固、扬雄。不过,作为诗坛的新秀,杜甫在洛阳还未能引起人们的更大关注。

杜甫在20—29岁的几年中,有过两次长期漫游,先后到过吴、越、齐、赵的大部分地区,每到一处,便去凭吊古迹、观览胜景、谒拜名人和结识新友。

公元741年,杜甫从山东回到洛阳,在洛阳与偃师之间偏北的首阳山下开辟了几间窑洞,作为居所。他的祖父杜审言和远祖杜预就埋在这里,这是在杜氏先辈中杜甫最推崇的两个人,因此他常常抽时间去扫墓、悼念。这时,已满30岁的杜甫,与司农少卿杨怡的女儿结了婚,过着恩爱和谐的生活。第二年,洛阳姑母逝世,杜甫悲恸欲绝,他将幼年时在姑母家生病的事写进了墓志,所有看了的人都无不为之含泪欲啼。

杜甫在漫游中结识了不少朋友,但大都属于游猎歌唱的权宜之交。到744年夏,才在洛阳遇到一个能援引他进行一番事业的人物,这就是比他长11岁的唐代伟大的浪漫主义诗人李白。两位风华正茂、文思不凡的伟人一旦相遇,便彼此融洽,肝胆相照。白天,他们携手览景赋诗;晚上,他们举杯畅叙,有时通宵达旦,醉了便共被酣寐。遗憾的是,他俩一生只有短短的两次接触,但这也使他们建立了永不衰竭的深情厚谊。最后一次离别时,李白赠给杜甫一首诗做纪念,诗中充满了惜别之情和希望再见的心愿,然而,后来他们一直没能再相会。杜甫非常佩服李白飘逸豪放的诗人,后来在诗中对李白作了高度的评价。此间,杜甫还结识了著名诗人高适以及书法、散文家李邕,他们之间也建立了真挚的友谊。

在封建社会,一个有抱负的仕宦子弟,总希望取得一定的政治地位来施展抱负。公元746年,35岁的杜甫到长安,就是怀着"致君尧舜上,再使风俗淳"的愿望。这时励精图治已逐渐成为装饰门庭的空谈,玄宗李隆基被过去的成绩冲昏了头脑,成天生活在歌功颂德的迷雾里,大盛唐朝已显露出日趋腐化的征兆。奸臣当道就是这种腐化的表现之一。公元747年，玄宗下令征召有一技之长的文士，杜甫对此寄予了很大的希望。但主持者却是宰相李林甫，他口蜜腹剑，忌恨贤能，故意称颂朝廷圣明，已将天下贤才全部任用，并且各得其所，现在已经"野无遗贤"，再不需要拓才选贤了，将玄宗蒙在鼓里。这使杜甫大失所望，在政治上遭受到一次沉重打击。不久，杜甫的父亲死在奉天令任上，他家境更穷了，只好又去过游牧式的生活。

公元751年正月，杜甫趁玄宗外出祭祀之机，将预先写成的三篇《大礼赋》进献给他。没想到玄宗看了十分高兴，特让他待制集贤院，命李林甫监考文章，杜甫的名声这才风靡长安。然而，考试后却一直没有下落，使杜甫火热的心再次冷却。由于事业心的驱使，继而又进了两篇赋，但仍无结果。

"安史之乱"发生后，杜甫夹在难民中逃出长安。后来，他在前往灵武投靠肃宗的途中，不幸被乱军所捕，又押往长安。在沦陷的京城，杜甫想到山河破碎的惨状，痛心已极，感慨万千。

四月，杜甫逃到肃宗南迁的凤翔。他鞋破臂赤，衣不蔽体，一路受尽苦辛。肃宗被他的报国热情所感动，任命他为左拾遗，留在身边推举贤良，进谏忠言。但不久，肃宗就觉得他并不是一个如意的人物。八月，才做三个多月左拾遗的杜甫就被免职了。

十月，肃宗还京，杜甫也携带着家眷回到长安，又做了大半年拾遗，闲暇之时便与一些诗歌爱好者作些唱和诗。但这里毕竟是个狭窄污秽的地方，正在杜甫惆怅不安之际，金紫光绿大夫房琯遭贬，杜甫受到株连，被贬往华州做司功参军，管理地方的文教祭祀。此行是他对长安的永别，也是他走向人民、成为"诗圣"的重要一步。

人民的诗人，只有当他来到人民的行列之中，笔底才能掀起为民请命、揭露封建统治阶级罪恶的波澜。公元759年春天，唐军再遭惨败。杜甫从洛阳回华州，傍晚行至石壕村，目击了一伙差吏强征一位白发老妪的悲剧。次日清晨，又看见一个刚完婚的新夫被绑走，年轻的妻子伫立在土阜上，望着远去的郎君心如刀绞，泪似泉涌，到华州后，杜甫将途中的所见所闻写进"三吏""三别"

六首诗里。这些诗是当时客观现实的反映，是对封建社会罪恶的控诉。从这些诗的字里行间，我们看到了诗人和人民一起跳动的脉搏。

同年秋天，杜甫放弃了华州司功参军职位，表示对当时政治的失望。

公元770年，在年底的一风雪漫天的傍晚，59岁的杜甫悄悄地离开了人世。

杜甫死后，宗武无能为力，只得将他的灵柩暂时厝在岳州。43年后，杜甫的孙子嗣业才将他的灵木迁回偃师首阳山安葬。路经荆州时，请诗人元稹写了墓志。元稹对杜甫做了充分的肯定。

韩愈也在《调张籍》一诗中将杜甫与李白并称"李杜"，给了杜甫高度的评价。

后人誉杜甫为"诗圣"，称他的诗为"诗史"，这是十分公正的。杜甫用他全部生命所酿造的精神果实，滋补了世世代代的作家和人民，他的光焰已经穿透一千多年的历史，并将永远留驻在人间。

四、诗豪——刘禹锡

唐代诗人以诗之特点得名者有"诗佛"王维、"诗仙"李白、"诗圣"杜甫、"诗鬼"李贺，但一般人都不知道刘禹锡的"诗豪"之称。"诗豪"之名，恰恰是刘禹锡诗友白居易对他的评价。白居易在《刘白唱和集解》中说："彭城刘梦得，诗豪者也，其锋森然，少敢当者。"《新唐书》本传也说："素善诗，晚节犹精，与白居易酬复颇多，居易以诗自名者，尝推为'诗豪'。"

刘禹锡之所以得名诗豪，应当从两个方面考虑，如果单从白居易的评价来体会，是说他的诗来得快，有锋芒，很少有人可以抵挡。因为两人经常唱和，故白居易才有此评价。但后人对于"诗豪"的理解，也有内容方面的因素。其性情豪爽旷达，敢于直言而不向邪恶势力妥协。柳宗元和他的遭遇几乎相同，也同样不妥协，但柳宗元内向郁闷，没有刘禹锡豪放旷达，故柳宗元不到50岁就去世了，而刘禹锡在"二十三年弃置身"后高歌着"前度刘郎今又来"回到朝廷。活过了古稀之年。其豪迈的情怀真的令人肃然起敬。

刘禹锡（772—842），洛阳人。贞元九年（793）进士及第。贞元末与柳宗元同时参加"永贞革新",失败后遭到严厉打击,被贬为朗州(今湖南常德)司马。10年后,被招回京师准备大用。刘禹锡创作一首《元和十年自朗州至京,戏赠看花诸君子》道:"紫陌红尘拂面来,无人不道看花回。玄都观里桃千树,尽是刘郎去后栽。"诗中用玄都观里栽种桃花的道士比喻执政者、桃花比喻新提拔起来的新贵,而看花的众人便是趋炎附势的势利之徒,讽刺的意味太明显,口吻太辛辣,得罪了执政者,便将他们几人再度贬出京师,成为远方刺史。官虽然升了,但工作环境没有根本改善。而柳宗元没有能够熬到回来便死在柳州。

14年后,刘禹锡再度回到长安,他依旧不服气,又写一首《再游玄都观》的七绝道:"百亩庭中半是苔,桃花净尽菜花开。种桃道士知何处,前度刘郎今又来。"

讽刺意味更加辛辣犀利。诗前小序道:

余贞元二十一年为屯田员外郎,此观未有花。是岁出牧连州,寻贬朗州司马。居十年,召至京师。人人皆言有道士手植仙桃满观,如红霞,遂有前篇,以志一时之事。旋又出牧。今十有四年,复为主客郎中,重游玄都观,荡然无复一树,唯兔葵、燕麦动摇于春风耳。因再题二十八字,以俟后游。时大和二年三月。

这段小序对于理解两诗至关重要,也可看出刘禹锡豪迈乐观旷达的性格。而在被贬23年返归途中,在扬州遇到老朋友白居易,两人在酒桌上当即唱和一首七律,也能表现出刘禹锡的豪爽旷达。白居易诗曰:"为我引杯添酒饮,与君把箸击盘歌。诗称国手徒为尔,命压人头不奈何。举眼风光长寂寞,满朝官职独蹉跎。亦知合被才名折,二十三年折太多。"对于刘禹锡被贬谪23年表示同情和愤慨。刘禹锡当即和诗道:

巴山楚水凄凉地,二十三年弃置身。怀旧空吟闻笛赋,到乡翻似烂柯人。沉舟侧畔千帆过,病树前头万木春。今日听君歌一曲,暂凭杯酒长精神。

这就是著名的《酬乐天扬州初逢席上见赠》,其中颈联"沉舟侧畔千帆过,病树前头万木春"表现出一种历史永远前进,并不会因为某个人的不幸遭遇而停止的观点。他把自己比喻为"沉舟""病树",但沉舟的旁边是千帆竞过、"病树"的前面是万木逢春,一片生机盎然。

在长期的谪居生涯中,刘禹锡向民间诗歌学习,从中吸收丰富的营养,深受民间俚歌俗调的感染，创作许多具有民歌特点的优秀诗章。例如：竹枝词二首（其一）："杨柳青青江水平，闻郎江上踏歌声。东边日出西边雨，道是无晴却有晴。"谐音双关手法的运用，得到了南朝民歌的神韵。

刘禹锡思想比较深刻，因此他的诗中往往体现出哲人的睿智与诗人的激情结合。竹枝词九首（其七）道："瞿塘嘈嘈十二滩，人言道路古来难。长恨人心不如水，等闲平地起波澜。"用瞿塘峡水流湍急危险来反衬人心的险恶。但他的诗格调不悲观，往往有振奋人心催人向上的鼓舞力量。《浪淘沙词九首》（其八）道："莫道谗言如浪深，莫言迁客似沙沉。千淘万漉虽辛苦，吹尽狂沙始到金。"表现出藐视困难，苏世独立横而不流的伟岸精神。而其秋词二首（其一）道："自古逢秋悲寂寥，我言秋日胜春朝。晴空一鹤排云上，便引诗情到碧霄。"一反传统的悲秋情调，而对秋天大唱赞歌，赋予秋空一种高远明净的意境，给人以追求高远自由境界的遐想，胸怀高远，骨力劲健，豪迈旷达。

刘禹锡的咏史怀古诗也很有成就，最著名的便是《西塞山怀古》，是对藩镇割据者的警告和对中央集权王朝的向往。

刘禹锡的诗歌从内容和形式方面都表现出豪迈的特点，《唐音癸签》评价道："禹锡有诗豪之目。其诗气贯古今，词汇华实，运用似无过人，却都惬人意，语语可歌，其才情之最豪者。"他的这种风格对后世的影响很大，南北宋各有一位大诗人直接受到他的影响："昔人论刘梦得为诗豪，其体为东坡七律所自出，固不得而轻议之也。"（《桐城吴先生评点唐诗鼓吹》）"陆放翁七律全学刘宾客，细味乃得之。"（《初白庵诗评》）苏东坡和陆游的七律都是从刘禹锡那里学来的，可见其影响之大。

五、大历十才子

大历，是唐代宗李豫的年号。这个时候的诗坛，王维、岑参、李白、杜甫等一批盛唐时期的大诗人相继离世，而韩愈、柳宗元、白居易等人年龄尚幼。活跃在诗坛的有韦应物、刘长卿、李益和"大历十才子"等。据《新唐书·卢纶传》，他们是卢纶、吉中孚、韩翃、钱起、司空曙、苗发、崔峒、耿湋、夏候审、李端。

此外，郎士元、李益、李嘉佑等也是同时的诗人，也有人说他们也在"十才子"之列。他们的诗歌风格和创作倾向十分相近，但诗歌创作的成就高低不一，各自所擅长的题材领域也大不相同，他们的作品流传下来的极少。

十才子中公认成就最高的是钱起，他与刘长卿并称"钱刘"。钱起善于写景、摹物，诗风与王维相似，但尚有差距——这样说吧，同样的意境，王维不加斧凿信手拈来，钱起则要用十分之力费心雕琢。钱起最有名的是他的试帖诗《省试湘灵鼓瑟》，其中的"曲终人不见，江上数峰青"两句，堪称绝妙。此外，十才子中比较特别的是卢纶，他的诗有英武之气，《塞下曲》一首"月黑雁飞高，单于夜遁逃。欲将轻骑逐，大雪满弓刀"，颇具有盛唐人的豪情壮志。

大历诗坛也不都是冷寂颓唐的调子，李益就是以其边塞诗的创作独树一帜，他有多年军旅生活的体验，他的作品在盛唐边塞诗特有的昂扬奋发、一往无前的气质之外，多了些感伤与悲凉的调子。《夜上受降城闻笛》："回乐峰前沙似雪，受降城下月如霜。不知何处吹芦管，一夜征人尽望乡。"关于这一点，我们仍可以从整个大历时期的时代风貌中寻找答案。

第三节　隋唐时期的文学作品

一、流传千古的《长恨歌》

白居易死后，唐宣宗李忱写诗《吊白居易》道："缀玉联珠六十年，谁教冥路作诗仙。浮云不系名居易，造化无为字乐天。童子解吟长恨曲，胡儿能唱琵琶篇。文章已满行人耳，一度思卿一怆然。"可见《长恨歌》在当时已经传遍海内外，白居易的大名也广为人知。确实，给白居易带来最高诗名的并不是那些讽喻诗，而是两篇感伤诗，即《长恨歌》和《琵琶行》。然而，《长恨歌》的创作动机和主题一直有不同看法，见仁见智，是允许的。而且，文学作品历来有"形象大于思想"之说，作品所提供的艺术形象往往可以暗示或者说读者可以体会出很多种思想意蕴，何况《长恨歌》这样的鸿篇巨制呢？

元和元年（806），白居易任盩厔（今陕西周至）县尉，与好朋友陈鸿、王质夫同游仙游寺，三人谈起唐明皇和杨贵妃的爱情故事，于是决定白居易写诗，陈鸿写传奇，这便是创作缘起。对于创作主题，白居易曾明确说是"惩尤物，窒乱阶"，用诗歌形式批判惩戒女娲，从而为统治者提供借鉴，避免荒淫骄奢造成社会混乱。因此，如果体会白居易自己的说法，讽喻的因素肯定是很大的。而诗歌的前半部分确实表现出了很深刻的批判精神。

从开头到"尽日君王看不足"是第一层，批判的力度很强。首句"汉皇重色思倾国"成为全诗的提起和总纲，是悲剧的起始。而"回眸一笑百媚生，六宫粉黛无颜色"两句则是讽刺杨玉环主动向玄宗献媚，在寿王李瑁失宠后另攀高枝，也不是个安守本分的女人。一个求美，一个献媚，两人的沉溺爱情才造成政治的腐败而导致战乱的发生，批判意义是非常明显的。

后面虽然还可以分层次，但总的便是悲剧发生的过程以及凄凉的结局。中间描写马嵬坡兵变，"宛转蛾眉马前死。君王掩面救不得，回看血泪相和流"。再写玄宗蜀相思，回到京师更加相思，昼夜相思，才引出"临邛道士鸿都客"为其寻觅杨玉环魂魄的举动。而这一细节是大有深意的，老道经过一番上天入地的搜索，才从海上的仙山中找到了杨玉环。杨玉环热情接待了这位来自大唐的方士，并说她也很想念唐明皇，但无法再回到尘世。拿出玄宗给她的信物金钗和金钿，各留一半，另一半让老道带回证明他们确实见面了。这一细节有三点要注意：一是老道是肃宗身边的奸臣李辅国派来的；二是拿出信物证明确实见到了杨玉环的魂魄；三是杨玉环表示也特别思念唐明皇，并希望"但教心似金钿坚，天上人间会相见"，迫切希望与唐明皇团圆。既然双方如此思念，渴望相见，那么为什么不尽快团圆而还在两处苦苦相思呢？然而，杨玉环无法回到尘世，团圆的唯一方式就是唐明皇到仙界去会杨玉环。而要去仙界必须离开凡间，唐明皇是什么人，这点伎俩早已勘破，这不是寻觅杨玉环魂魄，是来追索他的魂魄，暗示他快点死，好去与贵妃团圆。于是唐明皇不再吃喝，三日而亡。不但无法保护爱妃，最后连自己也无法保护。这便是更深的悲剧。因此，诗的后半部分已经由批判转向同情，是对李杨爱情悲剧结局深深的同情和悲悯。

这里还有一点应当指出，即临邛道士带回的"钗留一股合一扇"是怎么回事，如果老道没有见到杨玉环的魂魄，钗股和钿片是哪里来的？白居易在诗的前半部分已经埋下伏笔，即当杨玉环死的时候，"花钿委地无人收，翠翘金雀玉搔头"，杨玉环的首饰散落满地，没有人收拾。唐明皇就带领御林军仓促离去，而太子和部下即李辅国等人是最后离开的。那么，金钗和金钿的来历便可想而知了。所以，白居易的《长恨歌》前后逻辑缜密，仔细推敲，便韵味无穷。

　　这样，当我们将以上思路理清的话，便可以大致概括出《长恨歌》的主题：杨玉环的献媚邀宠，唐玄宗对杨贵妃的迷恋溺爱，导致对朝政的怠惰荒疏；对朝政的怠惰荒疏，导致朝廷政治的昏庸窳败；长期的昏庸窳败，导致安史之乱的爆发；安史之乱的爆发，导致马嵬坡爱情悲剧的发生。他们是悲剧的制造者，同时也是悲剧的受罚者，自己吞食自己酝酿的苦酒，这便是长恨的真正的含义。

　　有人认为，白居易此诗中的大部分情节是模仿《欢喜国王缘》变文写成的；也有人认为，白居易创作此诗有借前人故事之酒浇自己心中块垒的动机，即白居易早年与少女湘灵热恋，但最终被迫分手，故借李杨爱情故事之悲剧抒发自己不能与湘灵结合之长恨。这两种说法对于我们理解《长恨歌》的艺术创作是有启发和帮助的，但与创作动机和主题思想没有直接关系，是两方面的问题。应当说，白居易与湘灵爱情的悲剧对于他创作此诗在心理感受上的帮助是巨大的，甚至可以说是决定性的。我敢说，在白居易刻画唐明皇思念杨贵妃最精彩的段落里，即从"蜀江水碧蜀山青，圣主朝朝暮暮情"到"悠悠生死别经年，魂魄不曾来入梦"这段文字中，融进了他本人对于湘灵的刻骨相思，是以自己思念湘灵的感受来揣测模拟唐明皇思念杨贵妃的。而《欢喜国王缘》变文只是为其提供一些借鉴而已。

二、哀怨凄艳——李商隐的诗歌

　　李商隐是晚唐学习杜甫诗才力最大、成就最高的诗人。他的诗歌具有"铱丽之中，时带沉郁"的特点，特别是抒写爱情、意绪的无题诗，历来为人们所称道，其中一些优美精练的句子还被编入乐曲，广为传唱。如脍炙人口的"春蚕到死丝方尽，蜡炬成灰泪始干""身无彩凤双飞翼，心有灵犀一点通"，常常被用作热恋中的青年男女互通心意的表白之辞。"心有灵犀"更是成为表明彼此心意相通的俗语。

李商隐自称与李唐皇室同宗，但他的家族这一支早已没落，祖上几代只做过县令一类的小官。他10岁丧父，跟母亲一起过着清贫的生活。李商隐自幼聪颖，"五岁诵经书，七岁弄笔砚"，16岁时擅长作古文而声名初振。他几次参加科举考试都没有成功，后来虽得中进士，却始终没有得到重用。李商隐关心现实政治，有匡国济世之心，作过100多首政治诗，对历史和现实的许多社会问题做出了深刻的揭露和批评。他年轻时得到古文大家令狐楚的赏识，但进入仕途不久就卷入了唐代著名的"牛李党争"，受到权臣的排挤，一生不得志，仕途坎坷，沉沦下僚，长期过着辗转漂泊的幕僚生活，甚至有"十年京师寒且饿"的凄惨经历，不足50岁便郁郁而终。

李商隐诗集中的大部分篇章都侧重于吟咏怀抱、感慨身世，有着"玉盘迸泪伤心数，锦瑟惊弦破梦频"的凄艳之美。与盛唐诗人的外放气质不同，李商隐注重向自我内心世界的探寻。他善于把哀婉的意绪融入朦胧瑰丽的诗境，敏感细腻的气质和落寞不振的身世遭遇在他的诗歌中交融成一种低回感伤的意绪，营造成一种纤细幽约、绮密瑰妍的美感。例如人们所熟悉的《登乐游原》："向晚意不适，驱车登古原。夕阳无限好，只是近黄昏。""意不适"的哀怨从起笔便笼罩在心头，乘车登上古原去欣赏落日，却因"近黄昏"触发了茫茫不尽的感伤。最后两句后来成为人们慨叹时间流逝、美好事物已经接近尾声时常用的词句。

他所写的无题诗，是继盛唐诗歌高峰后的一个卓越创新，其中抒写爱情的篇章，更是哀感凄艳、惊绝千古。例如：

相见时难别亦难,东风无力百花残。
春蚕到死丝方尽,蜡炬成灰泪始干。
晓镜但愁云鬓改,夜吟应觉月光寒。
蓬山此去无多路,青鸟殷勤为探看。
昨夜星辰昨夜风,画楼西畔桂堂东。

身无彩凤双飞翼,心有灵犀一点通。
隔座送钩春酒暖,分曹射覆蜡灯红。
嗟余听鼓应官去,走马兰台类转蓬。

飒飒东风细雨来,芙蓉塘外有轻雷。
金蟾啮锁烧香入,玉虎牵丝汲井回。
贾氏窥帘韩掾少,宓妃留枕魏王才。
春心莫共花争发,一寸相思一寸灰。

这三首诗是他在无题爱情诗中最具代表性的作品。他运用比兴象征的手法,大量使用典故和迷幻幽约的意象,使诗境朦胧虚化。"相见时难别亦难"一句领题,写尽春尽花落、情人远离的凄艳。"春蚕到死丝方尽,蜡炬成灰泪始干"是千古传唱的名句,春蚕吐丝直到死亡、蜡烛燃烧殆尽才不再流烛泪,用此比拟相思的痛苦,同时"丝"字与"思"谐音,语意双关,真有"一寸相思一寸灰"的凄楚。李商隐用优婉的诗笔将青年男女的恋情表现得既美好又辛酸,而通篇含蓄蕴藉,意境幽约凄美,思维跳跃性特别大,读者往往不知其所指,正合命为"无题"。

此类也有以诗的句首词语作为题目的,如《锦瑟》一诗,比上面几首更显辞意缥缈、朦胧难懂,却具有强烈的艺术感染力:

锦瑟无端五十弦,一弦一柱思华年。
庄生晓梦迷蝴蝶,望帝春心托杜鹃。
沧海月明珠有泪,蓝田日暖玉生烟。
此情可待成追忆,只是当时已惘然。

锦瑟是有二十五弦的乐器,现在都断掉了,成为五十根弦,怎么能像诗人说的那样是"无端"的呢?此中的缘由是我们猜不透、说不清的。下面毫无逻辑关系地罗列了四种景象:庄子在梦中变成蝴蝶,醒来忽觉不复人物之别;望帝冤魂化成杜鹃鸟,日夜哀鸣;明月映照沧海中的蚌珠,似有泪涌;日光照耀蓝田美玉,好像升起烟雾。每一句都绮妍瑰丽,但我们只是被这种凄艳交融的意境吸引,并不能确切地知道诗人要表达些什么。"此情可待成追忆,只是当时已惘然",恐怕只有他自己知道追忆的是什么情感,我们只能从诗中体味到一种惘然哀怨,感动于这种异样的沉博凄艳之美。

三、杜牧的咏史诗

杜牧的诗歌风华流美而又情致高远、神韵疏朗,具有俊爽峭健的特征。其中最广为人知的作品是《清明》:"清明时节雨纷纷,路上行人欲断魂。借问酒家何处有,牧童遥指杏花村",描绘出了一幅烟雨之中的行路图,生动而朦胧。清明是中国农历二十四节气之一,是春天时祭奠先人的特殊日子,这天所特有的阴沉低落情绪在杜牧的这首诗中得到了含蓄而准确的表述,至今读来仍能引起人们的强烈共鸣。

杜牧自少致力于经世致用之学,有出将入相的政治抱负,但是晚唐衰靡的社会现实已经不能为这种抱负提供机会。杜牧26岁参加科举考中进士,却同李商隐一样长期沉沦下僚,"十年为幕府吏",中年以后虽然官位高升,却也未能有什么实际的作为。他郁郁不得志的苦闷和对社会时局的忧患都能在诗歌中得到体现。

杜牧的祖父是中唐有名的宰相和历史学家杜佑,他所著的《通典》是中国第一部记述典章制度的通史。杜牧自少耳濡目染,也对历史、政治有颇为深广的认识。他的诗歌中最出色的是咏史、议论时政的作品,或者借题发挥表现自己的政治感慨与识见,或者讽刺现实社会问题,这些作品通常笼罩着一种面临末世的忧患与哀伤。如《泊秦淮》:

烟笼寒水月笼沙,夜泊秦淮近酒家。
商女不知亡国恨,隔江犹唱《后庭花》。

这首诗起笔用"烟笼寒水月笼沙"营造了一种凄冷迷茫的氛围,夜晚诗人将坐船停泊在岸边,听见酒家的歌女在唱着《后庭花》之类的曲子。《玉树后庭花》是唐五代时期陈后主制作的乐曲,陈后主耽于享乐、荒淫误国,在朝廷灭亡前夕还在与嫔妃饮宴作乐,是中国历史上有名的亡国之君,《玉树后庭花》也就被后世称为"亡国之音"。"商女不知亡国恨,隔江犹唱《后庭花》",并不是批评卖唱的歌女不懂国家危亡,而是隐斥朝廷上下面对颓败的政治局面不思进取、寻欢一时,用历史教训讽刺时政,犀利沉痛。后世中国人每当国家衰落、风雨飘摇之际,常以这句诗作为警示之作。清代文人沈德潜更把此诗推为绝唱(《说诗晬语》),认为是唐人绝句的"压卷之作"。

《过华清宫》(其一)则没有借助历史,而是直接批评当朝的腐败:

长安回望绣成堆,山顶千门次第开。
一骑红尘妃子笑,无人知是荔枝来!

这是杜牧经过骊山华清宫时有感而发,说的是唐玄宗与宠妃杨玉环的故事。唐玄宗统治后期沉溺声色,挥霍无度,他在骊山修建华清宫,用来与杨玉环寻欢作乐,因为杨玉环喜欢吃岭南的荔枝,就命人千里快递,甚至累死人马。唐代有许多诗文作品赞美他们的爱情,杜牧却直笔批判本朝皇帝的荒淫无道,痛惜百姓的艰苦。

还有一些反映社会现实尤为深刻的作品,如《早雁》:

金河秋半虏弦开,云外惊飞四散哀。仙掌月明孤影过,长门灯暗数声来。
须知胡骑纷纷在,岂逐春风一一回。莫厌潇湘少人处,水多菰米岸莓苔。

这首诗用早雁比喻流离失所的难民,他们遭受外族侵扰困苦不堪,朝廷却无法平定动乱,不能保护自己的子民。百姓被迫像受惊的哀鸿,妻离子散,四处奔逃。诗人深切谴责了朝廷的无能,对难民的不幸遭遇给予深切的同情。

杜牧也有许多以爱情为题材的诗歌。他个性风流,不拘小节,纵情声色,在繁华的扬州做官时更是喜欢饮宴狎妓,还有一些风流韵事流传民间。他写作过一些送给相好歌妓的爱情诗,如《赠别》(其一):"多情却是总无情,唯觉樽前笑不成。蜡烛有心还惜别,替人垂泪到天明。"拟人化地将蜡烛写成人流泪,写出与情人告别时依依不舍、彻夜不眠的心酸,与李商隐的爱情诗有着相似的情韵。不过这种眷恋思念的诗句也总是与杜牧自己的身世感怀相联系的,他自称"落魄江湖载酒行",表明放荡不羁的行为是出于政治失意的苦闷,痛苦于多年辗转的幕僚生活,才干不得施展,年少时的理想一无所成,只剩下"十年一觉扬州梦,赢得青楼薄幸名"。(《遣怀》)

刘熙载在《艺概》中把杜牧和李商隐的诗风加以比较说:"杜樊川诗雄姿英发,李樊南诗深情绵邈。"作为晚唐诗人的共同之处是,他们处身于衰落动乱的时代,作品多悲伤而少雄壮,浸染着凄凉的秋意,这也正是没落王朝的昏暗投影。诗歌到了这时，也难以在意境上再有大的开拓了。

四、《花间集》

晚唐落日前的余晖依然很美丽，诗坛上出现小李杜的诗歌。和李商隐同时的另一位文人温庭筠在作诗的同时也大量创作当时风行的曲子词。在诗歌方面他和李商隐齐名，时称"温李"，他们俩和当时另一位文人段成式齐名，因三个人行第均是"十六"，故又称为"三十六体"，在当时很响亮。但平心而论，诗歌以李商隐成就最高，曲子词则是温庭筠独占鳌头，段成式的笔记《酉阳杂俎》影响颇大，是我们了解中晚唐文人生活情景最主要的文献资料之一。

温庭筠（812—866），太原祁（今山西祁县）人，本名岐，字飞卿。少负才华，才思敏捷，在考场中押官韵时也不起草，一叉手则成一韵，八叉手则成八韵，因得号"温八叉"。他形象不美，面相很威猛，因此又被称为"温钟馗"。他不肯摧眉折腰于权贵，因作诗讥讽得罪宰相令狐绹，屡次参加科举均落榜，沉沦下僚。温庭筠行为不检，是典型的浪子型文人，经常出入烟花柳巷，狎妓宴饮，放荡不羁。傲慢的性格和丑陋的外貌使他在官场和情场都极其不得意。这种人生际遇和生活方式对于他文学创作产生了很深的影响。他的曲子词多写女性的感情生活，香软绮艳，细腻隐约，多用比兴手法。从温庭筠早期词可以看出其对于词的推动，他的《新添声杨柳枝》道："井底点灯深烛伊，共郎长行莫围棋。玲珑骰子安红豆，刻骨相思知不知。"本词可以看出浓厚的民歌特点，运用谐音双关的手法表现女子对于爱情的执着。从"新添声"三字可以体会出是对于原有的《杨柳枝》词的增添，明确了曲子词的特点。《梦江南》也很有名："梳洗罢，独倚望江楼。过尽千帆皆不是，斜晖脉脉水悠悠，肠断白蘋洲。"但最能代表他词作风格的是十六首《菩萨蛮》，其一曰：

小山重叠金明灭，鬓云欲度香腮雪。懒起画蛾眉，弄妆梳洗迟。照花前后镜，花面交相映。新帖绣罗襦，双双金鹧鸪。

词中描绘一位美人早晨醒来时的慵懒情态，微微皱眉，发式散乱，妆饰已残，于是懒懒起来，懒洋洋化妆。化妆最后一道程序是在鬓角上插花，"照花前后镜，花面交相映"的画面有潜台词，是这位美人在顾影自怜，是美人迟暮的微微感叹。最后的"双双金鹧鸪"用鸟的成双成对反衬人的形单影只。虽然没有明说美人的春情相思，但通过对外在形貌和动作的描画，通过感官刺激表现出人物内在情怀的空虚孤独。作者用直接作用于感观的密集艳丽的辞藻，通过描写女人生活的环境和形象，如同精工刻画的仕女图，具有工艺妆饰的效果。

还指出，温庭筠得罪令狐绹就是因为《菩萨蛮》词。据说唐宣宗特别喜欢《菩萨蛮》，百听不厌，但教坊演奏的《菩萨蛮》都是旧同，于是宣宗让宰相令狐绹创作新词。温庭筠在令狐绹家当清客，令狐绹便将创作《菩萨蛮》新词的任务交给了温庭筠。温庭筠很快创作出 20 首，令狐绹大喜，告诫温庭筠不要泄漏是他创作的。温庭筠创作的新词很快唱红，后来温庭筠不小心将真相说了出去。令狐绹大为恼怒。

可知，温庭筠当时一次便创作 20 首，但流传下来的只是保存在《花间集》第 1 卷里的 14 首，另外 6 首失传。

温庭筠死后不到半个世纪，唐朝灭亡，中国历史进入五代时期。在西蜀和南唐形成两个词的中心。五代词的发展主要在这两个地方性国家。

西蜀建国较早，与中原其他各国相比，政权相对稳定，又有从中原入蜀的著名词人韦庄等人的示范，西蜀词比南唐词发展就早了很多。后蜀赵崇祚在广政三年（940）编辑成《花间集》，这是中国词史上流传下来的第一本文人词总集。《花间集》十卷，选录 18 位词人的 500 首词。在作者中温庭筠、皇甫松属于晚唐而未入五代者，孙光宪同和凝属于五代时人，但不在西蜀，其余都是蜀人。因为南唐二主李璟、李煜以及冯延巳等词人此时还没有成就，故没有被收录其中。

《花间集》是最早的文人词总集，实际等于向曲子词创作者提供一个范本，集中代表词在格律方面的规范化，标志着在辞藻、意境、风格方面的进一步确立，奠定了曲子词在其后一个世纪左右的发展方向。一直到南唐李煜出现，花间词风才受到强烈的冲击。

五、放荡不羁的诗人品性

唐代那些出身于庶族地主阶层的文人,思想上狂傲豁达,不拘儒学正宗,行为上纵情酒色,放浪不羁,被世族讥笑为"落魄无行"(《旧唐书·骆宾王传》)。他们这种放浪不羁的品行,在不同时期有不同的表现。

初唐、盛唐时期,大批庶族出身的文人们,带着冲破传统的反叛精神和开拓者的铮铮铁骨,进入了上层社会,已经表现出了狂傲豁达、放浪不羁的思想和生活作风,只是被他们那种"济苍生""安社稷"的政治理想和对边塞军功的热情向往所掩盖。中唐时期,"进士自此尤盛,旷古无俦。仆马豪华,宴游崇侈"(《北里志》)。时代精神已不在大漠风尘,而在花前月下;已不在马上拼杀,而在闺房画眉;已不在世间进取,而在心境解脱;不是对人世的征服,而是从人世的逃遁,人数日多的文人学士,带着他们所擅长的华美词章和聪明应对,在繁华的都市中纵情酒色,舞文弄墨。

晚唐文人在政治理想破灭后,出入于酒肆歌楼,在醇酒妇人中寻找精神的寄托。

第六章　宋元时期的文学及创作

宋元时期的文学呈现出了一个新的特征：诗歌的衰落、词与戏曲的兴盛。这一巨大的转折与宋元的政治经济有很大关系。

第一节　宋元时期文学的发展

一、词的盛行

词产生于唐，而大盛于宋，作品如云，名家辈出，派别繁荣，风格各异，被后人尊奉为能和"楚之骚、汉之赋、六朝之骈语、唐之诗、元之曲"并驾的"一代之文学"。

宋代社会秩序的安定和大都市的繁荣都为宋初士大夫供给了享乐生活的条件，而词正是适宜于描述这种生活的歌唱文体，是五代以来一向用来摹写风流绮艳的情事的。李煜亡国后所写的作品"眼界始大，感慨加深"（王国维《人间词语》）。由于宋初士大夫的生活与南朝的不同，词风酝酿着新变化，宋仁宗时，词的创作步入盛期，市井间竞逐新声，词的发展经历了一次重要的乐曲变动。短调小令逐渐有了定型；长调慢曲占有主要地位；令、引、近、慢，兼有众体，词调大备。柳永采用教坊新腔和都邑新声，"变旧声作新声"，创作大量慢词，是词的发展。晏殊、欧阳修，主要承南唐余绪，多作小令，然而也表露出某些新变化，写恋情，写欢宴游乐，也写得情思婉转、风格清丽。苏轼扩大了词的题材，开拓了词境界，而且把变革与刷新词调，也作为转变词风的一个重要方面，成为豪放词派的代表。周邦彦精通音律，创制慢曲，去俗多雅而又音节谐美，是格律派的代表。李清照主张词要铺叙、典重、故实，则"别是一家"。

她的词当行本色，工于写情，被称为婉约派之宗。辛弃疾把苏轼开拓的词的境界再扩大，以文为词。苏辛词派的确立，进一步奠定了宋词在文学史上的地位。姜夔又用江西诗派瘦硬峭拔的风格写词，并打开"自度曲"的新路，又把慢词表现技法推进一步。唐五代词，在艺术上已很成熟，宋词不仅在内容方面有所开拓，在艺术上也有发展，使词的创作达到最高峰。

宋词发达的原因是多方面的。从历史上讲，唐五代文坛以诗歌最为发达，而词远逊于诗，这就给宋人留下了宽广的余地。而且词改进了诗的句式过于严格以至死板、节奏过于整齐以至于单调的不足，用各种长短句来表达深长、细腻、丰富的情感，因而"要眇宜修，能言诗之所不能言"。从题材上讲，词在初起时多被当作言情的诗体加以应用，这逐渐成为一种传统。而且城市经济的发展也促进了词的繁荣。

宋词的繁荣和成就有多方面的表现。其一，是在全社会的普及，上至皇帝填词谱曲，下到"凡有井水处，即能歌柳词"。其二是新创词调的大量出现，多达千余种，且形式非常多，令、慢、近、犯、歌头、摊破、增减、偷声，无不齐备。而随着长调慢曲的增加与普及，词的表现容量亦随之加大，为词体的解放与革新打下了必要的基础。其三是较之唐五代，词的思想内容也有了根本性突破，填写技巧也有了很大提高。特别是像苏轼、辛弃疾这样的大作家更是"无意不可入、无事不可言"，彻底突破了狭义的言情范围。为了与长调相适应，宋词还特别讲究技巧方法，把诗、文、论、赋中的种种手法都移植到词中。以致出现了以诗为词、以论为词等现象。其四是流派的众多。以作者创作而论有"柳永体""东坡体""易安体""稼轩体""白石体"等；以总体风格而论有婉约、豪放、旷达、骚雅等。

宋词成就虽大，但较诗内容又差一些。宋诗受了道学的影响，"言理而不言情"，结果使抒发爱情和描写色情变成了词的专业。一方面，这是继承了唐、五代词言情的传统。同时另有一个理由：古人不但把文学分别体裁，而且把文体分别等级，词是"诗余"，是"小道"，比诗和散文来得"体卑"。

在宋人的心目中，词从民间文学里兴起的时间还不很长，只能算是文体中的暴发户，不像诗是历史悠久的门阀士族，因此也不必像诗那样讲究身份。有些情事似乎在诗里很难出口，有失尊严，但不妨在词里描述。假如宋代作家在散文里表现的态度是拘谨的，那么在诗里就比较自在，而在词里则简直放任和放肆了。当然，谈情说爱有时是"寄托"或"寓言"，因为宋词惯用"香草美人"的比兴手法，借情侣的"燕酣之乐、别离之愁"来暗指国家大事或个人身世，以致作者的影射方法鼓励了读者的穿凿习气。不过，这种象征的爱情在宋诗里仍然很少出现。

宋人的创作实践充分表示他们认为词比诗"稍近乎情"，更宜于"拨弄风月"。这样，产生了一个现象：唐代像温庭筠或韦庄的词的意境总和他们的一部分诗的意境相同或互相印证，而宋代同一作家的诗和词常常取材于截然不同的生活，表达了截然不同的心灵，仿佛出于两个人或一个具有两重人格的人的手笔。例如，欧阳修的"浮艳之词"弄得后人怀疑是"仇人无名子所为"，而能作《煮海歌》的柳永在词里只以风流浪子的姿态和读者相见。

苏轼之后，宋词在内容上逐渐丰富，反映了许多唐、五代词所没有写过的东西，好些事物变成诗和词的公共题材，但是言情——不论是写实的还是寓意的——依然是词的专利。在形式上，词受了苏、黄以来诗歌的熏染，也讲究格律，修饰字句，运用古典成语，从周邦彦的雅炼发达至吴文英的艰深。不过，宋词和民间文学始终没有完全脱离，典雅雕琢的风尚并未完全代替运用通俗口语的倾向。例如欧阳修的词是浅易的，但是他也写了比他的一般词更通俗，更接近口语的东西；黄庭坚的词跟他的诗一样，都是"尚故实"的，但是他也用俗语、俚语写了些风格相反的词。这两种词风在许多宋人的作品里同时而又不同程度地存在。

由于宋代封建文化的高涨、妇女知书能文的增加，词的传统风格又有利于抒发"闺情"，因此宋代还出现了一些女词人。生在南渡前后的李清照，既在词里描写她深闺孤独无依的生活，同时还抒发她南渡以后国破家亡的痛苦心情，在两宋词家中取得了杰出的成就。

二、宋代话本的进一步发展

宋代"说话"不仅职业化,而且进而发展到了专门化,分为了小说、讲史、讲经、合生四家。四家之中最主要和最受欢迎的是小说和讲史,《武林旧事》中说小说者有52人,说史者23人,说经者17人,合生者仅1人。足见小说影响最大,观众最多。《都城纪胜》说讲史者"最畏小说人,盖小说者能以一朝一代故事顷刻间提破",反映了它因短小灵活、便于取材现实生活而取得了竞争优势。

"说话"多用诗词韵文开头结尾,起安定听众、加深印象的作用。小说一家在正文故事之前一般还有简短的"入话",其内容与正文故事相似或相反,用来引出正文,目的可能是等候听众和集中听众的注意力。由于"入话"内容相对无关紧要,故又叫"笑耍头回"或"得胜头回"。

话本中小说话本是最活泼最有生气的一类。它在宋元时期是极其繁荣的。但因后世文人的歧视,散失相当严重。现存小说话本约40篇,包括《京本通俗小说》《清平山堂话本》之大部分和《喻世明言》《警世通言》《醒世恒言》之小部分。

现存"小说"话本描写较多的是爱情问题。这类作品中,市民已成为主要人物。小说表现了他们对封建势力的反抗,尤其突出了妇女们的坚决勇敢。如《碾玉观音》中咸安郡王府的"养娘"璩秀秀爱上碾玉匠崔宁,并与崔双双逃至潭州安家立业。后因告密,秀秀被抓回处死,但她的鬼魂也要和崔宁在一起。小说中的璩秀秀不只是要求爱情自由,而且要争取人身自由,这就带上了市民阶级的色彩。小说将一对下层社会青年男女的爱情婚姻悲剧跟统治阶级的享乐生活联系起来,具有很强的控诉力量。又如《闹樊楼多情周胜仙》中的周胜仙在金明池遇上范二郎,借和卖水人吵架主动向范二郎介绍自己的身世,表示对他的爱慕。她爱情的热烈大胆同样带有市民的色彩。此外如《快嘴李翠莲记》中的李翠莲,也是一位泼辣勇敢,敢于向既定统治秩序挑战、敢于蔑视封建礼教、争取独立人格的女性形象。

公案类作品是小说话本较常见的又一题材。《错斩崔宁》是这类作品中的优秀之作。崔宁和陈二姐被卷入因十五贯钱而引起的凶杀案中，结果崔宁在昏官的严刑拷打之下，招供诬服，被判死刑。作品揭露了官府的草菅人命，反映了市井民众要求公平明允的愿望。又如《简贴和尚》通过一个还俗和尚写假信骗取皇甫殿直妻子的故事，批判了官吏昏聩残酷、动辄严刑逼供、置人死活于不顾的黑暗现实。

个别小说话本还反映了民族矛盾，表达了反对民族压迫的情感，《杨思温燕山逢故人》便是这样的一部作品。

由于市民阶级自身思想复杂性和封建统治思想的影响，不少小说话本也包含着封建性的糟粕，如宣扬封建伦常、因果报应、神怪迷信等。

从艺术成就看，也是小说话本成就最高。总体上看，它们的创作手法是现实主义的，有的作品还体现了现实主义和浪漫主义相结合的因素，前述《碾玉观音》《闹樊楼多情周胜仙》等作品都有此特点。这些作品都能从现实中选取题材，有浓烈的生活气息，它们的故事性都很强，情节曲折动人，并且开始运用具有典型意义的细节来刻画人物性格，还出现了人物内心活动的描写。

小说话本是一种俗文学，由于听"说话"的人是文化素养不高的市民群众，所以话本的语言都通俗、生动、朴实、活泼。从话本起，市井白话才第一次进入小说领域。小说中人物的对话都富于生活气息，富于个性，如《闹樊楼多情周胜仙》中周、范二人的对话便是极好的例子。话本小说还运用大量市井俗语、流行语，如说金钱万能是"火到猪头烂，钱到公事办"、说求人的难处是"将身投虎易，开口告人难"等等。

此外与"俗"相应，小说话本还体现出市民的审美趣味。例如它重视情节的曲折离奇甚至"巧"，《错斩崔宁》便是由一连串很巧的事件构成情节的。

讲史话本虽也一定程度上反映了民众的爱憎感情，但受正史的影响更大，从现存讲史话本看，它们在艺术上都还很粗糙，如结构散乱、人物性格模糊、语言文白夹杂等，所以，其地位是不及"小说"的。

现存宋元讲史话本主要有《新编五代史平话》《大宋宣和遗事》以及《全相

平话五种》。其中《大宋宣和遗事》对《水浒传》的成书、《全相平话五种》中《三国志平话》对《三国演义》的成书、《武王伐纣平话》对《封神榜》的成书有较深刻影响,其地位是不应低估的。

此外,说经话本《大唐三藏取经诗话》为《西游记》的创作提供了最早的依据,其文献史料价值也是很高的。

三、中国古代文学的转折——辽金元的文学

辽是契丹族统治者建立的国家,和北宋对峙了 166 年。辽国初建时,崇尚武勇,轻视文学。建都燕京后,受汉民族文化的影响,写诗作文的风气渐浓,君臣多能作诗,如辽兴宗有《日射三十六熊赋》,道宗皇后萧观音有"威风万里压南邦"的七绝诗,但成就并不显著。相对而言,萧观音后来抒写宫中生活苦闷的 10 首《回心院词》,较为流传。

金建国之初,统治尚不稳定,文学的作者主要是辽宋旧臣。他们在诗歌中流露故国之思和仕金后内心的矛盾苦痛,吴激的词《人月圆》"南朝千古伤心事"是这类作品中很有代表性者。到金世宗、章宗之世,金与南宋议和,局势相对稳定,北方各民族逐步融合,统治者也日益接受汉民族文化,金国于是也出现了不少文学侍从之臣,如蔡珪、党怀英、赵秉文、王庭筠等。不过他们偏于模仿,成就并不很高。但金代中期却出现了一位很有见地的文学批评家,他便是《滹南诗话》的作者王若虚。王若虚反对当时"雕琢太甚,经营过深"的文风,主张"文章自得""浑然天成";他还反对江西诗派,推崇苏轼,这反映了金代一般诗人的观点。

金代后期面临蒙古旗的威胁和南侵,民族矛盾日益突出,忧时伤乱逐渐成为诗歌的主调。如赵元《修城去》写百姓被皮鞭驱赶去修城的苦楚,《邻妇哭》写蒙军侵扰带来的灾难,宋九嘉《途中出事》描绘兵荒马乱中流民的悲惨生活,都是很有现实性的动人之作。而此时出现的元好问,更是一位文学史上杰出的现实主义大文学家。

金国的俗文学有很高成就。在北宋杂剧基础上发展起来的院本,已是比较

成熟的戏剧形式，它虽然已失传，但对元杂剧有直接的影响。金代的说唱文学也极为重要，董解元的《西厢记诸宫调》不仅本身成就高，对后来的戏剧文学也有很大影响。

中国古代文学发展到元，出现了一个巨大的转折：诗词散文等封建社会正统的文学样式衰落了，而杂剧与散曲这样的俗文学却兴盛起来，占据了文坛的主流。

元代诗文作家固然很多，不少作品孤立地看也写得很美或很深刻，但作为一代文学样式，它们却是不景气的。这一则是诗文经过唐人的大开拓和宋人的再开拓后，要做守成之主已经不易，要想超越就更困难；二是这个时代有才气、有生活感受的第一流作家被压在社会下层，他们的趣味精力都转向了俗文学。而诗文作者相对说来还保持着传统文人的气质和审美趣味，带有较浓的闲适气、隐逸气，境界比较窄，艺术上亦缺乏个性。所以元代诗文纵不能和唐宋媲美，横不足与元曲抗衡。

元曲兴盛的标志，是出现了一大批作家作品，其中很多是优秀作家作品。根据《录鬼簿》《录鬼簿续编》《太和正音谱》等文献统计，元杂剧作家有姓名可考的达200来人。今人揖《录鬼簿》等各文献考证统计，元杂剧有目可考的达600多本。由于元曲是俗文学，后世封建文人多不屑于整理保存，所以资料流失极为严重，以剧本为例，今天所能读到的只有明臧懋循《元曲选》中的100种和今人隋树森所辑《元曲选外编》中的62种了。

元杂剧的发展，可分为前后两期，前期从金末到元大德年间（1300年左右），后期从大德年间至元末。前期是元杂剧的鼎盛期，此时的杂剧以大都为中心，优秀作家关汉卿、白朴、马致远、王实甫、杨显之、高文秀、康进之、纪君祥、石君宝等都是前期作家。无论从题材的开拓、内容的深广，还是艺术性的高下来看，这一时期都是杂剧的顶峰期。后期杂剧中心南移到杭州，剧作家有名可考者仅20余人，有作品传世者不过10余人，而且除郑光祖外，其余诸人的成就均不如前期作家。

散曲是金元时期产生的一种新诗体，它在元时也很兴盛。据隋树森《全元散曲》，元散曲家有名可考者212人，现存的作品包括小令3853首，套数457套，另有残曲若干。考虑到散失严重这个因素，其数量也是很大的。散曲发展大体与杂剧同步，也分为前后两期，同样是前期成就高于后期。不过，后期散曲并未呈现衰败之态，就数量讲，还超过前期，并且还有张可久、乔吉这样的优秀散曲家。

除元曲外，宋南渡以后在温州杂剧基础上发展起来的南戏，经过一度衰微，到元末也兴盛起来，产生了《琵琶记》等影响深远的作品。

八大散文作家的合称，即唐代的韩愈、柳宗元（苏轼、苏洵、苏辙父子三人称为三苏）、欧阳修、王安石、曾巩（曾经拜过欧阳修为师）。（分为唐二家，宋六家）。

明初朱右最初将韩愈、柳宗元、苏轼、苏洵、苏辙、欧阳修、王安石、曾巩八个作家的散文作品编选在一起刊行《八先生文集》，后唐顺之在《文编》一书中也选录了这八个唐宋作家的作品。明朝中叶古文家茅坤在前者基础上加以整理和编选，取名《八大家文钞》，共160卷，"唐宋八大家"由此得名。

第二节　宋元时期的文学人物

一、一代文豪——苏轼

苏轼，字子瞻，别号东坡居士。他是宋代文坛上极负盛名的一个全能作家，特别是对我国词的发展有着特殊的贡献。

宋仁宗景祐三年（1037）十二月十九日，苏轼出生在四川省眉山县一个极富文化教养的知识分子家庭。在这个家庭中，不仅他的父亲苏洵、弟弟苏辙都是当时有名的文人，就是母亲和妹妹，也是有较高文化水平的妇女。苏轼从幼年时期起，就在这样的环境中接受了丰富的文化知识和文学修养，为他以后的创作打下了良好的基础。

苏轼21岁举进士，22岁参加礼部考试，他的论文《刑赏忠厚之至论》使主考欧阳修大为惊异，认为这是一个很不平凡的人，想取他为第一名，但又怀疑论文不是苏轼所作，而是门下文人曾巩代写的，就只取为第二名。随后苏轼又在春秋对义中获得第一，殿试中乙科。于是得到欧阳修、韩琦、富弼等大臣的召见。过后，欧阳修对大臣说："有了苏轼这个人，我便应当回避了。"人们听到这个说法，开始都很惊异，不以为然；后来，大家都信服了。

苏轼虽然博学多才，但在当时变幻莫测的政治浪潮中，却并未得到重用，反而一生坎坷，几遭贬谪，受尽颠沛流离之苦。

苏轼自中进士后，做过主簿、签判一类地方官。1069年，他服父丧期满后还朝，正值王安石实行变法，推行新政。他出于比较保守的政治立场加以反对，因此受到新党的排挤。

从1071年开始，苏轼便离开当时的京城汴京（现河南开封），过着长期的宦游生活。这期间，他做过杭州、密州、徐州、湖州等地的地方官。在地方官任上，苏轼能够根据社会的情况和需要，认真地为人民做些有益的事情。

在徐州时，一次涨大水，河水淹至城门下，眼看城门将被冲毁。在这紧急的时刻，城内的有钱人争相出城避难，苏轼面对这种情况，果断地说："有钱人一走，致使民心动摇，我们还怎么守城呢？只要有我在，水决不能冲毁城门。"把那些出城的人又赶了回来。然后，他来到武卫营，动员禁军尽力抢救，并亲自率领他们，在城东南筑一长堤，指挥官吏分段把守。这样，尽管连日大雨，全城最终平安无事。事后，他又请求朝廷调来伕卒增筑故城，修堤岸，避免再发生水患。

在杭州时，苏轼领导人民疏浚河漕，修复六井，淘浚西湖，并在湖中修筑一道长堤，以利通行；堤上种植芙蓉、杨柳，美化环境。杭州人民为了纪念他，将此堤命名为"苏公堤"。直到如今，"苏堤春晓"仍为西湖美景之一。

在湖州任上，苏轼万万没有想到祸从天降。那是宋神宗元丰二年（1079），谏官李定等人摘出苏轼平时所写的诗句加以弹劾，定以讽刺新法的罪名，制造了有名的"乌台诗案"。此后，苏轼被当作重大的政治犯投入御史台监狱，日夜受审。他平时所写诗词都被一一加以追查审问，其中的只言片语更被摘出，指控为"讥讽朝廷""讥讽执政大臣""讥讽新法"等,企图以此定他重罪。这种情景正如同狱苏子容丞相诗中所写:"遥怜北户吴兴守(吴兴守即苏轼,被捕前知湖州,即无兴),垢辱通宵不忍闻。"由此可见苏轼在狱中是吃了很多苦的。尽管受尽各种折磨和辱骂,苏轼始终从容辩对,使审讯他的狱吏也无可奈何。

苏轼在狱中时,他的长子苏迈给他送食物,并在外打听消息。他们相约一般情况只送菜和肉,如有凶信,则改为送鱼,并守在狱外等候消息。不久,苏迈有事去陈留,委托一个亲戚代送食物,但忘了告诉这个暗号。一天,亲戚就只送了鱼,没送其他食物。苏轼一看大惊,以为自己将不免一死,乃作诗二首给其弟苏辙,并请狱吏代转。后来,神宗皇帝知道了这件事情,因爱其才,将其释放出狱。

苏轼出狱后,被贬为黄州团练副使,名义上还是做官,实则一言一行都受到严密的监视。

这段时间,苏轼不仅在政治上受到严密监视,生活上也极度困窘。在黄州时,他的薪俸少得可怜。为了节省开支,他规定每日用钱不得超过百五十文,每月取四千五百文钱,分为三十块挂于屋梁,每天用叉杆挑下一块,放在竹筒内取用。有积余时,即用来招待客人。同时,他又亲率家人在东坡开田种稻,还自养了一头耕牛。一次,这头牛生病几乎要死掉,王夫人说:这头牛是发豆斑,当用青蒿煮稀饭喂它。结果这头牛真的被治好了。以后,朋友们相见,苏轼谈起这事,有人还开玩笑地称他为"牛医儿"。

面对这样的环境,苏轼仍然非常豁达坦荡,对生活充满了热情。就在开田种稻的第二年冬天,苏轼又亲率家人在东坡盖了一所房子,取名"雪堂",迁居其中,自号"东坡居士"。遇有亲朋好友来访,大家一起游览胜景,饮酒赋诗,倒也自得其乐。

苏轼常说:"我平生没什么快意的事情,只有做文章。我的思想感情,都能用笔尽情地加以表达,我感到世间再也没有比这更使我高兴的事了。"

苏轼还是宋代著名的书画家。在书法方面,他善于吸取各家所长,并加以大胆地发展创新,形成了自己的独特风格,成为宋代四大书法家苏(轼)、黄

（庭坚）、米（芾）、蔡（襄）之首。对于这点，他曾谦慰地说："吾书法虽不甚佳，然自出新意，不践古人，是一快矣。"苏轼在书法上的成就是他长期勤学苦练的结果。从很小的时候起，苏轼就坚持每天练字，从不间断。据说他有一方非常珍爱的砚台，每天写字后，都要拿到书房旁边的一个小水凼里去洗，这样日久天长，这个水凼里的水就浓如墨汁，后人便把这水凼叫作"东坡洗砚池"。与书法紧密相连的绘画，苏轼也下过相当的功夫。他最喜欢绿竹，"宁可食无肉，不可居无竹"，所以又最喜欢画竹。他在谈到自己学画竹的体会时说过，他为了把握竹的特征，早与竹交游，晚与竹为友，休息在竹林间，吃饭在竹荫处，这样，他就"了然于心"，"存竹于胸中"，然后才"了然于口与手"，画出千姿百态的秀竹。这个故事后来就成为一个精辟的成语"胸有成竹"，被广泛地运用。

宋徽宗靖国元年（1100）苏轼以66岁的高龄在遥远偏僻的儋州遇赦北归，不料第二年就死于常州。

苏轼一生为我们留下了丰富的文学艺术遗产，他的诗、词、散文以及书画，都是我们民族的宝贵财富。

二、一生忧国的诗人——陆游

在中国文学史上，爱国主义是重要内容之一，历朝历代都有出色的诗人和诗篇。但在所有爱国主义诗人中，感情之专一、感情之炽烈、感情之持久者恐怕非陆放翁莫属。他以85岁的高龄，在临终前所想的依然还是"王师北定中原日，家祭勿忘告乃翁"。想到此情此景，就令人肃然起敬。

陆游（1125—1210），字务观。自号放翁，山阴（今浙江绍兴）人。陆游的祖父陆佃是王安石的学生，道德高尚，在北宋后期激烈的党争中始终坚持正义和真理，刚正不阿，是一代名流。父亲陆宰在金兵第一次逼近京师的时候，担任京西转运副使。金兵撤退后，陆宰被弹劾落职，携带家属回绍兴原籍。就在回家途中，陆游诞生。

陆游出生就逢战乱，童年和少年一直处在宋金两国的交战状态中，因此洗雪国耻，收复中原，统一天下便成为他的志向和抱负。"早岁那知世事艰，中原北望气如山"(《书愤》)可以看出诗人年轻时意气昂扬,踌躇满志的精神状态。

抱着这样的理想,陆游在绍兴二十三年(1153)到京师临安参加科举考试,省试第一名。次年参加礼部试前,秦桧借故取消其资格,主要罪名是"喜论恢复"。更深层的原因是陆游名列第一,第二是秦桧孙子秦埙,秦桧要为孙子中状元扫清道路,于是黜退陆游。陆游怀着愤怒忧伤的心情回到山阴。在这年春季一个春光明媚的日子,陆游在沈园遇到前妻唐婉,爱情的不幸和科举的落第使这位年轻诗人感慨万千,写下那首流传至今的爱情绝唱《钗头凤》。

陆游一生最振奋的时期,是乾道八年(1172)春天到秋天,他出任四川宣抚使司干办公事兼检法官期间。这一时期,朝廷暗中积极准备收复中原。四川宣抚使王炎是位精明干练的大臣,颇有政治经验和军事才能,他将自己的幕府设置在南郑,是抗金最前线。陆游在春天三月二十七日到达南郑,他第一次得到可以实现自己理想的机会,于是,积极投身到收复中原的伟大事业当中。以南郑为中心,除东面外,其他三个方向300里内的地方他几乎都去过。他曾经带着卫兵骑马掠过敌人的前沿阵地,也曾经在大散关参加过一定规模的战斗,他在为解放中原拼命地准备着、工作着。这一年,陆游48岁,正是人生精力最旺盛,也最成熟的时期,他已在长安找好内应,准备宋军一到,里应外合,首先解放长安,那是关中心脏,是汉唐故都。正当陆游精神抖擞,非常振奋的时候,突然传来消息,王炎被调回朝廷,王炎幕府解散,陆游回成都听从新的任命。

这仿佛是泼来的一瓢凉水,陆游心灰意冷。当时他是在嘉川铺听到的消息,在他返回南郑途中所作的《归次汉中境上》最后两句道:"良时恐作他年恨,大散关头又一秋。"而当他离开南郑回归成都途中,在经过剑门的时候,作《剑门道中遇微雨》诗道:"衣上征尘杂酒痕,远游无处不销魂。此身合是诗人未,细雨骑驴入剑门。"诗人内心的痛苦完全可以理解。从此,陆游再也没有直接接触军事生活的机会,在地方任上也是屡遭罢黜。60多岁曾经在山阴隐居20多年,很多年以行医为职业。将近80岁的时候再度被起用,到京师出任中大夫,直华文阁,兼实录院同修撰、兼同修国史。如此高龄还被起用,作为起用他的人来说,是借助他的名望;作为陆游来说,是因为抗战。此时,宰相韩侂胄独掌大权，积极谋划抗战。正是这一点，使两人合作。陆游进京工作一年左右时间，因年事太高，不能做实际工作，请求退休，得到批准。回到山阴第二年，朝廷召辛弃疾进京，陆游作诗《送辛幼安殿撰造朝》诗道："古来立事戒轻发，往往谗夫出乘罅。深仇积愤在逆胡，不用追思灞亭夜。"提醒辛弃疾以抗金大局为重，不要在意以前的政敌。

嘉定二年的腊月，85岁的老诗人陆游带着不能亲眼看见国家统一的遗憾离开了多灾多难的尘世，临死的时候，留下《示儿》一诗道："死去元知万事空，但悲不见九州同。王师北定中原日，家祭无忘告乃翁。"老诗人临终前唯一想到的依然是国家没有统一，可见其爱国志向的坚定和始终如一。这种坚定执着的爱国主义永远都是我们的宝贵财富。南宋灭亡后，林景熙《题陆放翁诗卷后》诗道："青山一发愁蒙蒙，干戈已满天南东。来孙却见九州同，家祭如何告乃翁。"语更沉痛。

三、巾帼不让须眉——李清照

在中国文学史上，有一位杰出的女词人，她就是李清照。

李清照，号易安居士，生于北宋神宗元丰七年（1084），大约卒于南宋高宗绍兴二十一年（1151），一生经历了北宋末叶——南宋之初两个时期。她是山东济南人，出生在一个上层士大夫家庭。父亲李格非，既是学者，又是作家，母亲也能诗善文。在这样的家庭环境的熏陶之下，李清照从小就爱好文学，尤其以诗词见长。

李清照18岁的时候，嫁与太学生赵明诚。赵明诚是吏部侍郎赵挺之之子。当时赵挺之依附权奸蔡京，李清照对他深为不满，所以在献给公公的诗中有"炙手可热心可寒"之句。可是，李清照与赵明诚夫妇之间感情却是很好的。当时，政治局势虽已危机四伏，但社会是安定的。他们夫妇经常在一起唱和诗词，搜集、鉴赏金石字画，校勘古书。两人志趣相投，生活洋溢着浓厚的学术文艺气息。

有一次，有人持五代南唐画家徐熙的《牡丹图》出售，要价20万。李清照看了，爱不释手，连忙将此人安顿在家中过宿，自己四处去筹钱。但价钱实在太贵了，他们想尽办法也无力购买，最后只好又将《牡丹图》退还。为此，李清照夫妇惋惜、慨叹了好几日。

后来，李清照随赵明诚自汴京回到故乡诸城，一住10年。在10年乡居生活中，"仰取俯拾，衣食有余"，生活仍旧是安定的。他们和往常一样，仍然搜集金石刻辞、古物和字画。得到一本书，就"摩玩舒卷，指摘疵病"，每夜都要到一支蜡烛燃尽为止。他们将搜集来的书画等物收藏在归来堂。归来堂里，一排排书橱上，书籍陈列得整洁有序，几案上书画也"罗列枕籍"。吃罢晚饭，他们坐在归来堂里烹茶的时候，常常指点着堆积的古书，说某事在某书某卷第几页第几行，"以中否决胜负"，谁得胜谁先饮茶。李清照资质聪慧，博闻强记，往往言中。但一说中了，就不免举杯大笑，以致于弄得"茶倾复怀中"，反而喝不成。他们俩觉得这种生活别有一番乐趣。

当时，李清照的词脍炙一时。清代李调元《雨村词话》中就说："易安在宋诸媛中，自卓然一家。"又说："不徒俯视巾帼，直欲压倒须眉。"当然，作为封建社会的一位女作家，在诗词中这样伤离惜别，抒发真情挚意，必然会遭到某些封建卫道者的攻击。与她同时代的王灼在肯定她"若本朝妇人，当推词采第一"之后，就批评她的作品"轻巧尖新，姿态百出"，并诋毁她说："闾巷荒淫之语，肆意落笔，自古缙绅之家，能文妇女，未见如此无顾籍也。"靖康二年（1127），金人南侵，陷汴京，掳徽宗、钦宗北去。高宗在建康（南京）建起了南宋小朝廷，而把淮河以北的国土拱手出卖给金。李清照夫妇也逃往江南，他们留在故宅珍贵的金石书画大部分毁于战火。民族危机直接影响了李清照的生活，也激发了她的爱国意识。这时，赵明诚曾起复为建康知府。在建康时期，每值大雪，李清照就"顶笠披蓑，循城远览以寻诗"，来抒写自己的忧愤，并且每得诗句就邀赵明诚一起唱和。

南渡之后，李清照曾作诗说：

生当作人杰，死亦为鬼雄；

至今思项羽，不肯过江东。

李清照通过对不肯忍辱偷生的项羽的赞美，讽刺了南宋统治者可耻的逃跑主义行径。她又作诗说："南来尚怯吴江冷，北狩应悲易水寒。"讽刺宋高宗一味妥协，忘记了被掳北去的宋徽宗、宋钦宗，忘掉了国家残破的耻辱。她还作诗说："南渡衣冠少王导，北来消息欠刘琨。"借晋朝历史，说明当时南渡大臣中缺少王导那样的能够稳定江南、建立政权的人物；北方又缺少刘琨那样的在中原坚持抗战的人物。这两句诗讽刺了满朝大臣。李清照这些诗作，有力地鞭挞了贪生怕死的南宋统治者，所以清人俞正燮赞誉说："忠愤激发，意悲语明，所非刺者众。"可惜这类作品流传下来的不多。

在兵荒马乱的生活中，更大的不幸降临到李清照的头上。1129 年，赵明诚在移知湖州的途中，患大暑，一病不起。李清照怀着深沉的悲痛埋葬了丈夫，自己也得了一场大病。当时形势危急，她只好先去洪州投靠赵明诚的妹婿。不久，洪州失陷，她又南逃，投靠弟弟李迒。此后，她辗转避乱于台州、越州（今绍兴）、杭州、金华等地。李清照就这样在颠沛流离、孤苦无依中度过了她的晚年。

尽管李清照作品的内容还有所局限，但在妇女身心被禁锢的封建时代，她能勇敢地发挥自己卓越的才华，大胆地抒发自己的内心感受，并能在一定程度上触及国家民族的现实，这些，都是十分难能可贵的。

四、关汉卿

关汉卿，号已斋叟，大都（今北京市）人。大约生于金末（1230 年左右），卒于元成宗大德年间（1307 年左右）。他出身士族家庭，曾做过太医院尹。关汉卿从小志向不凡，常刻苦攻读，博览群书，擅长诗、文、词、曲、剧的写作，又会"围棋""激趵""打围""双陆"等娱乐技艺活动，还对戏曲有关的吹弹歌舞、插科打诨等也特别擅长。元末熊自得所编的《析津志》里说他"生而倜傥，博学能文，滑稽多智，蕴藉风流，为一时之冠"。尽管他多才多艺，但他一生却总是郁郁不得志。这是历史的悲剧。

关汉卿所处的时代，正是元蒙贵族暴力统治的黑暗时代。在这个是非贤愚颠倒、民族矛盾和阶级矛盾空前尖锐激烈的富于悲剧性的历史时代里，广大人民群众政治上深受压迫，生活上穷困不堪。但富有傲骨气节的关汉卿，既不愿卖身投靠，向元代统治者摇尾乞怜而侧居庙堂，又不愿遁迹山林，去做当时的"酒中仙""尘外客"，而是面对严酷的现实，"不屑仕进"，走上了与"勾栏"（戏剧演出场所）、"瓦舍"（娱乐场所集中的地方）的倡优艺人为伍的道路。当时，年轻刚直的关汉卿，不顾世俗的嘲笑，以生活于社会最下层的倡优艺人同伍为荣，为他们编写杂剧剧本，并不惜粉墨登场，参加演出，成了一个伟大的职业剧作家、导演和演员。臧晋叔在《元曲选序》中说他："躬践排场，面傅粉墨，以为我家生活，偶倡优而不辞。"这就是他当时在勾栏、行院戏剧生涯的真实写照。

元世祖至元十四年冬，关汉卿则走出大都，南游杭州、苏州和扬州。当时这些城市也和大都一样，聚集着许多著名的杂剧作家和演员。关汉卿的这次南游三州，大大地鼓舞和推动了南国杂剧的发展。

关汉卿以一生的心血，辛勤地培植与浇灌了元杂剧这朵清新的奇葩。"八倡、九儒、十丐"的卑微地位，使他更加了解和同情那些最下层人民的悲惨境遇。当时的大都，是元代政治、经济、文化的中心，也是杂剧创作与演出的重要据点。他成天生活在"书会才人"之中，是当时京都最大的杂剧创作团体"玉京书会"的领袖人物。他和当时与他处于同样厄运的剧作家们交谊甚深。杨显之不仅是他相互评改作品、商酌文辞的亲密朋辈，而且还是他的"莫逆之交"。散曲家王和卿也是他最亲密的书舍挚友，他常因斟酌作品而与王和卿"抬杠"争执，并常相互善意地讥虐、玩笑，从未伤过朋友的和气。特别是当时著名的杂剧女演员朱帘秀，更和他有着亲密无间的友谊关系，他们不仅有共同的理想和爱憎，而且常在一起研讨剧本，甚至一起排练与同台演出。"玉京书会""玉仙楼"便是他们经常出入的活动场所。据传，他们为演出新编剧本《窦娥冤》，还被当时的烂官佞臣阿合马以"恶言犯上"的罪名捕入狱中，遭受了严刑拷打，不是书会的朋友解救，险些丢了性命。

据钟嗣成的《录鬼簿》说，关汉卿一生以自己的愤激与血泪，共写了63个杂剧和不少散曲。今存小令50余首，套曲10余套，但可惜流传至今的杂剧却只有十几个了。尽管如此,关汉卿仍不失为元代作家中产量最多、质量最高、影响最大的优秀剧作家。可是在我国的封建"正史"中,根本没有戏曲家的一席地位,关汉卿的生平事迹也多湮没在历史风雨的长河中了。但权衡一个作家的"全能"与贡献,最可靠的还是他以全部心血凝铸出来的作品。

关汉卿从纷繁复杂与波澜壮阔的现实生活中,获得了取之不尽、用之不竭的创作源泉。他的剧作,不仅题材广阔多样,主题深刻鲜明,而且很能切中时弊。不管他是写贪官污吏、权豪势要,或是写英雄豪杰与才子佳人,都始终贯穿着这样的精神,就是以极大的义愤反抗元王朝的血腥统治,赞扬受迫害的广大人民英勇顽强的斗争精神。

他的《鲁斋郎》《望江亭》《蝴蝶梦》等优秀剧作,深刻地揭露了豪权显贵的残暴凶狠与贪婪腐朽,对弱小人民寄予了深切的同情。

此外,关汉卿还把他那犀利的笔锋投向了元王朝吃人的社会制度的各个方面,广泛地触及了社会的本质。《拜月亭》通过王瑞兰与蒋世隆在战乱中的邂逅相逢以及曲折复杂的爱情描写,猛烈地抨击了封建礼教与不义的战争。《金线池》与《救风尘》既反映了妇女失身的不幸与痛苦,对黑暗的制度进行了血泪的控诉,又激励了他们的反抗斗争。精神《单刀会》通过关羽只身过江赴宴,以英雄的胆识与气魄战胜阴谋诡计,最后安然而返的动人故事,迂回曲折地鞭笞了邪恶,伸张了正义。

这些名垂千古的优秀剧作,充分地表现了关汉卿杰出的创作才能与独具一格的艺术特色。他的作品,情节真实生动,很富于戏剧性;人物形象鲜明,结构安排富有匠心。因而具有经久不衰的艺术生命力。

元成宗大德初年(1307年左右),关汉卿在写完了小令《大德歌》10首以后,离开了人世。

历来的反动统治者及其御用文人们,总是力图贬低关汉卿及其作品的崇高地位和深刻影响。但关汉卿的光辉作品,却深受人民所喜爱。远在100多年以前,他的优秀剧作《窦娥冤》就已译成法文,流行欧洲,影响国外了。他不愧是中国文学史上伟大的剧作家,也不愧是千古不朽的世界文化名人。

五、苏门四学士

苏门四学士是北宋文学家黄庭坚、秦观、晁补之和张耒的并称。苏轼是继欧阳修之后主持北宋文坛的领袖人物，在当时的作家中间享有巨大的声誉，一时与和他交游或接受他指导的人很多，黄、秦、晁、张四人都曾得到他的培养、奖掖和荐拔。

在苏轼的众多门生和崇拜者中，他最欣赏和重视这四个人。最先将他们的名字并提和加以宣传的，就是苏轼本人。他说："如黄庭坚鲁直、晁补之无咎、秦观太虚、张耒文潜之流，皆世未之知，而轼独先知之。"由于苏轼的推誉，四人很快名满天下。

第三节 宋元时期的文学作品

一、陆游的爱国华章

陆游生在北宋将亡之前，死在南宋唯一一次大规模抗战失败之后，他终生都以收复中原为己任，他最大的愿望是"上马击狂胡，下马草军书"，文武兼备，为国家贡献自己的全部。但是他所生活的朝代恰恰是个软弱无能的王朝。南宋皇帝中孝宗赵昚稍微好一点，也正是陆游壮年时期。但高宗没有死，他要有所顾及，而投降派始终占据要职，当然这种局面是执政皇帝造成的。

孝宗是赵匡胤的后裔，就是小说中经常出现的"八千岁"或"八贤王"赵得芳的直系血肉。因此孝宗刚刚登基时，全国军民都很振奋，而且孝宗确实连续做了几件鼓舞人心之事，恢复胡铨官职；追复岳飞官职，发还财产；起用坚定的抗战派大将张浚，赐被秦桧压制的陆游同进士出身等。隆兴抗战虽然失败，最后以签订屈辱的"隆兴和议"收场。但到了乾道五年时，朝廷成立专门机构筹划收复中原事宜，接着就是乾道七年到乾道八年秋天一年多积极准备北伐作战，才给陆游提供一试身手的机会。陆游虽然没有取得什么实际的功绩，却成为他终生回忆的材料和实践感受的来源。应当说，南郑前敌指挥部办公室半年的生活经历，对于陆游的一生产生了重要影响。他把诗集命名为《剑南诗稿》，文集命名为《渭南文集》，都是为了纪念这段如火如荼的战争经历。

陆游爱国诗篇的创作，是从他在南郑那段经历以后开始大量出现的。在由主战到主和，从前线回到后方的第二年，陆游写作《金错刀行》一诗：

黄金错刀白玉装，夜穿窗扉出光芒。丈夫五十功未立，提刀独立顾八荒。京华结交尽奇士，意气相期共生死。千年史册耻无名，一片丹心报天子。尔来从军天汉滨，南山晓雪玉嶙峋。呜呼！楚虽三户能亡秦，岂有堂堂中国空无人。

本诗表达了坚决抗敌收复中原的强烈愿望及壮志难酬的愤懑之情。那把锋利无比而不得一试锋芒的金错刀便是作者主体精神的化身。"楚虽三户能亡秦，岂有堂堂中国空无人。"多么坚定的信念和果敢的精神。

由于壮志难酬，陆游心情不好，而且官场黑暗，难以实现抱负，诗人便经常借酒浇愁，结果遭到政敌弹劾，罪名是"燕饮颓放"，将即将任命的嘉州知州的职务也撤销了，安排个什么也不能做的闲职，诗人哭笑不得，这算个什么罪名？既然说"放"自己干脆就"放"吧，于是自号"放翁"。

到淳熙四年（1177年，陆游离开前线已经五年，朝廷再也没有任何抗战的迹象，文恬武嬉，一派歌舞升平的景象，陆游十分悲愤，写下最感人的《关山月》：

和戎诏下十五年，将军不战空临边。朱门沉沉按歌舞，厩马肥死弓断弦。戍楼刁斗催落月，三十从军今白发。笛里谁知壮士心，沙头空照征人骨。中原干戈古亦闻，岂有逆胡传子孙。遗民忍死望恢复，几处今宵垂泪痕。

本诗是陆游在成都时所作。诗采用乐府旧题，抒发现实感慨。全诗揭露投降政策造成的腐朽局面，戍卒报国无门的幽怨以及沦陷区人民恢复无望的伤痛。淡淡的月光不但使三个各自独立的场景统一起来，而且也增添了诗的哀婉情调。

他始终没有忘怀抗战，即使在故乡隐居，依旧时常抒发抗战不能的悲愤。淳熙十三年（1186）春陆游隐居故乡时所作的《书愤》道："早岁那知世事艰，中原北望气如山。楼船夜雪瓜洲渡，铁马秋风大散关。塞上长城空自许，镜中衰鬓已先斑。出师一表真名世，千载谁堪伯仲间。"追记载了陆游凄美爱情的沈园《钗头凤》述早年壮志，慨叹小人误国，抒发报国无门的惆怅。

宋光宗绍熙三年（1192），68岁高龄的陆游在即将拂晓时出门，感觉一年时光又要过去，痛感韶光易逝而恢复无期，作诗道："三万里河东入海，五千仞岳上摩天。遗民泪尽胡尘里，南望王师又一年。"（《秋夜将晓出篱门迎凉有感二首》同年冬天深夜，风雨声使老诗人梦到了当年金戈铁马的战争生活："僵卧荒村不自哀，尚思为国戍轮台。夜阑卧听风吹雨，铁马冰河入梦来。"（《十一月四日风雨大作二首》其二）。晚年闲居的老诗人尚如此关注国家大事，足以表现其忧国忧民的伟大情怀。

陆游的爱国词最有代表性的当推《诉衷情》："当年万里觅封侯，匹马戍梁州。关河梦断何处，尘暗旧貂裘。胡未灭，鬓先秋，泪空流。此身谁料，心在天山，身老沧洲。"此处的梁州便是指南郑，依然是回忆当年在抗战前线那段生活。南宋是个需要英雄的时代，南宋确实是个拥有英雄的时代，可惜统治者没有为他们提供展现英雄气概的舞台。陆游的人生是个悲剧，那不是他一个人的悲剧，而是时代的悲剧。陆游的爱国诗篇不只是这些，我们只是选择其中的代表来领略一下这位伟大爱国诗人的精神世界而已。陆游的爱情诗《钗头凤》也非常有名，深受后人喜爱。

陆游的爱国精神给后世带来了无穷的精神力量。近代大学者梁启超先生十分钦佩陆游，在《题陆放翁集后》道："诗界千年靡靡风，兵魂销尽国魂空。集中十九从军乐，亘古男儿一放翁。"这是最确切的评价，也是最崇高的颂扬。

二、关汉卿的杂剧

郑振铎先生曾说，关汉卿是"和人民最亲近的艺术家"。评价很高，关汉卿当之无愧。他创作的杂剧中最精华的部分是对下层百姓的同情和关心，揭示人民蒙受苦难的原因，并充满激情地歌颂人民的抗争，通过悲剧人物形象的塑造，呼喊出时代的最强音。

根据不同版本的《录鬼簿》和《太和正音谱》及有关杂剧集的记载，关汉卿一生写了60多种杂剧，保留下来的就有18种，我们姑列其名，略去出处。《诈妮子调风月》《包待制三勘蝴蝶梦》《包待制智斩鲁斋郎》《杜蕊娘智赏金线池》

《状元堂陈母教子》《山神庙裴度还带》《望江亭中秋切脍旦》《温太真玉镜台》《赵盼儿风月救风尘》《闺怨佳人拜月亭》《感天动地窦娥冤》《邓夫人苦痛哭存孝》《刘夫人庆赏五侯宴》《钱大尹智勘绯衣梦》《钱大尹智宠谢天香》《关大王单刀会》《关张双赴西蜀梦》《尉迟恭单鞭夺槊》。其中虽然有五种著作权遭到过怀疑，但只有《刘夫人庆赏五侯宴》和《山神庙裴度还带》两种另当别论外，《状元堂陈母教子》《包待制智斩鲁斋郎》《尉迟恭单鞭夺槊》三种在没有充分的值得信任的证据下，还应当归属关汉卿名下。这是我们讨论关汉卿杂剧内容的前提。

元代的政治非常黑暗，普通百姓的命运完全掌握在少数权贵手中，我们在关汉卿的许多杂剧中都可以看到这种主题。《蝴蝶梦》和《鲁斋郎》中我们已经看到当时社会的缩影。《蝴蝶梦》中，平民百姓王老汉就在街边休息，却无端被人打死。凶手是出身权势之家的葛彪，公开扬言打死王老汉"只当房檐上揭片瓦相似"，根本不受法律的约束，可谓无法无天。《望江亭》中的杨衙内、《鲁斋郎》中的鲁斋郎都是这样视杀人如儿戏的恶霸。那么，这些人为何如此霸道？他们头上的保护伞是什么？这便接触到问题的实质，即受最高统治者庇护的特权阶层是普通百姓苦难的原因之一。

《窦娥冤》是关汉卿晚年的作品，主题更加深刻，对人民苦难原因的多方面揭示，塑造出窦娥这个悲剧典型。窦娥是个清白、善良、无辜的女子，三岁丧母，父亲窦天章是名儒生，因要进京赶考没有盘缠，又还不起欠债，不得已才把亲生女儿典卖给蔡婆婆当童养媳。这是悲剧的根源，儒生养不起家口，高利贷重利盘剥，但这也不是最深层次的原因，司法腐败黑暗才是最大的祸害。邪恶势力、地痞流氓猖獗的前提就是有保护伞，而保护伞就是官府。窦娥不肯向一步步威胁自己的恶棍张驴儿妥协，坚决斗争到底的精神支柱是她相信官府会明断是非，但最后把她屈打成招，她反抗的性格更加鲜明激烈，将斗争的矛头直接指向黑暗的官府。在赴法场的路上，她唱道：

【滚绣球】有日月朝暮悬，有鬼神掌着生死权。天地也，只合把清浊分辨，可怎生糊突了盗跖颜渊：为善的受贫穷更命短，造恶的享福贵又寿延。天地也，做得个怕硬欺软，却原来也这般顺水推船。地也，你不分好歹何为地，天也，你错勘贤愚枉做天！哎,只落得两泪涟涟。

历经磨难的窦娥对天地日月鬼神都提出质疑，谴责他们颠倒是非，混淆黑白，再也不能担当起正义的责任。实际是对朝廷和官府的血泪控诉。在临刑前，窦娥发下三桩誓愿，以强大的意志逼迫大自然违反常规：血不下落而飞溅白练；大伏天降三尺大雪；楚州大旱三年，以此来证明自己的冤屈之深之大。这种浪漫主义的处理手法极大地增强了批判谴责的力度，加深了悲剧的感染力。使窦娥之冤成为以后人们习用的口语，足见其深入人心的程度。最后一折，鬼神诉冤，窦天章为之平反昭雪，但窦娥却没有成活，而是用消失的方式离开了。这更增加了悲剧的艺术效果，是善良、正义、美丽的毁灭。因此《窦娥冤》受到王国维的高度赞美，说将其"列之世界大悲剧中，亦无愧色"。

关汉卿的杂剧除揭露社会黑暗和同情百姓困苦的主题外，还有赞美英雄的主题，如《单刀会》《西蜀梦》《哭存孝》《单鞭夺槊》等，其中充满英雄之气和阳刚之美；同情风尘女子的命运，歌颂她们的反抗，如《救风尘》《谢天香》《金线池》等，其中最精彩的是《救风尘》，从中可以看到作者对于妓女命运和地位的深切同情和理解，体现出人道主义的精神；为追求婚姻自由的男女们大唱赞歌，《望江亭》《调风月》《拜月亭》三个杂剧属于这一主题，描写良家女子为实现婚姻自由而进行的斗争，在矛盾冲突中抨击礼教的罪恶。关汉卿的杂剧视野开阔，主题丰富复杂，并塑造了众多个性鲜明的人物形象。许多人物形象至今还出现在舞台上，活在读者的心目中，仅此一点，关汉卿就足以堪称第一流的文学家。

元末明初的贾仲明在《录鬼簿》关汉卿传略后面补写了一首小令，高度肯定关汉卿在杂剧界的崇高地位，我们录下作为本文的结尾：

【凌波曲】珠玑语唾自然流，金玉词源即便有，玲珑肺腑天生就。风月情，忒惯熟。姓名香，四大神物。驱梨园领袖，总编修师首，捻杂剧班头。

三、《西厢记》

崔莺莺、张生的故事自《莺莺传》后，在文人及民间各种艺术形式中广泛流传，其中董解元的《西厢记诸宫调》成就最高。王实甫在"董西厢"的基础上，进一步再创造，将其改为了代言体的戏剧。不仅如此，他还删除了"董西厢"中一些冗长与不合理的情节（如孙飞虎战白马将军一段），改写了曲文，使故事更为完整，并完善了人物形象；更重要的是，他进一步增强了崔张故事的反封建倾向。

王实甫《西厢记》在"董西厢"反封建主题的基础上，通过一系列再创造，更为深刻地揭露了封建礼教对青年自由幸福的摧残，并通过他们的美满结合，歌颂了青年男女对爱情的正当要求以及他们的斗争和胜利。正因为如此，《西厢记》杂剧成了数百年来封建礼教束缚下青年男女追求爱情幸福的赞歌。

剧本以女主人公崔莺莺、男主人公张生、婢女红娘为一方，老夫人为另一方，并通过双方的斗争揭示了它的主题思想。

崔莺莺是相国之女，名门闺秀，但又是个封建礼教的叛逆者。她的终身早已由父母安排妥定，但她渴求真正的爱情。因此在偶遇书生张珙时，能不顾父丧，给张生"秋波一转"，大胆地表达了自己的爱意。她不满老夫人的拘束，更不满老夫人在孙飞虎围普救寺时许婚而又在事后背约，"听琴"一折，她甚至骂"口不应心的狠毒娘"。她重情而轻视功名，认为"但得一个并头莲，强似状元及第"（第四本第三折）。

但是她又带着贵族女子的软弱和矛盾。她的斗争不仅是对母亲所代表的礼教的斗争，也是对自己的斗争。他回张生的信却是约张生幽会的信，但张生应约而来，她又训斥张生；在张生病重后，她又派红娘去送药方，并约定了一次真正的幽会，而且大胆地与张生私下结合。这是一个性格多重、活生生的形象，从这一形象中反映出青年男女外在与内在双重精神枷锁的沉重性、争取自由幸福的艰巨性。

张生是一个"志诚种"，对爱情执着专一。他为了莺莺抛弃了功名，废寝忘食，甚至深染沉疴。他有痴的一面、酸的一面、迂的一面、软弱的一面，但他根本上是深于情、忠于情，富于叛逆性的。

红娘是另一主角，一个地位低下的婢女。但她聪明、机智、勇敢、富于正义感和同情心。她不仅是崔、张的帮助者、出谋划策人，也是他们精神上的鼓动者。她用爽利的嘴"骂"掉了崔、张所背负的精神包袱；崔、张的结合正是由她引导的，这使他们在由爱情到婚姻的路途上迈出了无可反顾的决定性一步。另一方面，她当面驳斥老夫人的反悔行径，并陈述利害，使之不得不同意这门亲事。正因为如此，红娘的名字至今还是家喻户晓的成人之好者的代称。王实甫在全剧 21 套唱腔中为红娘安排了 8 套，这反映了红娘地位的重要，也反映了王实甫的进步思想倾向。

老夫人是冲突另一方的代表。正是她体现了封建礼教对青年的束缚，也体现了礼教的虚伪。但她又是一个有血有肉的艺术形象。丈夫的去世，使她成了唯一的家长。她的一言一行都在于对"相府门第"的维护。因此她十分看重与郑尚书家的婚约。她的背约不仅仅是忘恩负义，而是由她所代表的封建门第观念决定的，具有必然性。她也真心地爱女儿，但她的爱完全是从礼教角度出发的。

《西厢记》为崔、张安排了胜利的结局，对此不应视为虚幻庸俗的大团圆（虽也有庸俗的一面），它的实质在于：一定要让合理的变成现实的，一定要在舞台上实现作者与千千万万青年男女心中的爱情之梦。剧本在结尾部分提出了"愿天下有情的都成了眷属"这样一个富于感召力的口号，这口号具有极大的广泛性，因为它囊括"天下"，全盘包容；它又具有极大的深刻性，因为它以"情"为皈依，使婚姻具有了真正的道德内涵。所以这口号同全剧一样，具有向封建礼教挑战的意义。

《西厢记》是我国古典戏剧的现实主义杰作。它在艺术上最突出的成就是根据人物的性格特征，展开错综复杂的戏剧冲突，完成了莺莺、张生、红娘等艺术形象的塑造。剧中的人物虽不多，但揭示比较深刻。不仅莺莺、张生、红娘与老夫人之间存在着根本矛盾，而且由于经历、地位、环境的不同，莺莺、张生、红娘之间也不时引起误会性的冲突。正是在这一系列的冲突中，人物各自的性格特征得到了充分而鲜明地显现。《西厢记》这种人物塑造的方法，表明作者对现实主义创作方法的把握已经相当深刻而成熟了，虽然这种把握是不自觉的。

与之相应,《西厢记》成功地表现了事件曲折复杂的过程。在情节上,一波未平,一波又起,普救寺被围、老夫人赖婚、莺莺的送简与赖简、崔张私下结合、拷红、长亭送别、郑恒的作梗,剧本始终扣人心弦,显示了作者在戏剧场面安排上的非凡功力。

此外,《西厢记》在主唱角色的分配和结相的扩大上,对杂剧体制也有所革新和创造。为了完整而曲折地再现崔、张故事,作者打破了元杂剧一本四折的通例,采用了联本的方式,共用了五本二十一折,同时还部分地打破了一本由一人主唱的限制。

历来《西厢记》都是元杂剧中最受人喜爱的一部作品。从明代开始便出现了《西厢记》风靡的情况,明代《西厢记》的刊本便有六十几种,到今天已不下百数十种。为适应当时兴起的南方声腔,明人还改创了两部《南西厢》,甚至当时有人以"春秋"呼《西厢》,称之为"崔氏春秋"(见《词谚》)。作为古典现实主义的杰作,《西厢记》也受到了历代封建卫道士的攻击排斥,被指责为"诲淫",到清代有的地方当局更将它列入禁毁书目里。可是进步的文人却高度评价这部作品,金圣叹将其称为"第六才子书",曹雪芹在《红楼梦》中还安排宝玉和黛玉这对叛逆者偷读《西厢记》。到今天,《西厢记》仍是戏剧等各种艺术形式演出不衰的作品。

四、酸甜乐府

贯云石(1286—1324)是维吾尔族人。自号酸斋;与浙江嘉兴一位自号甜斋的元散曲家徐再思风格相近。二人大多咏物写情,贯云石多以逸乐生活和男女私情为题材,徐再思多以悠闲生活与闺情春思为题材。他们讲求字句雕琢,对仗工巧,艳丽华美。后人将两人作品辑为《酸甜乐府》二卷,存小令百余首。二人在风格上稍有不同之处是:贯云石偏重豪放,徐再思偏重凄婉华丽,的确如他们的自号所标:一个语语带酸;一个语语带甜。

第七章 明代文学及创作

第一节 明代文学概述

按照明代文学研究界的划分,明代文学思想的发展可以划分为七个阶段,段与段之间没有明确的时间界限,有的还会出现交错的现象。第一阶段,明王朝建立后,朱元璋实行了严厉的文学政策,对文学思想进行了严格的约束,因而这个时期的文学思想基本都是服务于政治的需要,这个时期的代表人物有宋濂和方孝孺。这种文学思想被称为台阁文学,对后代文学思想产生了很长一段时间的影响,成为文学的主流思想,在永乐时期达到发展的顶峰。朱棣非常重视程朱理学,命人编写《圣学心法》,来严明君臣、父子之道,还通过编写《性理大全》和《五经四书大全》来达到统一思想的目的。在统治者的这种思想主导下,文学思想呈现出传圣贤之道、讴歌国家圣明的趋势。第二阶段,正统十四年发生的"土木之变",明朝皇帝被俘,讴歌国家圣明的文学趋势失去了思想基础。文学思想开始由写国家之盛,转而描写普通人的日常生活。在景泰至成化末年、弘治初年,台阁文学逐渐失去其统治地位,心学开始介入这种文学。这种文学思潮不再写轰轰烈烈的大事,而是转向平淡自然的平民生活,比较有代表性的人物是陈献章。第三阶段,弘治后期,主流文学思潮逐渐成熟和完善起来,复古思潮逐渐兴盛。复古思潮主张文必秦汉、诗必盛唐,其中比较有代表性的人物有李梦阳、何景明等。第四阶段,正德后期到嘉靖末年,文学思想进入多元化的发展时期,文学界不仅有兼容并包的思想、追求浅显的倾向还有江南人纯情的文学倾向。第五阶段,嘉靖三十年间出现了第二次文学复古的思潮,这次文学复古思潮与第一次文学复古思潮基本相似,只是这次的侧重点有些不同，代表人物是李攀龙、王世贞等人。第六阶段，万历年间就在第二次文学复古思潮大张旗鼓地进行之时，出现了一批反对复古的文人，他们宣扬个性，表现欲望与性灵，给了正值鼎盛时期的复古思潮一个当头棒喝。这种文学思想的出现是伴随着城市题材的出现而产生的，由重情走向纵欲，以文为戏。代表人物是汤显祖、公安三袁等人。其中的代表作是《金瓶梅》，这部作品无论是题材还是写作手法都一改前人的风格，开辟了新的文学作风，并一直延续到明末。第七阶段，明王朝后期一些张扬自我的文学家逐渐失去了骄傲的资本，并随着明王朝的弱化而逐渐退出文学主流思想，此时出现了一些忧国忧民的文人，他们主张正理学，主张文以理为主，其代表人物是顾宪成、陈子龙等人。

一、明代文学思想发展的脉络

（一）从明道到写心

明朝初年，程朱理学受到统治者的喜爱，因而这种儒家文化占据了文学的统治地位。因而文学界就出现了将所有的政治制度、道德和政绩都写于文的现象，使这些历史的东西在华丽的辞藻下显得更加熠熠生辉。明朝初年严禁戏曲，但是却不反对神仙道扮和宣扬君臣、父子之类的戏，朱元璋还曾经把高明的戏曲《琵琶行》与《四书》放在同等重要的位置来谈论。明代的朱权还曾经把内容为提倡儒家文化的戏剧归入正统文学当中，而把杂剧归位"行家生活"。在理学发展的同时，新的文学思想也在酝酿。李梦阳反复强调："天下有殊理之事，无非情之音。乃其为音也，则发之情而生之心者也。"他认为之所以会抒发情感是因为心在感受、在体会，因而曾经得出过真诗乃在民间的结论。明代文学家徐祯卿曾经说过："一切情感的流露无非是眼看到了事物，然后心有所体会而表达出来的。"当然这里他们所说的情感是符合道德的情感，是惆怅离思和追忆往昔的情感。理学派代表唐顺就说过："天机尽是圆活，性地尽是洒落，顾人情乐率而恶拘束，然人知安恣睢者之为率易矣，而不知见天机者之尤为率易也……"在他看来只有感情从胸中流出来，才可以开口讲出来这样的感情是感情的"本色"，才是上乘的文字，人的心本没有善恶和优劣之分，感情都是对环境的一种客观反映。因而唐派的主张就是在写文章的时候直抒胸臆、纵心自然。徐渭主张诗文应该写其胸膈，因而他的诗文都是作者真实感情的抒发，他将一切人世间的感情不加修饰地表达出来，如将士出塞、寡妇之哭、得子之喜。

（二）从雅言到迩言

李贽对通俗文学有着极强的爱好，他认为善的东西就是真实的存在。因而，他在《童心说》中极力提倡恢复人最本质的东西，这样创作出来的文章才是最善的文章。他还反复强调真正的童心往往都是迩言，优雅的语言不是人最本质的想法无非是为了迎合某种需要而加以修饰的语言，真正的语言是民间的日常生活用语，如好货、好色、勤劳、进取、多积财宝、多买田宅为子孙计等，听起来浅显易懂却是百姓最真实的意思表达，最真实的才是善言、最好的表达方式，何必为了迎合某种韵律和政治而刻意扭曲心中的意思？他的提倡迎合了当时的市民文化，成为流行一时的潮流，在明朝的后期学习迩言的人不计其数，无论男女老少都在学习迩言。迩言逐渐在文学上发展为通俗文学，这其中比较有影响的就是通俗演义，它将历史故事用一些通俗的语言表达出来使平常百姓可以读懂，因而备受欢迎。欣欣子认为通俗小说与文言小说相比在民间比较受欢迎，因为它描写的市井之谈和闺房密语等，即使孩童也可以听懂，因而许多市井人士非常认可这种文学方式。还有的文学家指出，通俗小说描写的许多历史人物和故事情节大都与文雅的历史不相符合，它虚化了一些人物形象，但是在虚化的同时往往蕴含了真理，给人们一种不一样的感受。汤显祖在谈论通俗小说时说宁今宁俗，都是因为今而俗也是最真实的。

（三）从性情到性灵

明代文学讲究两个要素：真和情。将这两者结合起来就是性灵，公安派首先打出性灵的旗号。性灵派所指的性灵就是"发人所不能发、从真性流出，不涉安排"，这种出发点最后无非就是走向本色自然。因为在明代初期所谈的情感基本上都是符合教与德的需要，不能有伤大雅等，长期压抑着人们思想的流露。后期的文学家将正统文学同日常生活联系起来，将各种欲望都归为文学所要表达的范围，从而就将情的意义扩大了。沿着这个思路发展，情欲观就出现了，所以就出现了柳梦梅、杜丽娘这样的人物。这充分反映了作者的思想与当时社会思想的对抗。明代东林党派正统文化，但是这种风气已经发展壮大，对世俗生活的情欲的描写已经成为一种不可阻挡的趋势。因而导致明朝后期的文学创作即使是满怀亡国之痛,在文学方面也会流露出一定的感情因素。

二、明代后期文学思想的走向及特点分析

(一)诗歌的世俗化走向及分析

嘉靖初年,一大批的文学家都开始向民间的歌谣学习,在创作中也有意表象世俗化的一面。正德初年到嘉靖初年社会上流传《山坡羊》与《锁南枝》,李开河给这两篇著作以十分的肯定。他强调能够将市井之俗引用到诗歌中来实在是一种新意。因为这样可以把诗写得很淡、把文字写得很平,很容易让大部分百姓明白。还有一位提倡通俗文学的文学家就是徐渭,"真"是他一切创作的出发点,他主张做人贵在真,诗、书、画贵在真情的表露,虽然他的性格比较怪,在当时遭到很多非议,但是他主张的真情是不可否认的。唐朝曾经流传下来一幅画,由于时间比较长,图基本上失传。但是徐渭说自己虽然能力有限但是可以画出其中的奥妙,并且为每幅画题诗一首。这些诗句有"高高山上鹧儿飞,山下都是刺棠梨。只顾鹧飞不顾脚,踏着棠梨才得知。""偷放风鸢不在家,先生差伴没寻拿。有人指点春郊外,雪下红衫便是他"。从这些诗句中我们可以看出他深受当时民谣的影响,这些诗浅显易懂,通俗化在这里就显示得淋漓尽致。诗歌创作向民间接近的提倡者是华善述,他出生在嘉靖年间,活动在万历年间,终生布衣,始终不仕。他生活的态度是:下明守雌,漆园贵达生。他认为儒家的礼有种约束人本性发挥的弊端,他虽然向往真但是不像有些文学家那样主张纵欲,他追求的真是平淡自然的真,是那种"十年卧茅茨,转识乡土风"的真。他著述了很多题材的诗将其命名为《杂诗》,共有一千多首,主要包括咏诗、郊游、村居和妇女题材的诗。他的这些诗通俗易懂,但有些是想象出来的而不是真正感情的抒发。他未到过长安而写长安,未到过边塞而写边塞,表明写诗已经成为一种生活方式,虽然不太符合"真"这个标准,但是他语言中的浅俗却是无人能及的。例如,写恋情的有"朝出拨新蒲,暮作双履成。赠欢来时著,免使龙吠声";写相思的有"蜻蚓蜡下鸣,寒近侬自惊。欢若无衣著,冷尽旧时情"。

（二）小说的世俗化走向及分析

明代文学通俗化的另一个表现就是小说，其中比较有代表性的小说就是《金瓶梅》。这部小说是以市井为题材的，描写了一个破落户如何通过官商勾结来把自己的势力伸向各个层面。这部小说是当时市镇生活的反映，虽然一些市井之谈不堪入耳，但是当时社会生活的反映。有专家指出《金瓶梅》的成功之处在于写官商勾结揭示社会阴暗的一面，失败之处在于过多地写肉欲。《金瓶梅》之所以被称为市井小说的代表还有一个重要原因就是其结局使那些纵欲、无恶不作的坏人得到了应有的惩罚。这种结局透露出当时的百姓对社会上这种纵欲风气的不满，也是作者对这种社会现象的有力抨击。《金瓶梅》中有"三言""二拍"，也反映着文学思想观念世俗化的倾向。明代文学的发展脉络是从明道到写心，语言上从雅言到迩言，在情感的表达上注重性灵。在性情到性灵的过渡中，世俗文学得到了发展。世俗文学思想更接近社会大众、接近民歌，求真求本性。

第二节　明代诗文及其作者

明初，文化控制相对松弛，不少作家比较注意在诗文创作中反映现实生活。这时的代表作家有宋濂、刘基和以高启为首的"吴中四杰"。

擅长寓言杂文，兼工诗歌，强调文学的教化功能。其寓言代表作《郁离子》仿秦汉子书风格，以意蕴深远的语言发挥了作者的哲学思想、政治倾向、伦理意识和道德观念，著名的《卖柑者言》则讽刺了当政者"金玉其外，败絮其中"的腐朽本质。

高启、杨基、张羽、徐贲，人称"吴中四杰"，其中高启的成就最大。高启（1336—1374），字季迪，自号青丘子，性格孤高耿介。朱元璋曾任命他为任户部右侍郎，他固辞不受，隐居吴淞青丘。后因苏州知府魏观案受牵连，被处腰斩。高启主张文学创作取法魏汉晋唐。他的作品以述志感怀、游山玩水、应酬答谢为主要内容，艺术上有晋唐之风。

明初以后，文坛风气渐次萎靡。统治者一方面实行严酷的文化专制，大兴文字狱，肆意镇压思想异见，另一方面笼络顺从的文人学士，封以高官厚禄，兴办一些文化工程，如明成祖时就曾召集 2000 多名文士编纂大型类书《永乐大典》。高度个体化的文学活动既然不被鼓励，就必然刺激文人之间的交流。这就使文学流派多了起来。著名流派如下：

1. 台阁体

明代永乐至成化年间的诗派，以华盖殿大学士杨士奇、文渊阁大学士杨荣、武英殿大学士杨溥为代表。"三杨"历成祖、仁宗、宣宗、英宗四朝，时逢明代的"太平盛世"，皆为台阁重臣、太平宰相，位极人臣，备受宠幸。他们的创作雍容典雅，洋溢着志得意满的神气，内容上极尽歌功颂德，粉饰太平，被称为"台阁体"。

2. 茶陵派

成化至弘治年间的流派，以湖南茶陵人李东阳为首。李继"三杨"之后，以吏部尚书兼文渊阁大学士的地位主持诗坛。他不满"台阁体"的阿谀粉饰的流弊，主张宗法唐诗。不过，他要学的只是唐诗的音韵格律，而非唐诗精神。因此，茶陵派仍未脱净台阁体气息，但启发了前后七子的复古运动。

3. 前七子

弘治至正德年间的流派，以李梦阳、何景明、徐祯卿、边贡、康海、王九思、王廷相等七人为骨干，针对八股文和"台阁体"造成的虚饰、委顿的文坛风气，掀起了以文必秦汉、诗必盛唐为号召的复古运动，同时在政治上勇敢地与残暴贪婪的权贵进行斗争。他们以关注现实的诗文创作和挑战强权的战斗精神造成了巨大影响，但也有盲目尊古的不良倾向。

4. 后七子

嘉靖至隆庆年间的流派，以李攀龙、王世贞、谢榛、宗臣、梁有誉、吴国伦、徐中行等七人为骨干，其中以李、王为首领。后七子复古拟古的文学主张与前七子相同，但言论更激进，声势更浩大。王世贞认为文章一代不如一代，东汉文弱，六朝文浮，唐文庸，宋文陋，再往后便无文章可言了。后七子为扫荡自"台阁体"后弥漫文坛的低劣文风发挥了积极作用，但难免有矫枉过正之弊。

5. 唐宋派

嘉靖年间的散文流派，以王慎中、唐顺之、茅坤、归有光等为代表。他们尖锐地批评复古派食古不化、佶屈聱牙的文章作法，强调文章应直抒胸臆，唐宋派成就最高的散文家是归有光。归有光（1506—1571），字熙甫，号项脊生，昆山（今属江苏）人。他的散文善于将欢愉惨恻之思，溢于言表之外。归有光描写琐屑人事，抒情婉曲含蓄而感人至深。特别是《项脊轩志》《先妣事略》等怀念亲人的散文，通过一两件小事表现对亲人的追思和挚爱，催人泪下。

6. 公安派

万历年间的流派。以公安人（今属湖北）"袁氏三兄弟"为代表，即袁宗道、袁宏道、袁中道。著名思想家、文学评论家李贽是其思想和理论先导。李贽（1527—1602），号卓吾，泉州晋江（今属福建）人，精通外语，不信仙、释、道，对儒家学说多有批判。李贽的文学主张主要有三点：一是提倡"童心"和"迩言"。"童心"指人的本性；"迩言"指民间声音。二是鼓吹"自然"与"发愤"。推崇自然之美，追求文学的解放精神和愤世嫉俗的气质。三是重视戏曲和小说。叛逆封建正统文化，提升鲜活的世俗文学的地位。李贽的思想给了公安派很大启发。针对文坛积弊，他们提出了一系列重要见解和主张，其中影响最大的是"通变说"和"性灵说"："通变说"强调文学要随时代变化而变化，不可拘泥古人。"性灵说"认为文学应表现个性，发露真情，"言人之所欲言，言人之所不能言，言人之所不敢言"（雷思霈《潇碧堂集序》）。因此，真文学必须独抒性灵，不拘格套，冲决禁锢创作的桎梏。

7. 竟陵派

万历年间的流派，以竟陵（今湖北天门）人钟惺、谭元春为代表。竟陵派也反对复古拟古，主张"性灵"，但与公安派有所不同。钟、谭所谓的"性灵"是指古人诗词中的精神。他们认为公安派的创作过于俚俗化，因而提倡"幽深孤峭"的风格，追求标新立异、不同凡响。从创作实践上来看，竟陵派实际上是主张学古的，与复古派不同的是他们强调学古人的精神气质。

8. 复社

崇祯初年产生的文学社团，脉延至清初。主张"兴复古学"，故名"复社"，由江浙一带为主的十多家社团联合而成，以张溥、张采为首，后期成员中包括陈子龙、顾炎武、黄宗羲、吴伟业、侯方域等著名文士。复社带有浓厚的政治色彩，以东林党后继自居，公开反对政治腐败和阉党专权，曾多次举行大型集会，声动朝野。复社在文学方面深受复古派影响，但更自觉地关注社会现实和民生疾苦。例如，张溥的《五人墓碑记》赞颂了苏州人民同阉党的斗争，慷慨激昂之气洋溢于字里行间，为后世传诵的名篇。

第三节　明代戏曲和汤显祖

作为通俗文学最大众化的形式，戏曲在明代有较快发展。明代戏曲包括传奇和杂剧。前者传承宋元南戏，后者传承金元杂剧，形成一南一北两条不同的发展道路，以传奇为主流。

明代传奇产生了一批反映社会现实或重大政治事件的作品，涌现出一批成就卓绝的大师。李开先的《宝剑记》写林冲逼上梁山的故事，表现了对奸臣当道、朝政黑暗的现实的不满。相传为王世贞所作的《鸣凤记》描写了杨继盛等正义力量与权臣严嵩的较量，鞭挞了社会邪恶势力，具有较强的现实批判意义。梁辰鱼的《浣纱记》写吴越兴亡的故事，以吴越灭亡、范蠡归隐结局，显得意味深长。

明代杂剧总体来看呈现萎缩之势。上承元曲余波，产生了不少作品，但内容主要是神仙道化、风花雪月、因果报应之类。后来逐渐"北曲南化"，受南戏影响演变为南曲杂剧，北曲系统从此归于沉寂。

一、汤显祖和《牡丹亭》

明代戏曲最辉煌的成果是由戏剧大师汤显祖创造的。汤显祖（1550—1616），字义仍，号海若，别署清远道人，临川（今属江西）人，出身书香门第，少年即有才名，精诗词曲律、文章辞赋，通天文地理、医药卜筮。曾在南京任博士、主簿、主事等职，因批评朝政被贬。48岁弃官归还故里，专心写作。汤显祖对王守仁哲学和李贽思想推崇备至，深受其影响，具有强烈的反叛封建伦理教化和追求个性解放的倾向，蔑视权贵，坚持操守。

汤显祖是明代乃至中国古代戏曲史上最杰出的戏剧家之一。他的代表作是《牡丹亭》（又名《还魂记》）、《邯郸记》《南柯记》《紫钗记》，这四部传奇都写了神灵感梦，故被称为"临川四梦"或"玉茗堂四梦"，其中成就最高的是《牡丹亭》。

《牡丹亭》共55出，写贫寒书生柳梦梅梦见花园中有一佳人立于梅树下，因此萦绕于怀。安太守杜宝之女杜丽娘在花园中读《诗经·关雎》，萌动春心，睡梦中见一书生持半枝柳条前来求爱，两人幽会牡丹亭。梦惊醒后丽娘一病不起，弥留之际央求母亲将其葬在后花园梅树下，又嘱丫鬟春香将其自画像藏于太湖石底。三年后，柳梦梅进京赴考，借宿此处，拾得丽娘画像，恍然发现正是当年梦中所见佳人。丽娘魂兮归来，与梦梅再度幽会。最后梦梅掘墓开棺，丽娘起死回生，两人终结百年之好。

《牡丹亭》热情歌颂了心灵契合、超越生死、至真至深的爱情，动人心魄，催人泪下。这部传奇以浪漫主义的表现手法反映了追求个性解放、冲破礼教束缚的进步倾向，比《西厢记》更富有艺术感染力。

杜丽娘是中国古典文学中继崔莺莺之后最为光彩动人的女性形象。她生活在封建礼教管束甚严的宦族名门，不能与异性接触。寂寞的生活使这个青春少女内心极度苦闷，所以，当她偷偷来到后花园，见到满园春光时，不禁春情萌动，芳心摇荡，悲叹自己虚度了大好韶光。青春的觉醒和人性的复苏，使丽娘对自由和爱情的渴望像火山一样喷发出来。这个温顺少女勇敢地冲决礼教森严的罗网，缠绵而执着地追寻自己的梦中情人，不惜香消玉殒。与崔莺莺等其他爱情传奇的女主人公不同的是：丽娘这一艺术形象更少世俗色彩。她所追求的是炽热的性爱和浓烈的真情，而不仅仅是对方的人品才华。这就使丽娘对封建礼教的反叛更加的大胆，也使《牡丹亭》对封建制度的批判触及了人性层面。

丽娘的反叛行为是以反叛心理作为逻辑依据的。因此，《牡丹亭》特别注重刻画人物隐秘的内心世界，以此来表现人物的性格发展。在游园惊梦情节上，处理尤为出色。先写丽娘游园前心情苦闷,再写游园时因"闷"而"寻"、惊梦时由"寻"而"欢"、梦醒后由"欢"而"空",细腻而井然。

《牡丹亭》曲词典雅优美,历来为人称道。尤其是第十出《惊梦》中的几支曲子,充满诗情画意,让人感到满园春光扑面而来,将通俗的戏曲点染出雅丽的神采。

《牡丹亭》以其深刻的反封建礼教的思想性和巨大的悲剧感染力打动了无数痴男怨女。相传明清时代多次发生女青年为剧情感动殉情而死的事件。汤显祖也因《牡丹亭》而被誉为"绝代奇才""千秋词匠"。由于汤显祖的影响,不少人纷起仿效,形成了"临川派"。

二、"三言""二拍"与明代拟话本

叙事性通俗文学的繁荣,是明代文学史最为引人注目的特点。其中的重要成果之一,是拟话本的勃兴。

拟话本是随着明代中期宋元话本大量刊行而流行起来的。它是案头文学形式,是文人整理、模拟宋元话本形成的白话短篇小说,其结构特点与话本相近,多用俚俗口语,首尾有诗,中间穿插点缀诗词。

拟话本的内容具有鲜明的时代特色:一是城市生活成为小说的重要题材,许多故事都以衙门、寺院、茶楼、酒肆、商铺、旅途、家庭、街巷为背景展开。二是市民成为小说的主要角色,商人、工匠、小贩、衙吏、僧侣、倡优常常作为正面形象来描写。三是市民思想在小说中得到较多反映,外遇、偷情等两性关系往往被欣赏和肯定,人与人的金钱关系也得到一定程度上的表现。拟话本以贴近市民的语言、内容、主题,迎合了市民读者群体的阅读心理和审美情趣。

在明代拟话本中,流传最广、影响最大、最具代表性的是"三言""二拍"。"三言"是指短篇小说集《喻世明言》《警世通言》《醒世恒言》。作者冯梦龙(1574—1646),字犹龙,又字子犹,别号龙子犹、墨憨斋子等,长洲(今江苏苏州)人,与其兄冯梦桂、弟冯梦熊并称为"吴下三冯"。冯梦龙具有爱国和反封建礼教的进步倾向,推崇李贽的文学思想,鼓吹通俗文学。

"三言"每部40篇，共计120篇。作为小说总集，既有宋元旧作，也有明代新作，还有冯氏拟作，但难一一辨明。所选作品内容广泛，主题驳杂，有的宣扬三纲五常、忠孝节义的伦理道德，有的表现因果报应、神仙道化的迷信观念，也有的反映江湖义气的草民意识，还有的显露了金钱至上、爱情至上的新思想萌芽。但就总体思想倾向而论，"三言"反映了违背正统礼教、充满生命活力的市民思想意识和审美情趣。"三言"中的作品良莠不齐，鱼龙混杂。其中的优秀作品故事完整，情节曲折，细节生动，人物性格鲜明，主题意义积极。"极摹人情世态之歧，备写悲欢离合之致"，为我们描摹出一幅幅宋金元明中国城市的世俗风情画以及市井街巷的芸芸众生相。"三言"的产生标志着中国短篇白话小说民族风格和特色的形成。

"三言"产生了广泛的社会影响，也为拟话本提供了范本。凌蒙初就是受到"三言"启发完成"二拍"的。凌蒙初（1580—1644），字玄房，号初成，一号稚成，别号空观主人，乌程（今浙江湖州）人。他的小说、戏曲作品有很多，影响最大的是《初刻拍案惊奇》和《二刻拍案惊奇》这两部白话短篇小说总集，人称"二拍"。

"二拍"的内容、题材、主题等，其积极意义和局限性与"三言"类似，部分作品的思想性、批判性比"三言"更强，但艺术魅力相差较远。总的看来，有几点值得注意：一是突破了重农兵、轻工商的正统观念，对商人及其经商活动进行了正面描写。二是揭示了商品经济和城市发展带来的社会伦理道德的变化，反映出商品经济对封建社会关系的冲击及其所带来的世风变化。三是更加大胆地反礼教，在表现男女情事方面，肯定情欲和性爱，比以前的爱情作品更加直率、大胆、裸露。四是讽刺道学礼教的虚伪无耻，尖锐揭露了那些道貌岸然的"道德楷模"鲜廉寡耻、肮脏虚伪的面目。

第四节 明代小说和作家

一、古典长篇小说特有的形式——章回体

章回小说是我国古代长篇小说主要的，甚至是唯一的形式。其特点是分回标目、首尾完整、故事连接、段落整齐。章回小说是在宋元讲史平话的基础上发展起来的。这些讲史平话大多粗陈梗概，细节描写不多，篇幅不长。在长期流传过程中，艺人不再进行加工。一是增添细节，反复渲染，加强其故事性，并吸收小说经验，注意人物形象的塑造，使本来是通俗地宣讲历史的"讲史"逐步向小说过渡；二是为了弥补篇幅渐长、讲述不便的缺陷，将原来分卷集细目的做法更加固定和完善，选择那些情节发展中的自然段落，即有断有连的地方分出章回，这样既突出了历史故事的阶段性，又照顾了它的连续性。这种略带章回体的平话，主要是供艺人讲述之用，但供人阅读的成分也增加了。这种平话的进一步发展，便成了章回小说。

二、《三国演义》

（一）《三国演义》的成书、作者、版本

《三国演义》是一部在群众传说与民间艺人创作的基础上，由作家加工、整理写完的小说。三国故事，晋以后即已开始流行。东晋裴启《语林》、宋刘义庆《世说新语》《梁殷芸说》等书，都记载了一些三国小故事。隋代，文艺表演中已有三国的节目。唐代，从李商隐《骄儿》诗中可见儿童也熟悉三国故事。宋代，说话中已有"说三分"的专门科目和专门艺人。金元时期，三国故事被大量地改编为戏剧，金院本、宋元戏文、元杂剧等中有众多的三国戏。元代刊本《新全相三国志平话》《三分事略》是艺人的底本，保存了宋元以来流传的三国故事的大致面貌。明代，罗贯中"据正史，采小说，证文辞，通好尚"（高

儒《百川书志》），创作了《三国演义》这部历史演义的典范作品。

《三国演义》刻本较多，以毛声山、毛宗岗父子的整理评点本《三国志演义》最为流行。

（二）《三国演义》的思想倾向

关于《三国演义》的主题有三四十种说法。如拥刘反曹说、天下归一说、忠义说、人民愿望说、封建阶级内部斗争说、悲剧说、人才说等。

统观《三国演义》全书，作者显然是以儒家的政治道德观念为核心，同时也糅合着千百年来广大民众的心理，表现了对致天下大乱的昏君贼臣的痛恨，对于创造清平世界的明君良臣的渴慕。小说将刘备塑造成一个仁君的典范，本着"上报国家，下安黎庶"的理想，一生"仁德及人"，爱民、爱才。在他的身上寄托着作者仁政爱民的理想。与刘备形成对照的是，作者又塑造了一个残暴的奸雄曹操，以及董卓、袁绍、袁术、曹睿、孙皓、刘禅等轻民、贱民的暴君乱臣。

《三国演义》在人格构建上的价值趋向，是恪守以"忠义"为核心的伦理道德规范。全书写人论事，都以此来区分善恶，评定高下，而不问其身处什么集团，也不论其出身贵贱和性别，只要"义不负心，忠不顾死"，都一律加以赞美。特别是对诸葛亮的忠、关羽的义，作者更是倾注了全部的感情，把他们塑造成理想人格的化身。《三国演义》的"忠义"思想，当然主要是正统的封建道德标准，但是又渗透着民间的理想标准。

《三国演义》对于智与勇，都是予以歌颂的。小说在描写三国间政治、军事、外交的错综复杂的矛盾斗争中，更突出了智慧的重要性。小说中的诸葛亮，不但是忠贞的典范，而且也是智慧的化身，作者把他的谋略胜算写得出神入化，这无疑寄托着人民的理想。他的惊人智慧和绝世才能，实际上也是我国古代历史上各种斗争经验和智慧的总结。另外，曹操、周瑜和司马懿等人都是以谋略机变见长的人物。运用智慧的故事，在阅读上有其特殊的紧张感和愉快感，同时也具有实用价值。

（三）《三国演义》的艺术成就

《三国演义》的主要描写对象、主要内容、主要场景以及主要篇幅都是战争。全书写到的大小战役和战斗有上百次，是一部战争的史诗。作者显然对中国古代军事学做过深入研究，其对战争的描写符合战争的一般规律，所以有人称《三国演义》为古代战争小说。

《三国演义》的故事框架取自陈寿的《三国志》，在史料的基础上，作者做了许多铺张渲染，更增添了不少纯乎虚构的情节，这些往往成为全书最精彩的部分。作者对战争的描写重战前准备，轻军事行动实施过程，多写人物而少写场面，详主动者、胜利者，略被动者、失败者，节奏张弛相间，曲折尽致。

《三国演义》塑造人物，一般采用类型化手法。即在历史人物的各种性格中，突出甚至是夸大主要性格特点，舍弃性格中的次要方面，创造了一批具有特征化的艺术典型，他们既具有鲜明的个性，又具有一定的"类"的意义。他们的性格特征，一般都显得单一和稳定，容易给读者以强烈、鲜明的印象。而在单一的性格方面，作者通过生动的情节和夸张的笔法，还能够把人物写得较为有声有色。在同一类型人物或具备某一共同特点的人物之中，尽可能地写出他们各自的特征。

《三国演义》用的是文白夹杂的语言，既有利于接近历史，营造历史气氛，又照顾了阅读效果，雅俗共赏，具有简洁、明快、生动等特色。人物语言已开始注意个性化。

三、《水浒传》

（一）《水浒传》的成书、作者和版本

《水浒传》所记载的宋江起义的故事源于历史真实。《宋史》中的《徽宗本纪》《侯蒙传》《张叔夜传》以及其他一些历史史料都曾提及；还有的史书记载宋江投降后征讨方腊。

从南宋起，宋江的故事就在民间流传，宋末元初人龚开作《宋江三十六人赞》，完整地记载了三十六人的姓名和绰号。《大宋宣和遗事》写了杨志卖刀、

智取生辰纲、宋江杀惜、张叔夜招安等内容，笔墨虽然简略，但已将水浒故事连缀起来。展现了《水浒传》的原始面貌。元杂剧中也有相当数量的水浒戏，故事有所发展，其中李逵、宋江、燕青的形象已相当生动了。《水浒传》的作者在此基础上，创作出了一部杰出的长篇小说。

关于《水浒传》的作者，有不同的说法。现在一般认为，此书先由罗贯中将说话、戏曲中的水浒故事综合、加工而成；后由施耐庵对这个本子加以发展、提高。

《水浒传》的版本很复杂，大体可分为繁本（文繁事简本）和简本（文简事繁本）两大系统。施耐庵编定的《水浒传》之祖本，今已不存。今日能见到的最完整的繁本是明末的《李卓吾评忠义水浒全传》，共一百二十回；明代末年，金圣叹把一百二十回本后半部砍去，只保留排座次以前之七十回，文字上也略加润饰，还加上了不少评点。入清以后的三百年间，金本几乎成了唯一流传的刊本。

（二）《水浒传》的思想倾向

《水浒传》艺术而又真实地描写了封建社会农民起义发生、发展和失败的全过程。《水浒传》的结局是个大悲剧，魂聚蓼儿洼的描写令人不忍卒读。这种写法在中国古代文学作品中非常少见。作者对招安持肯定的立场，这是他的传统的忠义思想使然。但是他又是一个现实主义作家，所以他没有将义军的结局写成高官厚爵、封妻荫子、皆大欢喜的结局。因此他陷入了矛盾的境地，这就是既要肯定招安，而又要真实地写出招安后的悲剧结局。由于作品存在这种矛盾，所以令研究者众说纷纭，关于《水浒传》的主题有农民起义说、投降说、忠奸说、市民精神说等。

长期以来，《水浒传》是被当作第一部正面反映农民起义的长篇小说来看待和歌颂的。但有趣的是，梁山英雄的成分，有帝子神孙、富豪将吏并三教九流，乃至猎户渔人、屠儿刽子，却几乎没有真正的农民。而事实上，《水浒传》故事除了"宋江"这个人名和反政府武装活动的大框架外，它的故事、人物基本上都是出于艺术虚构，和历史上宋江起义的事件并没有多大的关系。这部小说的基础，主要是市井文艺"说话"，它在流行的过程中，首先是受到市民趣味的影响和制约。梁山英雄的个性，更多地反映着市民阶层的人生向往。

《水浒传》最早的名字叫《忠义水浒传》。"忠义"是梁山好汉行事的基本道德准则，也是这一部歌颂在统治者看来是"盗贼流寇"之流的作品为社会接受乃至喜爱的前提。在这种总的前提下，来描绘他们的反抗斗争。"忠"首先和主要的必须是对皇帝和朝廷忠诚，甚至梁山义军的武装反抗，攻城略地，也被解释为"忠"的表现——"酷吏赃官都杀尽，忠心报答赵官家"，即只反贪官，不反皇帝"忠"的道德信条，既是作者无法跨越的界限，也是这部小说能够成立和流传的保障。至于像叫嚷"招安，招甚鸟安"的李逵等，始终处在以宋江为代表的主"忠"力量的抑制下，只不过是作为"忠义"的映衬而存在罢了。然而，这些"大力大贤有忠有义之人"的英雄们，仍被误国之臣、无道之君一个个逼向了绝路。作者为这样的现实深感不平，发愤而谱写了这一部忠义的悲歌。

在歌颂宋江等梁山英雄"全仗忠义"的同时，小说深刻地揭露了上自朝廷、下至地方的一批批贪官污吏、恶霸豪绅的"不忠不义"。在全书的开端，就写了无恶不作的高俅的发迹和胡作非为，寓有"乱自上作"的含义，并揭示了"奸逼民反"的道理。如此广泛地对社会黑暗面的揭露，是随着长小说的诞生而第一次出现的。在"替天行道"的堂皇大旗下，作者热烈地肯定和赞美了被压迫者的反抗和复仇行为。作者把这些好汉们塑造成顶天立地的英雄，一批勇武或智慧的超人。他们空手打虎，倒拔杨柳，杀贪官污吏，拒千军万马，一往无前。他们智取生辰纲，三打祝家庄，神机妙算，出奇制胜。特别是当这种勇力和智谋表现为百姓打抱不平、伸张正义时，更能激起广大民众的共鸣，英雄们的敢作敢为、豁达磊落，不仅给人以生命力舒张的快感，而且在污秽而艰难的现实世界中，这些传奇式的英雄，给读者以很大的心理满足。

值得注意的是，《水浒传》在标榜"忠义"的同时，肯定了金钱的力量，赞美了一种以充分的物质享受为基础的自由自在的生活理想。小说反对钱财的积聚与贪求，强调"疏财"以成"义士"，追求"大块吃肉，大碗喝酒，大盘分金银"，

"图个一世快活"，向往兄弟间"交情浑似股肱，义气真同骨肉"，宋江、卢俊义、晁盖、柴进这一类具有凝聚力、号召力的人物，其主要的凭借就是有钱而又能"仗义疏财"，在好汉们那里，"义"却是要通过"财"来实现的，倘若无财可疏，宋江等人在集团中的聚合力也就无法存在，同样，许多好汉上梁山的动机，也与物质享受有关。小说中所有这些描写，都明显地带有一些市民的思想和感情，使小说蒙上了一层特殊的江湖豪侠的气息。

《水浒传》作者的妇女观是非常保守的。四大淫妇潘金莲、潘巧云、阎婆惜和贾氏，实际上都遭到了丈夫冷落或是婚姻的不幸，其婚外恋都有争取个性解放的意思。但是作者都认为这是十恶不赦的大罪，充满快意地为她们安排了被千刀万剐的下场。

（三）《水浒传》的艺术成就

《水浒传》娴熟地运用白话来写景、叙事、传神，特别是在人物语言个性化方面，更是取得了很高的成就。

《水浒传》人物塑造取得了多方面的成熟，主要表现在五个方面：紧扣人物的身份、经历和遭遇，挖掘其性格形成的社会原因；把人物置于尖锐的矛盾冲突当中，甚至是生死存亡的紧要关头，表现其性格；在对比中凸现人物的个性差异和性格发展；用丰富的细节描写和富于动作性的心理描写刻画人物的复杂性格和内心世界；精心设计人物的出场和绰号。

《水浒传》的情节结构是以单线纵向进行的。上半部是以人为单元，下半部则以事为顺序。上半部故事的发展主要是依靠人物的相互衔接，主要人物的故事一环套一环。分开来看，可以把些些主要人物的故事分成若干短篇而无割裂之感；合起来看，其结构又严整划一，气氛协调，并无琐碎繁复之弊。可以说是一种"板块"串联的结构。下半部以时间为顺序，以报效朝廷为主干，将许多征战故事贯穿起来。从长篇小说的结构艺术上来看，这固然有不成熟的地方，但从塑造人物上来看，却也有其便利之处，一些最重要的人物各自占用连续几回篇幅，给人以非常深刻的印象。

四、《西游记》

（一）《西游记》的成书、作者和版本

《西游记》是经历了一个长期的积累和演变才形成的。这个故事源于唐僧玄奘赴印度取经的史实。玄奘归国后奉诏口述所见，由门徒辩机等辑录成《大唐西域记》，后来他的门徒慧立、彦琮又撰《大唐大慈恩寺三藏法师传》。这些书的撰述者以宗教徒虔诚的心理采录佛家种种灵异之事，同时对途中艰苦及沙漠幻影鬼火一类情景，又多用宗教的心理去解释，因而使许多事实在叙述中就成为灵异和神迹，无意中搭起了通往文学创作的桥梁。此后，虚构成分日渐增多，并成为民间文艺的重要题材。在戏剧方面，金院本有《唐三藏》、宋之南戏有《陈光蕊江流和尚》、元有吴昌龄杂剧《西游记》等。这些剧作与小说《西游记》的关系难以确定，但足以证明取经故事在社会上的广泛流传情况。在话本中，成书于北宋年间，《大唐三藏取经诗话》的出现，使这一真人真事至此也全变为神话，它已具备了《西游记》故事的轮廓。比较完整的小说《西游记》，至迟在元末明初已经出现。

最后写定《西游记》的作家是谁，学术界一直有不同的观点。直到20世纪20年代，胡适在《西游记考证》、鲁迅在《中国小说史略》才集中论定作者为吴承恩，并得到普遍赞成。

《西游记》的版本较多。现存最早的是刊于万历二十年（1592）《新刻出像官版大字西游记》一百回本，无专叙玄奘出身故事。清初汪象旭、黄周星评刻的《西游证道书》才补入玄奘出身这一节，后遂成为定本。

（二）《西游记》的思想内容

《西游记》是一部充满幻想、情节离奇的小说，讲述了孙悟空皈依佛门，护送唐三藏去西天取经的故事。前七回是写孙悟空造反的事迹，后面是护送唐僧取经的故事。它的思想内容比较复杂。其主题有农民起义说、修身养性说、三教混一说、道教说、张扬人性说等。

《西游记》本身确实或多或少地存在着支撑某一说法的依据。但就其最主要

和最有特征性的精神上来看，应该说还是在于"游戏中暗藏密谛"（李卓吾评本《西游记总批》），在神幻、诙谐之中蕴含着哲理。这个哲理，就是被明代个性思潮冲击、改造过了的心学。因而作家主观上塑造孙悟空的艺术形象来宣扬"明心见性"的心学，维护封建社会的正常秩序，但在客观上倒是张扬了人的自我价值和对于人性美的追求。具体而言，假如说前七回主观上想谴责"放心"之害，而在客观上倒是赞扬了自由和个性的话，那么，以第七回"定心"为转机，以后取经"修心"的过程，就是反复说明了师徒四人在不断扫除外部邪恶的词时完成了人性的升华，孙悟空最终成了一个有个性、有理想、有能力的人性美的象征。

（三）《西游记》的艺术成就

《西游记》在艺术表现上的最大特色，就是以诡异的想象极度的夸张，突破时空、生死，突破神、人、物的界限，创造了一个光怪陆离、神异奇幻的境界。而这个幻想境界并不是凭空假设，向壁虚构，而是大多写得入情入理，令人信服。许多情节或如现实的影子，或含生活的真理。这部小说就在极幻之文中，含有极真之情；在极奇之事中，寓有极真之理。

《西游记》塑造人物形象也自有其特色，即能做到物性、神性和人性的统一。作者注意把人物置于日常的平民社会之中，多色调地去刻画其性格的复杂性。如猪八戒的刻画，勇敢中带着怯懦、憨厚中带着奸诈，他的形象，体现了人类普遍存在的欲望和弱点，比孙悟空更具有日常生活中人物的真实性，读来让人感到亲切。这种人物形象，是过去的文学中所未有的，他的出现，显示出作者对人性固有弱点的宽容态度，也显示出中国文学中的人物类型进一步向真实、日常和复杂多样的方向发展。

《西游记》作为一部娱乐性很强的神魔小说，中间穿插了大量的游戏笔墨，使全书充满着喜剧色彩和诙谐的气氛。这种游戏笔墨，突破了天堂与尘凡之间的界限，填平了神魔与凡人之间的鸿沟，它使"神魔皆有人情，精魅亦通世故"，淡化了宗教观念，赋予的神秘性，增强了他们身上的世俗性。作品中有些游戏笔墨是顺手拈来的，或用以调节气氛，增加小说的趣味性，或为讽刺世态人情的利器，显示了相当高的水平。

五、《金瓶梅》

（一）《金瓶梅》概况

《金瓶梅》是我国第一部以家庭日常生活为素材的长篇小说。据现存资料《金瓶梅》最迟在万历四十一年（1613）之后，苏州就有了刻本，但此本至今未见。现存最早刻本是万历四十五年（1617）《金瓶梅词话》本，共一百回。卷首有东吴弄珠客序及欣欣子序，首次提出本书的作者是兰陵笑笑生，这就是所谓的词话本系统，有的研究者认为这可能就是初刻本。其后崇祯年间刊行的《新刻绣像批评金瓶梅》，一般认为是前者的评改本，它对原本的改动主要是更改回目、变更某些情节、修饰文字，并削减了原本中的词话。清康熙年间，张竹坡评点的《金瓶梅》刊行，以崇祯本为底本，文字上略有修改，加上张竹坡的评点，这个本子在清代流传最广。

《金瓶梅》的作者，据《金瓶梅词话》卷首欣欣子序说是兰陵笑笑生，但这个"兰陵笑笑生"究竟是谁，至今众说纷纭。后人对此猜测颇多，先后有王世贞、李开先、屠隆、徐渭、汤显祖、李渔等提出十几种不同的意见，但尚没有一种意见能成定论。

关于小说的创作年代，有嘉靖与万历两说，研究者一般认为同后者。

（二）《金瓶梅》的写实内容与时代特征

《金瓶梅》的书名，是由小说中的潘金莲、李瓶儿、庞春梅三人的名字合成的。故事开头借《水浒传》中武松杀嫂演化开来，它以北宋末年为背景，但它所描绘的社会面貌、所表现的思想倾向，却有着鲜明的晚明时代特征。《金瓶梅》主要是通过写西门庆亦官亦商的活动，从京城、相府、封疆大吏直写到市井平民、三姑六婆，展示了晚明社会的众生相，描绘了市井社会五光十色的风俗画，彻底暴露了晚明社会政治的腐朽与黑暗。《金瓶梅》揭示了官商关系和金钱对封建政治的侵蚀，封建国家在商人金钱的锈蚀下，已经失去了原有的运转能力，而西门庆正是凭借其金钱买通权贵，在相当大的范围里为所欲为、无恶不作。

小说反映了当时的时代特征，因而显得具有相当的深度。鲁迅先生评价说："著此一家，即骂尽诸色。"（《中国小说史略》）

如果说小说对腐朽的封建统治集团进行了不遗余力的抨击的话，那么对于新兴的商人势力则抱着一种颇为复杂的态度。作者在写西门庆这个丑恶的强者时，半是诅咒，半是欣羡，以至在写他的结局时，一会儿让他转世成孝哥，以示"西门豪横难存嗣"；一会儿又让他去东京"托生富户"，不离富贵。这种情节上的明显错乱，生动地反映了生活在人生价值取向正在转变过程中的作者，最终还是在感情上游移不定，难以用一定的标准评判新兴的商人。

《金瓶梅》不仅反映了社会政治的黑暗，而且还大量描写了那个时代中人性的普遍弱点和丑恶，尤其是金钱对人性的扭曲。小说中没有一个正面人物，人人都在那里钩心斗角，相互压迫。《金瓶梅》是受到后人批评最多的，是小说中存在大量的性行为描写。这种描写又很粗鄙，几乎完全未曾从美感上考虑，所以显得格外不堪，使小说的艺术价值受到一定的削弱。一般认为，当时社会中从最高统治阶层到士大夫和普通市民都不以谈房帏之事为耻，小说中的这种描写，是当时社会风气的产物。不过，同时还应该注意到，这和晚明社会肯定"好色"的思潮有很大的关联，它是这一思潮的一种粗鄙而又庸俗的表现形态。

（三）《金瓶梅》的艺术成就与地位

在中国小说史上，《金瓶梅》的出现有着划时代的意义，它标志着中国古典小说发展的一个新阶段的开始。

《金瓶梅》在创作上最显著的特点，是"寄意于时俗"。所谓"时俗"，就是当时的世俗社会。长篇小说的题材从反映古老的历史题材，转变为直接反映当时的现实生活。强烈的现实性、明确的时代性，是《金瓶梅》独具的特色。《金瓶梅》所描写的现实，主要不是朝代兴替、英雄争霸等大事，而是家庭生活中的日常琐事，以这个家庭同社会的联系来反映社会的各个方面；人物也不是帝王将相、英雄豪杰、神仙鬼怪，而是生活中的平凡人物。小说将视角转向普通的社会、琐碎的家事、平凡的人物，就在心理上和广大读者拉近了距离，给人一种身临其境、亲睹亲闻之感。这标志着我国的小说艺术进入了一个更加贴近现实、面向人生的新阶段。

《金瓶梅》的立意也发生了变化。以前的《三国演义》《水浒传》《西游记》等作品虽也写到一些反面的角色，但主要是作为正面人物的陪衬而存在的，总的立意是在歌颂，歌颂明君贤臣、英雄豪杰，直接宣扬了某种理想和精神。《金瓶梅》则着意在暴露，它用冷静、客观的笔触，描绘了人间的假、丑、恶。这种如实、彻底地暴露社会黑暗的做法，在中国小说史上是空前的。与之相适应的是，广泛而成熟地运用了讽刺手法，在作者不加断语的情况下，是非立见。这种写法，对后世的《儒林外史》《官场现形记》等小说都有很大的影响。

在塑造人物形象上，《金瓶梅》也有新的发展。小说描写的重心开始从讲故事向写人转移。即使是在以前小说史上最以写人物擅长的《水浒传》中，它首先也是以故事情节吸引人，很少能看到仅仅为了显示人物性格而对情节发展并无多大意义的事件。而在《金瓶梅》中，则明显地出现了故事情节的淡化，它所描绘的大量的生活琐事，对情节的发展并无意义，却能充分地展示人物的性格。同时，《金瓶梅》写人物，不是把它当作一种单纯的个人天性来看待，而是同人物的生存环境、生活运习性联系起来。如潘金莲就是如此，她的心理是受环境压抑而变态的，她用邪恶的手段来夺取幸福和享受，又在这邪恶当中毁灭了自己。《金瓶梅》在塑造人物时还有一个大的进步，就是注意多色调、立体化地刻画人物的性格。《金瓶梅》中，更多的形象就像生活中的人物一样有善有恶，色彩斑斓。

《金瓶梅》从说话体小说向阅读型小说的过渡，也反映在从线性结构向网状结构的转变上。以前的长篇小说，均从"说话"中的"讲史"演变而来，受艺人讲唱艺术的影响，结构都采取单线发展的方式。而从《金瓶梅》起，才开始实现向网状结构的转化。全书围绕着西门庆一家的盛衰史而开展，前八十回以西门庆为中心反映官场社会的黑暗，以潘金莲为中心反映家庭内部的纠葛，两条线索交叉发展。后二十回，则以吴月娘、庞春梅、陈经济为中心，写西门庆家庭的衰败。全书初步形成一个网状结构，像生活本身那样丰富多彩，十分自然，既千头万绪，又浑然一体。

《金瓶梅》的语言一向为人们所称道。它在口语化、俚俗化方面做了可贵的尝试。中国古代的小说，从文言到白话是一大转折。在长篇小说的发展中，《三国演义》是半文半白，《水浒传》《西游记》在语言的通俗化、个性化方面前进了一大步，但基本上是经过加工的说书体语言。《金瓶梅》是文人创作的写俗人俗事的小说，与之相适应的是在语言俚俗上下功夫，小说又大量吸取了市民中流行的方言、行话、谚语、歇后语、俏皮话等。作者十分善于摹写人物的鲜活的口吻、语气，以及人物的神态、动作，从中表现出人物的心理和个性，以具有强烈的直观性的场景呈现在读者面前。

《金瓶梅》以其对社会现实的冷静而深刻的揭露，对人性尤其是人性弱点清醒而深入的描绘，以其在凡庸的日常生活中表现人性困境的视角，以其塑造生动而复杂的人物形象的艺术力量，把专注于传奇性的中国古典小说引入注重写实性的新境界，为之开辟了一个新的发展方向。

明代长篇小说较著名的还有《封神演义》《东周列国志》《北宋志传》《杨家府演义》《英烈传》等。

六、明代的文言小说

明代文言短篇小说最具代表性的是瞿佑的《剪灯新话》、李昌祺的《剪灯余话》和冯梦龙的《情史》等。明代的文言小说创作，尽管未曾造就出一流的作家和作品，但在文学史上也有其不可忽视的作用，它们对于清代的文言小说来说，起了一种承上启下的作用。《聊斋志异》等作品，无论在题材的选择、情节的构思，还是在表现手法、审美意象、风格神韵等方面，都受其影响。

第八章　清代民间文学及创作

　　清王朝承认中国传统文化尤其是儒学的正统地位，并以这种文化的继承者自居，宋代理学成为清代的官方哲学。顺治、康熙、雍正、乾隆几朝的文字狱在数量上和规模上都是空前的。这使大批知识分子谨小慎微，不敢面对现实，这就造成清初一段时间文学发展的苍白。

　　清王朝大规模纂修图书，把知识分子束缚在书卷考据之中。文网严密，考据之风日盛，号称"乾嘉之学"的考据学达到了鼎盛阶段。

　　清王朝的文化政策及乾嘉学风全面地影响到文学。桐城派古文及其正宗地位的确立，与科举考试用八股文和汉学的兴盛都有关系。诗歌不是陶冶性情，而是可资考据学术渊源、历史是非得失的材料。小说，一是历史小说重在叙述历史事件，反对虚构；二是以小说为呈现学问、文章的工具。

　　清代文学是前代各类文体的总汇，呈现出一种集大成的景象。清代文学的成就主要是出现在前期和中期。在这一连贯的历史阶段中，中国古代曾经出现的各种文学样式都有许多创作，都有一些优秀作品。这是其他时代所没有的新的特点。在鸦片战争之后，中国社会、政治、经济、文化的各个方面都发生了巨大变化。这一时期的文学就其艺术成就来说并不高，但在外来文化、文学思想的影响下，中国传统的文学无论是思想观念，还是表现形式上，都在发生着变化，透露出时代的新气息。

第一节　清代文学概述

　　在中国过去的历史中，外族统治汉人，最成功的是清朝的满洲人。他们不像蒙古人那样残暴，只靠着武力，苛刻地压迫汉人。他们所采用的，是武力与怀柔双管齐下的政策。他们了解汉人的心理，尽量地保存汉人的社会习惯、宗教仪式以及传统的文化与道德。满人的皇族贵籍，自小就受汉人的教育，同样受孔孟伦理学的熏陶，同样能写苍老的古文和美丽的诗篇。因此，在清代初年，在那些遗民的脑子里，固然蕴藏着无限的亡国的仇恨与悲痛。但到后来，时光渐渐过去，仇恨也渐淡薄，而终于遗忘，结果汉人全变成了满洲统治者的忠臣与义仆，在一般人的精神上，只有君臣的名分，几乎没有民族仇恨的影子。于是满洲人建立起来的清帝国，继续了两百多年的寿命，比起蒙古人来，清朝不能不说是得到了大大的成功。

在中国学术史上，清朝是自有其独特的好地位的。所谓古典学派的朴学，可与先秦哲学、两汉经学、魏晋玄学、隋唐佛学、宋明理学，前后比美，各为一个时代思潮的代表。朴学家都是用严肃的态度、科学的精神、孜孜不息的努力，在学问上下功夫。在经学、史学、诸子学、校勘学、小学、地理、金石、辨伪、辑佚各方面，造就了很大的成绩。他们从事学问的精神态度，是反对主观的冥想，倾向客观的考察，排斥空论，提倡实践。这种精神的来源，一方面是由明末王学末流的空虚浮浅的反动，于是而有黄黎洲、顾亭林、王船山、朱舜水一般人出来，大声疾呼，攻击明心见性的空谈，提倡经世致用的实学。这些人学问渊博，加以人品道德，能表率群伦，一倡百和，学风为之一变。另一方面，是属于政治的环境，从顺治到乾隆，在这一世纪中，满洲帝王对汉族的知识阶级，是用高压，同时又用怀柔来收拾人心。八股科举用来吸收青年，山林隐逸和博学鸿间的荐举，用来吸收宿儒和遗老。这虽说是一种诱奸愚民的工具，然在当日却也网罗了一大批人才。但怀柔政策，毕竟不能全部收效，于是高压的文字狱，在顺、康、雍、乾四朝中，接连着发生，造成了许多悲惨的案件，牺牲了不少的人命。《四库全书》的编纂，在文化上自有其意义与价值，然按其实际，实是变态的文化与思想上的统治。在那书编纂的十年间（乾隆三十八年至四十七年），继续烧书二十四回，烧去的书共一万三千多部。在这一种文网严密思想文化统治的时代，学者的才力，自然是避免与政治发生接触，于是学术的园地，趋向于古典学的研求。训诂、校勘、笺释、搜补、辨伪、辑佚，都是相宜的工作。在这一种环境下，于是造成了代表清代学术界的古典学派的大运动。梁启超说："清代思潮果何物耶？简单言之，则对于宋明理学之一大反动，而以复古为其职志者也。"（《清代学术概论》）学术思潮是如此，文学思潮亦然。我们看清代两百多年的文学界，无论是诗文词曲，都是走的复古之路。因为全是走的复古之路，各种作品，都逃不出摹拟与因袭。外表纵是华美可观，内面总是没有新奇的生命与创造的精神。作文的拟韩柳，作诗的拟李杜，作词的拟姜张，作曲的拟张施，成绩最好的，也不过是这般人的影子。在这种地方，我们也不能归罪于清代人的才力，实际是清代在中国的旧文学史上，是最后的一期，各种文体，如诗文、词、曲、杂剧、传奇种种的特色，在各时代，都已发挥殆尽。到了清朝，全变成了旧体与残骸，任你是大才力的作家，既不能向新文体新形式方面谋发展，只想在那些旧体与残骸中，灌输新生命，恢复艺术的青春的力量，实在是不可能的。所以同样是复古的思潮，在经学、史学、小学及其他各种学问上都有极高的造诣，在文学上没有表现出很大的成绩来，那便是文学的生命，赋有一种生命的机能，返老还童，实在不是一件容易的事。因此起于宋元成长于明代称为平民文学的白话小说，到了清代，尚富有青春的生命，其前途还大有可为。所以小说这一部门，在清代表现出了优异的成绩，而占了文学史上重要的地位。我们可以说，代表清代文学的，是那些长篇的白话小说，而不是那些正统派的诗文词曲。

梁启超说："前清一代学风，与欧洲文艺复兴时代相类甚多，其最相异之点，则美术文学不发达也。清之美术，虽不能谓甚劣于前代，然绝未尝向新方面有所发展，今不深论。其文学，以言夫诗，真可谓衰落已极。吴伟业之靡曼，王士禛之脆薄，号为开国宗匠乾隆全盛时，所谓袁枚、蒋士铨、赵翼三大家者，臭腐殆不可向迩。诸经师及诸古文家，集中多亦有诗，则极拙劣之砌韵文耳。嘉道间龚自珍、王昙、舒位号称新体，则粗犷浅薄。咸同后竞宗宋诗，只益生硬，且无余味。其稍可观者，反在生长僻壤之黎简、郑珍辈，而中原更无闻焉。直至末叶，始有金和、黄遵宪、康有为，元气淋漓，卓然称大家。以言夫词，清代固有作者，驾元明而上，若纳兰性德、郭麟、张惠言、项鸿祚、谭献、郑文焯、王鹏运、朱祖谋皆名其家,然词固所共指为小道也。以言夫曲,孔尚任《桃花扇》、洪昇《长生殿》外,无足称者。李渔、蒋士铨之流,浅薄寡味矣。以言夫小说,《红楼梦》只立千古,余皆无足齿数。以言夫散文,经师家朴实说理,毫不带文学臭味;桐城派则以文为'司空城旦'矣。其初期魏僖、王源较可观,末期则有魏源、曾国藩、康有为。清人颇自夸其骈文,其实极工者仅一汪中,次则龚自珍、谭嗣同,其最著名之胡天游、邵齐焘、洪亮吉辈,已堆垛柔曼无生气,余子更不足道。要而言之,清代学术在中国学术史上价值极大,清代文艺美术,在中国文艺史、美术史上价值极微,此吾所敢昌言也。"(《清代学术概论》)梁氏对各家的批评难免稍有武断之嫌,尤其对于小说方面,更觉苛刻,但其立论的中心,真是确切不移的。

虽如此说,清代文学,亦自有其特色。在中国整个文学发展的历史上,清代文学的职能,是三千年来各种旧文学旧文体的总结束,同时展开 20 世纪中国新文学的新局面。两百多年间,由许多拟古派作家的努力挣扎,确实造成了一个旧文学结束的光荣场面。无论是作诗文词曲,他们的态度,都非常严肃而认真。但是,不管他们如何努力,旧的总归是过去了,代之而起的是新文学。我们研究清代文学,就是要知道在这一总结束期间文坛活动的情形。其次,清朝从顺治到嘉庆这一百多年中,国势较为安定,民生较为富裕,反映在文学上的色彩,是典雅富丽,一面是对帝国威权的颂扬,同时又是对古典文学表示极端的追恋与模拟。道咸以降,外国人的压迫、内乱的叠起、清帝国的弱点,全部暴露出来,从前不管事的民众,渐渐注视国家的危机。经过中日战争的失败到戊戌政变,当日的前进的知识阶级都变成了热烈的改革分子。辛亥革命起来,清帝国的生命,终于结束。在这晚清的几十年中,无论是学术界,还是文学界,比起前一期来,都起了变化。由龚、魏到康、梁的经文学派,很明显地表现了学术界风气的转变。这一期的文学,也不比从前了,如郑珍、金和、黄遵宪、康有为诸人的诗,蒋春霖的词,吴沃尧、李伯元、刘鹗诸人的小说,或映出时代乱离的影子,或表现着民众悲苦的感情,或暴露政府的懦弱与黑暗,或讽刺官吏的腐败与贪污。总而言之,在他们作品中表现出来的,都失去了从前那种雍容典雅的色彩与情调。无论内容形式还是所用的文字与表现的方法，都渐渐改变，一步一步趋于新方向的发展。这一期的文学，实在是中国新旧文学交界的关口。我们很明显看着旧的由挣扎而毁灭，新的由努力而诞生。这一种大的变动、大的斗争，在中国文学史上过去时期中都是没有过的，在这里正表现时代的伟大力量。

第二节　清代小说及其作家

　　清代无论是长篇小说还是短篇小说，无论是白话小说还是文言小说，都取得了巨大的成功。清代产生了一大批文言笔记小说集，数量之多，超过了唐宋，艺术水平虽高低不等，但蒲松龄的《聊斋志异》却大放异彩，成为我国古典文言小说的最高峰。清代白话短篇小说同晚明相比虽有所衰退，但也出现了一些明显的变化。李渔的小说仍留有晚明文学的气息，但单纯从娱乐性出发的意识更强，又时常以正统伦理为假饰，其思想锋芒不能不受到削弱。至于长篇章回小说，更是清代文学的骄傲。明末清初出现了大量的才子佳人小说，中间没有什么可以称颂的杰作，只是一些套路化的娱乐性读物。一些历史传奇小说，如《水浒后传》《说岳全传》等，则较多地受到正统意识的影响。到了清代中叶，沿着《金瓶梅》的写实传统，终于出现了中国小说史上两部最伟大的作品——《儒林外史》和《红楼梦》。前者是我国最成熟的古典讽刺小说，而后者是一部写实巨著，将我国古代小说推上了新的高峰。

一、《聊斋志异》

　　蒲松龄（1640—1715），字留仙，又字剑臣，别号柳泉居士，世称聊斋先生，山东淄川（今山东淄博）人，出身于一个败落的地主家庭。十九岁应童子试，以县、府、道三考皆第一而闻名籍里，补博士弟子员。但后来却屡应省试不第，直至七十一岁时才成岁贡生。他一生除做幕宾数年之外，主要是做塾师，舌耕笔耘近四十年。郭沫若对他的评价是"写人写鬼高人一等，刺贪刺虐入木三分"。

蒲松龄一方面经受过生活的困苦和科举失意的折磨，另一方面，他长期与科举中人交往，以能文赢得青睐。这种身世、地位决定了蒲松龄的文学创作摇摆于文士的雅文学与民众的俗文学之间。从青年时起他就热衷于记述奇闻逸事、狐鬼故事，开始了《聊斋志异》的写作。

《聊斋志异》中故事的来源，一部分是前代小说或笔记的改编，一部分采自当时的社会传闻或友人笔记，一部分是作者自己虚构的狐鬼花妖故事。

《聊斋志异》中四百九十一篇作品大致可分为三类。一为短篇小说体，主要是采用史传文学及唐人传奇的体制，以人物生平遭遇为中心，篇幅较长，有人物性格的刻画和复杂曲折的故事情节；二为散记特写体，以记事为主，多描绘一个场面或记述某些事件，情节简单，篇幅适中；三为随笔寓言体，多为偶记琐闻，粗成梗概，篇幅短小。在这三类体裁中，作品数量最多，其中成就最高的是短篇小说体。

《聊斋志异》主要写鬼狐怪异的故事，也有一些通篇未出现鬼狐怪异者，但仍有奇特之事。因此，从性质上看，应属于志怪体，是六朝志怪的继承与发展。大体来说，《聊斋志异》的内容有以下几类：

其一，描写书生科举失意，嘲讽科场考官，揭露科举弊端。蒲松龄一生受尽科举之苦楚，每言及此，百感交集，辛酸无比。因此《聊斋志异》对科场考官冷嘲热讽，竭尽余力，嬉笑怒骂，皆成文章。这一类故事，作者主观情绪的宣泄最为强烈。书中攻击科举制度最深刻之处，在于作者以过来人的身份，揭示了八股取士、功名利禄对士子灵魂的腐蚀，反映考生在精神上遭受巨大折磨和灵魂的被扭曲，入木三分，包含了作者对科举取士制度的反省，也表达了像作者一样的文士的愤懑心理。

其二，描写狐鬼与人恋爱的美丽故事。《聊斋志异》中这类作品占篇幅最多，成就最高，也最受人们喜爱。像《小翠》《娇娜》《青凤》《婴宁》《阿宝》《莲香》《巧娘》《翩翩》《鸦头》《聂小倩》《葛巾》等等，这些小说中的主要形象都是女性，她们在爱情生活中大多采取主动的姿态，或憨直任性，或狡黠多智，或娇弱温柔，但大抵都富有生气，敢于追求生活和感情的满足，少受人间礼教的束缚。作者艺术创造力的高超，就在于他能够把真实的人情和幻想的场景、奇异的情节巧妙地结合起来，从中折射出人间的理想光彩。

其三，揭露、惩治黑暗，歌颂反抗暴政。一方面，蒲松龄的社会地位不高，深知民间疾苦；另一方面，他又与官场人物多有接触，深知其中的弊害，因此写出了一些抒发公愤、刺贪刺虐的作品，同时歌颂了人民反抗暴政的斗争。

其四，饥刺丑陋现象，颂扬美好德行。蒲松龄大半辈子做塾师，很注重家庭伦理、社会风气，时而就其闻见写出一些故事。这类小说多数直写现实人生，少用幻化之笔，立意在于劝惩。

《聊斋志异》有时也表现出对某些野蛮、阴暗现象的兴趣，如宣扬阴阳轮回、神道迷信、福善祸淫、猥亵的色情描写等；对妇女不能守节的鞭挞，对妒妇刻骨的敌视等等。

《聊斋志异》在艺术上代表着中国文言短篇小说的最高成就，它博采中国历代文言短篇小说以及史传文学的艺术之长，用浪漫主义的创作方法，造奇设幻，描绘鬼狐世界，从而形成了独特的艺术特色。

二、《儒林外史》

吴敬梓（1701—1754），字敏轩，号粒民，安徽全椒人。幼即颖异，善记诵。二十二岁时，父亲去世，家族内部因为财产而展开了激烈的争斗。他性豪迈，不善治生，不过几年，旧产挥霍俱尽，时或至于绝粮。二十九岁时去滁州参加科考，结果以"文章大好人·大怪"而落第。沉重的打击加深了他对科举制度的怀疑，几次乡试都没有考中也使他遭到族人和亲友的歧视，三十三岁时离家到南京，开始了卖文生涯。三十六岁时安徽巡抚推荐他应博学宏词考试，他竟装病不去。他不善持家，遇贫即施，家产卖尽，直至五十三岁去世，一直过着清贫的生活。

吴敬梓一生创作了大量的诗歌、散文和史学研究著作，有《文木山房诗文集》十二卷，今存四卷。不过，确立他在中国文学史上的杰出地位的，是他创作的长篇讽刺小说《儒林外史》。这部小说用了他近二十年的时间，直到四十九岁时才完成。

《儒林外史》描写的是儒林文士，以对待功名富贵和文行出处的态度为中心，建构起一个中心对称的基本结构框架，正反两类人物分居对称的两侧，形成了鲜明的对比。

《儒林外史》中的反面人物有三类：一是迷信八股、笃信礼教的无知迂腐，如周进、范进、马二先生、王玉辉等；二是装腔作势、厚颜无耻的无聊名士，如湖州莺脰湖高士、杭州西湖斗方诗人、南京莫愁湖"定梨园榜的名士"等；三是以权谋私、虚伪狡诈的无耻官绅，如南昌太守王惠，高要县知县汤奉，乡绅张静斋、严贡生等。对于这些人，作者不掩饰自己的憎恶，对他们身上所体现出来的精神道德，毫不留情地予以揭露与讽刺。

与上述三类人相对照的正面人物也有三类：一是贤人，如虞博士、庄绍光、迟衡山等。他们不汲汲于功名富贵，十分看重文行出处，保持了相对的人格独立，追求道德的自我完善。二是奇人，如杜少卿的形象带有离经叛道的色彩，他的举动表现了与封建社会不协调的异端倾向，在他的身上熔铸着作者的生活经历和思想性情；还有奇女子沈琼枝、"市井四奇人"等。这些奇人是吴敬梓自己叛逆精神和民主思想的具象化，这种叛逆精神，代表了吴敬梓所达到的思想高度。三是下层人，如秦老对王冕母子，开小香蜡店的牛老儿与开小米店的卜老爹，戏子鲍文卿和倪霜峰，乡邻、朋友之间危难相助，淳朴厚道，温情可拘……凡此种种，都表现出温润的人情美，包含着对淳朴淡远的生活意趣和朴实敦厚的道德品性的向往和追求。

《儒林外史》俯仰百年，写了几代儒林士人在科举制度下的命运，他们为追逐功名富贵而不顾"文行出处"，把生命耗费在毫无价值的八股制艺、无病呻吟的诗歌创作和故弄玄虚的清谈之中，造成了道德堕落、神情荒谬、行为乖谲、才华枯萎，丧失了独立的人格和独立思考的能力，丧失了人生的价值。吴敬梓塑造的一批真儒名贤，体现了作者改造社会的理想。他理想的人物，既有传统原始儒家的美德，又有六朝名士的风度，追求道德和才华互补兼济的人生境界。

《儒林外史》是有着思想家气质的文化小说，有着高雅品位的艺术品。它与传统的通俗小说有着不同的表现特征，它的出现，标志中国小说艺术的重大发展。

三、《红楼梦》和曹雪芹

（一）曹雪芹

曹雪芹，名霑，字梦阮，号雪芹，又号芹溪、芹圃。祖籍辽宁辽阳（一说河北丰润），祖先原为汉人，后为满洲正白旗"包衣人"（家奴）。

曹雪芹上祖曹振彦，在明金战争以及入关后平叛中立过功，历任山西吉州知州、浙江盐法道等官职。曹家的发迹，实际是从曹振彦开始的。

曹振彦之媳，曹雪芹的曾祖父曹玺之妻孙氏，当了康熙皇帝的保姆。康熙二年，曹玺担任江宁织造之职，前后共二十一年，最后病死于江宁织造任上。曹玺死后，康熙命其子曹寅任苏州织造，后又继任江宁织造、两淮巡盐御史等职。曹寅和康熙自幼便有深厚的友谊，康熙五岁受书时，曹寅就是伴读，后曹寅侍卫康熙左右，两人关系密切。

曹寅一代是曹家的鼎盛时期，曹寅的两个女儿，都被选作王妃。康熙六次南巡，有五次都以曹家的江宁织造署为行宫，后四次是在曹寅任职期间，可见当时曹家的显赫以及和康熙帝关系之亲密。曹寅是当时的名士，能诗善文，兼擅词曲，又是个有名的藏书家，曾主持《全唐诗》和《佩文韵府》的刊刻。这样的家庭传统对培养曹雪序的文艺才能起了良好作用。曹寅死后，康熙命他儿子曹顒继任江宁织造。曹顒上任三年后病故。康熙又特命曹寅胞弟曹荃之子曹頫过继曹寅并继任织造之职，曹家祖孙三代四人担任江宁织造之职共六十余年。

雍正上台后，先从曹頫舅舅李煦开刀，抄了他的家，李煦被发落到黑龙江最荒寒之地，冻饿折磨致死。雍正五年，曹頫因"链扰驿站"被捕，复以"行为不端，织造款项亏空甚多"，以及"将家中财物暗移他处，企图隐蔽"被革职抄家。曹頫入狱，并被"枷号"，曹家遂移居北京。据史料记载，曹家在京曾居住在"蒜市口十七间半"房屋里。

曹雪芹一说是曹顒的遗腹子，另有一说是曹頫的儿子。他生于南京，迁回北京时年纪尚幼，大约十三岁。到了乾隆初年，曹家似乎又遭另一次更大祸变，从此就一败涂地了。

曹雪芹一生正好经历了曹家盛极而衰的过程。十三岁前曾经在南京过了一段"锦衣纨绔"、"饫甘餍肥"的生活，在十三岁迁居北京以后，据红学家考证，初在宗学工作了一个时期，这时他结识了敦敏、敦诚兄弟。乾隆十五年左右迁居北京西郊黄叶村（现为曹雪芹纪念馆），"蓬牖茅椽、绳床瓦灶"，"举家食粥酒常赊"，贫病无医，加上又幼子夭折，生活更加悲凉。他嗜酒狂狷，对现实表现出傲岸不屈的态度，死时不到五十岁，留下了一位续娶的新妇和一部未完成的《红楼梦》。

曹雪芹在三十岁左右开始写作《红楼梦》。乾隆甲戌（1754）本《脂砚斋重评石头记》中有"十年辛苦不寻常"和"披阅十载，增删五次"的话。到他病死时为止，只整理出八十回。八十回以后，大约也写过一些片段手稿和回目，但都已散失。就是八十回以前也有一些缺漏和不完整、不衔接之处，但经过他人修补，故事基本完整。

（二）《红楼梦》的内容

《红楼梦》描写的是发生在世代富贵之家贾府的一场巨大悲剧。荣国府嫡系子孙贾宝玉出生不凡，聪明俊秀，是众望所归的贾氏家族继承人。但他却对置身其中的"昌明隆盛之邦，诗礼簪缨之族，花柳繁华地，温柔富贵乡"厌倦至极，对社会、家庭和人生的流行价值观念充满怀疑和蔑视，"背父兄教育之恩，负师友规谈之德"，成了冥顽不化的家族"逆子"。他憎恶封建士子功名利禄、封妻荫子的人生理想，拒绝走仕途经济的生活道路。他逃避"四书五经"僵死陈腐的正统教育，却热衷于偷读《西厢记》之类的禁书。男权统治的冷酷社会激起了他强烈的反叛心理，他鄙夷那些满口仁义道德、一肚子男盗女娼的卑劣无耻的男人，把全部的热情和关怀投向女性这一弱势群体，对她们充满富有诗意的纯情幻想。他说："女儿是水做的骨肉，男人是泥做的骨肉。我见了女儿，我便清爽；见了男子，便觉浊臭逼人。"大观园内的少女，无论地位高低、身份贵贱，都令他亲爱和感动。这些美丽动人、青春健康的女孩子，成为他活在这个虚伪、腐败、污浊世界的全部理由和唯一的精神情感寄托。他说："我此时若果有造化，该死于此时的，趁着你们在，我就死了，再能够你们哭我的眼泪流成大河，把我的尸首漂起来，送到那鸦雀不到的幽僻之处，随风化了，自此再不要托生为人，就是我死的得寸了。"这段伤感至极、催人泪下的肺腑之言，显示出他对现存社会一切人生价值的彻底绝望。正是在这一基点上，他与同样具有叛逆性格的林黛玉一拍即合，成为心灵契合的盟友和爱人。然而，性格清高、才华出众、气质脱俗、内心敏感的林黛玉并不符合正统礼教的人格范式，无法融进荣国府的人际环境之中，所以宝黛二人的"木石前盟"不被贾家所认同和接受。他们更加欣赏温良贤惠、精明圆滑的薛宝钗，极力想促成这桩"金玉良缘"。薛宝钗出身于皇商家庭，母亲是金陵名门王氏家族的千金，外祖父曾主管皇家外贸，舅舅则是担任九省都检点的朝廷军方权要。"金玉良缘"的本质其实就是两大封建望族的政治联姻。宝钗与黛玉一样，自幼饱读诗书，才情并茂，但她看重的是现实功利，憧憬的是富贵荣华，与追求自由美好的精神生活的林黛玉有着完全不同的内心世界。宝玉与黛玉声气相求，心有灵犀，始终以对方为精神依托，而与宝钗却若即若离，时亲时疏，一直存在无法弥合的思想和感情缝隙。置身于这两个少女之间，宝玉经历了人生的大悲大喜和大彻大悟。在封建礼教和家族势力的冷酷封杀下，黛玉魂归离恨天，"木石前盟"演绎为泣血泣泪的爱情悲剧；而掉进婚姻骗局里的宝玉最终离家出走，遁入空门，至此，体现封建社会人生价值和理想的"金玉良缘"彻底幻灭。

"木石前盟"和"金玉良缘"从梦想到幻灭的过程中，贾氏家族也经历了由繁盛到衰败的巨变。这实际上暗喻了封建社会"盛世"的没落。正是在这个意义上，《红楼梦》体现出其主题的深刻性和批判性。以贾宝玉为典型的进步力量与以贾政为代表的腐朽力量、新的人生追求与旧的价值观念、奴才的抗争与主子的压迫、女性世界的清新美丽与男权社会的污浊丑恶，在荣国府中、大观园内展开了尖锐冲突。围绕这一冲突，小说还描写了一系列贵族、平民、奴才的命运悲剧，特别是女性的命运悲剧，并由此展示了广阔的社会生活画面。

第20回之前，小说通过刘姥姥初进大观园的见闻、秦可卿葬礼的声势、元春选妃省亲的排场，即写了荣宁二府特殊的社会地位和烈火烹油似的繁华富贵。不过，从第53回贾珍与黑山村庄头乌进孝的交谈中可以看出，奢侈挥霍加天灾人祸使得豪门巨宅已经坐吃山空、入不敷出。表面的浮华难以掩盖捉襟见肘、内囊渐尽的窘困。诗礼之家内部，围绕权力和财富，家族成员明争暗斗、尔虞我诈，几近你死我活的程度，"乱哄哄你方唱罢我登场"上演了一出出末世闹剧。尽管王熙凤、贾探春都试图通过改革来撑住局面，但终究未能挽回家族的颓势。到荣宁二府先后被查抄，曾一度如日中天的繁华世家终于轰然坍塌。"好一似食尽鸟投林，落了片白茫茫大地真干净！"在中国古代文学史上，从来没有一部小说像《红楼梦》这样，对一个封建大家族的兴衰历程做如此全面、深入、细致、真实的描绘。

值得注意的是，在小说中穿插了一些似梦非梦、似真非真的虚幻情节。这些情节引领读者窥视到另一个若有若无的时空。"太虚幻境"的对联、诗词、画册给读者以神秘的暗示，即荣宁二府将要发生的一切，原来早已注定，无法逃脱。这种看似荒诞的描写其实颇含深意，与其说是对人物、家族、社会悲剧命运的宿命解释，倒不如说是对其悲剧命运必然性的隐喻。

总之，《红楼梦》通过爱情的悲剧，揭示了人生的悲剧；通过个人的、家族的悲剧，显示出时代和社会的悲剧。它也是曹雪芹在亲身经历了从梦想到幻灭的人生变迁之后，于无限沉痛与惋惜之中为自己所处的时代和社会唱出的挽歌。

（三）《红楼梦》的艺术成就

《红楼梦》在艺术上取得了辉煌成就，正如鲁迅所说："自有《红楼梦》出来以后，传统的思想和写法都打破了。"

第一，创建了恢宏精美、体大义丰的叙事结构。作者围绕宝黛爱情主线，编织了纷繁复杂的大小事件，精心建构和经营了宏大的叙事空间。这个叙事空间包含着几个层次：一是时隐时现的虚幻空间，这个空间一方面暗示着人物和家族命运的结局，另一方面通过神秘的一僧一道将虚幻与现实联系起来，由此赋予故事宿命和梦幻的色彩。二是以贾府为环境、以大观园为场所的现实空间，它成为强光聚射的舞台，成为一系列人物关系、矛盾、冲突和悲剧的发生地，是小说的叙事线索和故事情节展开的区域。三是由人物关系引出的与贾府有着千丝万缕联系的背景空间，这个空间上至皇室，下至乡野，是特定时代和特定社会的象征，也是故事发展的生活依据。虚实、远近、隐现相结合的多层次叙事空间，为读者提供了极有广度和深度的视野，同时也使作者在讲述故事、安排线索、编织情节时能够从容不迫、游刃有余。

第二，塑造了个性鲜明、栩栩如生的人物形象。在《红楼梦》中，作者描写了数以百计的人物，设计了错综复杂的人物关系，构成了巨大的人物体系。其中不少人物绘形绘影，有声有色，血肉丰满，个性鲜明。贾宝玉忤逆乖张，我行我素，置一切主流价值观和道德观于不顾；林黛玉多愁善感，气质高傲，与陈腐肮脏的环境格格不入；薛宝钗温文尔雅，委婉内敛，善解人意，待人接物左右逢源；王熙凤泼辣狠毒，工于心计，巧算机关，处事果断；晴雯的刚烈，袭人的平庸，刘姥姥的世故，赵姨娘的自卑，贾政的阴冷，贾环的委琐……无不跃然纸上，呼之欲出。曹雪芹在塑造人物形象时，努力避免脸谱化、戏剧化，主要采用写实的手法，在特定的场景、事件、人物关系、矛盾冲突中描写人物，并出色地赋予人物语言以鲜明的个性特点，达到了令读者闻其声而识其人的出神入化的艺术境界。这样，人物的性格发展、思想变化、情感起伏、命运转折，在生活真实和艺术真实这两个层面上实现了近乎完美的统一。

第三，展示了典型逼真、丰富多彩的社会生活。《红楼梦》被称为百科全书式的作品，在反映社会生活的广度和深度上，在蕴含历史文化内容的丰富性、复杂性、集中性方面，中国古代文学史上没有哪部作品能够望其项背。《红楼梦》主要是通过日常生活来表现社会矛盾和世风习俗。它出色地运用了典型环境描写、典型人物塑造和真实细节刻画等现实主义创作方法，逼真地再现了乾隆时期"太平盛世"的时代特征、社会风貌和人文景观。从仕途经济到饮食男女，从时世变迁到居家琐事，无不纳入小说的叙事框架。婚丧嫁娶，礼教节庆；华堂盛宴，闺阁秘事；诗词歌赋，琴棋书画；祠堂庙观，勾栏瓦肆；三教九流，贵族平民……组成了令人眼花缭乱的世态风情画卷，又尤其浸染着浓郁的时代和文化气息。正是在这个意义上，可以说《红楼梦》不啻为一部形象化的清代社会史。

第四，形成了简洁纯净、雅俗相生的语言风格。作为小说文学的皇皇巨著，《红楼梦》在语言方面达到的艺术成就是前所未有的。它的叙述语言简练纯净，写景状物准确传神，平易浅近的言辞与典雅清丽的气质融为一体。比如第27回写宝钗扑蝶："刚要寻别的姊妹去，忽见前面一双玉色蝴蝶，大如团扇，一上一下迎风翩跹，十分有趣。宝钗意欲扑了来玩耍，遂向袖中取出扇子来，向草地下扑。只见一双蝴蝶忽起忽落，来来往往，穿花度柳，将欲过河去了，倒引的宝钗蹑手蹑脚地，一直跟到池中滴翠亭上，香汗淋漓，娇喘细细。"这段描写看似信手拈来，朴素自然，却又清丽雅致，生动传神，把宝钗性格中鲜见的一面——少女的天真顽皮，栩栩如生地勾勒了出来。同明清两代的其他小说一样，《红楼梦》也在散文结构中穿插了许多诗词，但这些诗词不是对散文结构的点缀装饰，而是小说内容的有机组成部分，如黛玉的《葬花词》《柳絮词》《秋窗风雨夕》，宝玉的《芙蓉女儿诔》，宝钗的《柳絮词》等，对表现人物性格起了重要作用。

四、曾朴的《孽海花》

曾朴曾中过举人，又在同文馆学习过法文，对西方文化尤其是法国文学有较深的了解，翻译过雨果等人的作品，参加过康有为、梁启超等人发动的维新变法，辛亥革命后进入政界，做过江苏财政厅长。1927年以后他主要在上海从事书刊出版方面的文化活动。

《孽海花》以曾出使俄、德、荷、奥等国的大臣金雯青和妓女傅彩云的故事为线索，描写了同治初年到戊戌变法前夕这30年清王朝在政治、外交及社会各方面的动荡情况，具有历史小说的厚重内涵，从中法、中日战争，清流党的锋锐，公羊学的勃起，到帝、后的失和，改良派和革命派的活跃，还有柏林、圣彼得堡的风云，这些历史的洪波巨流都在小说中得到了描绘。

小说中的人物大都以现实人物为原型，作者原本要表现的是"中国由旧到新的一个大转关"中的"文化的推移""政治的变动"等种种现象，使之"自然地一幕一幕地展现，印象上不啻目击了大事的全景一般"（曾朴《修改后要说的几句话》）。由于全书并未完成，加之作者有些庸俗趣味，小说未能达到这样的目的。书中尽管也有不少简单的暴露官场丑恶乃至个人隐私的内容，但并不全然在此，作者总是注意社会生活的宽广面。

《孽海花》在结合上刻意经营，它虽以状元金雯青和妓女傅彩云的故事为全书线索，串联其他人物的活动，既受了《儒林外史》等小说的影响，又有所突破；它不是单线发展而是盘曲回旋，时收时放，东西交错而又围绕中心，为"珠花式"的艺术结构。

　　对妓女傅彩云的塑造是曾朴精心雕琢的，写出了她既温顺又泼辣，既多情又放荡，有一种在其特殊生涯中形成的个性，较为成功。文人和妓女的所谓"浪漫"生活，和权势人物的政治生活及琐闻逸事，是市井社会最感兴趣的东西，而《孽海花》正是把这几种内容捏合在一起，在某种意义上，它可以说是狎妓小说与谴责小说的合流。

第三节　清代戏曲及其作家

一、清代戏曲的发展过程

　　清初及稍后，中国社会在经历了一次大动荡之后，传奇创作有了新的发展。以李玉为代表的苏州作家群在传奇创作中直接过问当时政治上的重大斗争，写出了《清忠谱》《万民安》等著名的作品。这一时期著名作家还有朱佐朝、朱素臣、叶时章、张大复、毕魏、邱园等，著名作品则有《十五贯》《一捧雪》《人兽关》《永团圆》《翡翠园》《渔家乐》《琥珀匙》《如是观》《党人碑》等。这些作品多为戏班写作，紧密结合着现实生活，极受观众的喜爱。

　　入清之后，许多具有民族情感的剧作家用传奇从不同的角度对明朝的灭亡进行了总结，表达故国之思。如吴伟业的《秣陵春》、尤侗的《钧天乐》等，假借历史人物和虚构的故事抒发对故国的怀念。洪昇的《长生殿》与孔尚任的《桃花扇》，深刻地总结了明朝灭亡的经验教训，歌颂了民族爱国英雄，鞭挞了丧权亡国的昏君佞臣，不仅以深刻的主题与强烈的现实感震撼着剧坛，而且以其杰出的艺术成就使这两部作品成为我国古典戏曲的压卷之作，标志着传奇创作也走到了最高峰。

另外，以李渔为代表的一众风流文人，继承才子佳人剧作的余绪，继续创作着一些既风流自赏，又不违背传统道德礼教的作品，万树、阮大铖、范希哲等人的创作走的也是同样的道路。主要作品有《风筝误》《奈何天》《意中缘》《比目鱼》《凰求凤》《巧团圆》《风流棒》《空青石》《春灯谜》《燕子笔》《双金榜》《牟尼河》等。

乾隆中叶之后，历史进入了"康乾盛世"，社会矛盾、阶级矛盾和民族矛盾相对缓和。再加上文字狱的迭出，剧创作虽然很多，作家也不少，但优秀的剧作却不多，传奇创作日益趋向道德化和人文化，与舞台表演实践严重脱节。从嘉庆年间开始，传奇创作杂剧化的倾向越来越明显，几出或十几出成为传奇剧本篇幅的常例，传奇与杂剧的界限日益模糊不清，传奇文体逐渐地消解了。同时，蓬勃兴起的地方戏在与以昆山腔为代表的"雅部"戏曲竞争中，占据了优胜的地位，传奇创作已日薄西山，奄奄一息了。

二、《长生殿》

洪昇（1645—1704），字昉思，号稗畦，浙江钱塘（今杭州）人。他出生之际，正是清兵入关第二年。他性格疏狂孤傲，一直没有得到一官半职，穷愁无计，以至卖文度日。

《长生殿》揭露了统治阶级的荒淫、腐败以及宫廷的政治斗争，谴责了李、杨爱情给社会、政治所带来的灾难，给国家和人民带来了不幸。从总结历史经验教训的角度，突出了这部作品的社会政治意义。

另外，洪昇继承了从《长恨歌》到《梧桐雨》歌颂李、杨爱情的思想，在批判他们荒淫误国的同时，又借李、杨的爱情表演，歌颂心目中生死不渝的爱情。

《长生殿》在艺术上所取得的成就，在清代一直称雄于剧坛。作者在前人的基础上，对来源芜杂的历史素材进行了必要的取舍与剪裁，再加以艺术的概括、集中和虚构，在情节设计、结构安排、人物刻画、戏曲语言、舞台演唱等方面都具有出色的成就。

在刻画人物性格方面，洪昇确实有着高超的水平，《长生殿》中的主要人物，都具有鲜明、生动的性格特征：李隆基的风流多情和昏庸自满，杨国忠的奸诈，安禄山的狡黠，郭子仪的忠直，雷海青的义烈，以及郭从谨的练达，李龟年的持重，甚至出场不多的三国夫人的世故与轻浮，无不清晰可见，听其音，即如睹其人。

《长生殿》的戏曲语言也历来为人称道。洪昇既注意到了人物语言性格化的特征，又不忘戏曲语言的动作性。语言绚丽、清新、典雅，符合音律的要求。在舞台演出上，李、杨爱情与安史之乱两条线索条理分明，相互交叉，既照顾了演员演出时的劳逸相均，排场的冷热调剂，又在客观效果上起到了相互对比、烘托的作用。优美的唱词和考究的宫调音律，使这部作品无论是在舞台上演出还是堂会清唱，都具有很强的音乐感染力。

三、《桃花扇》

《桃花扇》被称为古代戏曲的压轴戏，它的作者是戏曲史上"南洪北孔"的孔尚任。

孔尚任（1648—1718），号东塘，山东曲阜人，孔子第64代孙。《桃花扇》是一部反映南明弘光王朝覆灭的历史剧。剧作长达40出，几乎概括了从明代崇祯灭亡前夕的1643年至弘光灭亡的1645年间发生在以南京为中心的政治舞台上的所有重大的政治、军事斗争。上场的20多个有名字的角色，全是历史上的真人。作为历史剧，《桃花扇》结构之宏伟、人员之复杂、场面转化之繁复，在它之前的中国戏曲史中是不多见的。

《桃花扇》从统治阶级内部的矛盾与腐朽方面，揭示出了南明王朝覆灭的历史命运。描写、概括如此广阔、复杂的历史生活画面，如果没有精巧的艺术结构，那是很难成功的。孔尚任巧妙地用侯方域、李香君的爱情这条线索，把纷繁复杂、变幻不定的历史事件组成了一个波澜起伏的戏曲冲突。

在剧中，孔尚任还特意渲染了一柄桃花扇。这把扇作为侯、李爱情信物的小道具，包含着不平凡的意义，它象征着男女主人公悲欢离合，蕴含了无比丰富的历史内容。

作为我国古典戏曲的压轴戏，《桃花扇》对我国戏曲艺术的发展同样有着不可磨灭的贡献。

首先，《桃花扇》的爱情描写与政治斗争描写的巧妙结合，是我国古代爱情戏的新发展。我国古代爱情戏很多，但其中反映政治内容的很少。《西厢记》和《牡丹亭》有反封建礼教的意义，但没有反映广阔的社会政治斗争；《浣纱记》中范蠡与西施的爱情并没有贯穿全剧，是在政治斗争中穿插了两人的爱情。《长生殿》里爱情与政治两者之间不是相互结合，而是相互削弱。《桃花扇》中男女的悲欢离合牵动着政治斗争，政治斗争又促进了悲欢离合，两者结合得十分密切。

其次，《桃花扇》鲜明的政治倾向性与完美的戏剧性的统一，使我国古典戏曲艺术发展到一个新的高度。这具体表现在：①以政治斗争推动爱情发展，又借爱情纠葛来表现政治斗争的风雨。②以爱情发展的主线，带动纷繁复杂的人物事件，又通过中介人物杨龙友的沟通撮合，使两方面密切结合，有机地反映了明末广阔的社会生活。③虚写与实写、明写与暗写、详写与略写相结合，巧妙地组织剧情，集中地反映主要情节冲突，有重点，有深度。④用桃花扇这样一个小道具贯穿全剧始终，使全剧的血脉贯通。

最后，历史真实与艺术真实地成功结合，对中国古代历史剧的发展是一个新的突破。《桃花扇》中所述事件大都经过作者考据，所出现的人物也是历史上确曾有过的真人，这样严格地遵循历史，以前是没有过的。同时，剧中也有点渲染、虚构，有作者的艺术创造与加工。如李香君，她有却奁之举，但溅扇、骂筵均为虚构，入道也同样是虚构。孔尚任遵循的是人物性格的逻辑发展，始终将人物性格的统一作为塑造人物的前提。因而，他笔下的人物性格和活动，更具历史真实感。在这方面，《桃花扇》代表了中国古代历史剧的最高成就。

第四节 清代诗文和作家

清代有诗集流传者，至少在 5000 家，其数量之多远远超过唐宋。清代诗人在继承前人成就的基础上，时常能够独出心裁，力求开辟一条新的途径来。因此在风格流派上也能够不拘一格，各有千秋。如以追求空灵秀润为美境的王士禛的"神韵说"；主张真情实感自然流露而时见机趣的袁枚的"性灵说"；既讲求诗法诗格等形式之美，又重视内容上合乎温柔敦厚诗教的沈德潜的"格调说"；要求外表空灵、内容质实的翁方纲的"肌理说"。这些主张对当时的诗坛产生了一定的影响。

一、遗民诗人

清朝入关后的一段时间，诗坛最富有时代精神的诗歌是遗民诗人的作品。据大致统计，遗民诗人达到400多人，诗歌近3000多首。著名的有顾炎武、黄宗羲、王夫之、吴嘉纪、屈大均、杜濬、钱澄之、归庄等。遗民诗人用血泪写成的篇章，或悲思故国，或讴歌贞烈，或谴责清冢，或表白气节，具有抒发家国之悲和同情民生疾苦的共同主题。他们的诗作纠正了明代前后七子的拟古倾向和公安、竟陵诗人的空疏浅，恢复了诗歌的风骚传统和斗争精神，为清代诗歌的发展开辟了道路。其中顾炎武、屈大均最有代表性。

顾炎武从事抗清斗争多年，以恢复故国为志。论诗"主性情"，反对模拟，提倡"文须有益于天下"。他的诗共有400多首，大部分是五言诗，以拟古、咏怀、游览、即景等围绕抒发民族情感和爱国思想为主题，反清复明和坚守气节是其特色突出的色调。诗作不假雕饰，格调质实坚苍，沉雄悲壮，往往接近于杜甫，在清代评价很高。

屈大均曾以屈原后代自居，学屈原和《离骚》，兼学李白和杜甫。无论在诗歌风格，还是在人格上，屈大均对李白都极为推崇。他的诗肆扬奔放，激荡昂扬，于雄壮中飞腾驰骋，豪气勃勃。他的诗也常有逼近李白风范之作。屈大均诗在清初影响极大，和陈恭尹、梁佩兰号称"岭南三大家"。

二、"江左三大家"

由明入清而又仕于清的著名诗人有：钱谦益、吴伟业和龚鼎孳，人称"江左三大家"。钱谦益是个思想和性格都比较复杂的人。在他身上，不乏晚明文人放诞的习气，但又时时表现出维护传统道德的严肃面貌；他本以"清流"自居，却由于热衷于功名而屡次陷入政治漩涡，留下谄事阉党、降清失节的污名；他其实对忠君观念并不执着，却又在降清后从事反清活动，力图在传统道德观上重建自己的人生价值。这种进退维谷、反复无常的尴尬状态，不仅给自己造成心里的苦涩，而且既为明朝遗民所诟病，又为清朝皇帝所厌恶。

作为主持诗坛近50年的领袖人物，钱谦益论诗反对模拟形似，也反对片面追求声律字句，主张写诗要"有本""有物"，强调时代、学问和遭遇的重要性。他主张转益多师，兼取唐宋，广收博取，推陈出新。

钱谦益本人的诗歌，主要是把唐诗华美的修辞、严整的格律与宋诗的重理智相结合。经历了亡国之痛和身世荣辱的巨大变故，钱谦益的诗歌除了悲悼明朝、反对清朝和恢复故国的主调外，还弥漫着亡国者的失国之哀和耻辱之感，诗歌充满沉郁悲凉的情调。他的诗歌语言技巧高超，善于使诗用典，也富于辞藻，这些对于重视雅致情趣的清代许多诗人都有很大的吸引力。受他的影响，在他的家乡常熟产生了虞山诗派。

吴伟业没有很强的用世之心，入清后也不再参加政治性的活动。但出于保全家族的考虑，他不得不屈身仕清，任国子监祭酒。但又感受到传统"名节"的沉重负担，自悔愧负平生之志，心情十分痛苦，时常自怨自艾，抑郁悲凄。

正是由于这样的遭遇，诗歌成了吴伟业的寄托，感慨兴亡和悲叹失节是他诗歌的两大主题。围绕黍离之悲，吴伟业以明末清初的历史现实为题材，反映山河易主、物是人非的社会变故，描写动荡岁月的人生图画，旨在以诗存史。这类诗歌以七言歌行体的长篇最能代表他的艺术风格与成就，如《圆圆曲》。他把李商隐的色泽浓丽的笔法和元白叙事诗善于铺排的特点结合起来，使其歌行沉郁苍凉，气势磅礴，语言华丽，律度严整，形成了自己的独特风格。世人称之为"梅村体"。

三、王士禛与康熙、雍正间诗人

从康熙初年到中期，虽然抗清武装斗争尚未停歇，但大势已定，清王朝笼络汉族文人的政策也逐渐产生了效果，社会心理已经发生了巨大的变化。适应这种变化而成为新一代诗坛领袖的是王士禛。

王士禛论诗以神韵为宗，要求诗歌具有含蓄深蕴、言尽意不尽的特点，以此为宗旨，他对清幽淡远、不可凑合而富有诗情画意的诗特别推崇，唐代王维、孟浩然、韦应物等人的诗歌受到他的偏爱。

王士禛的诗歌创作，风神独绝的神韵诗占了主流，尤其是模山范水 / 批风抹月的"山水清音"，冲和淡远，风致清新。

康熙诗坛上，朱彝尊与王士禛并称"南朱北王"。朱彝尊的成就主要在词，被尊为浙西派开山祖，但诗也卓然成家。朱彝尊论诗，早期宗唐黜宋，晚年则由唐入宋。但总体上说，他的诗有学者气，重才藻，求典雅，缺乏初、盛唐诗歌激荡奔放的气概。

在康熙诗坛上，施闰章和宋琬合称"南施北宋"。施闰章比较关心现实生活和民间疾苦，诗歌铺叙时事，叹息民艰。他宗法唐人，反对浮华，但格调平缓，温柔敦厚，即使是反映民疾的作品，也写得温婉和气，较多文人高雅的格调和诗教的品质。宋琬诗歌多伤时叹世之作，抒发自己郁积胸中的哀痛愁苦。诗歌风格委婉中正，怨而不怒，与施闰章诗歌具有共同倾向。

清代诗歌重学问而抑制激情的做法，不可避免地导致向宋诗的回复，而公开举起崇尚宋诗旗号的诗人是查慎行。他诗歌学苏轼、陆游，尤其致力于学习苏轼，得宋人之长。他学宋诗，注意学其精华，反对形式模拟。

对王士禛的"神韵说"予以最强烈反对的，就是他的甥婿赵执信。他在诗论著作《谈龙录》中对"神韵说"进行了批评，认为王士禛的"神韵说"过于玄虚缥缈，而且只取一格，眼界太狭，最大的不足是"诗中无人"。赵执信诗歌比较重视思想内容，写了不少现实性很强的诗歌，但他的诗歌在艺术上也有不足之处，虽清新峭拔，却思路蒯刻，气势窄狭。

四、龚自珍、魏源等人的诗歌

龚自珍是首开近代新诗风的杰出诗人。龚自珍的诗歌大都是政治诗,围绕社会政治着意抒慨,基本倾向是重意而多陈述的笔墨,他受铜庄子、屈原的影响较大,同时又受到中晚唐诗风的影响,常采用生动奇特的艺术形象、一泻千里的气势、瑰丽多姿的语言,表达他自由奔放的感情。含义深远,又多出以象征隐喻,富有形象性。如《己亥杂诗》两首:

九州生气恃风雷,万马齐喑究可哀。我劝天公重抖擞,不拘一格降人才。

浩荡离愁白日斜,吟鞭东指即天涯。落红不是无情物,化作春泥更护花。

鸦片战争爆发后,西方国家的入侵,引起了中华民族极大的愤慨和震惊。与龚自珍同时或稍后一点的诗人,如魏源、林则徐、张维屏、张际亮等,无不表现出强烈的反帝情绪,形成汹涌澎湃的爱国诗潮。

这个时期的诗人中,还有姚燮、朱琦、贝青乔等,他们都写了一些反映鸦片战争、充满反帝爱国精神的重要诗篇。

五、宋诗派和同光体

在晚清诗坛上,宋诗运动是一场影响较大的文学运动。主要人物有祁寯藻、程恩泽及出于程恩泽之门的何绍基、郑珍、莫友芝以及曾国藩。这个诗派主要以杜甫、韩愈、苏轼、黄庭坚为宗。他们的诗论,既重视正统道德的修养,又强调自我独立品格的表现,以此求得"不俗"的诗风,表现出一种基于正统伦理而又矫枉自立、不随俗俯仰的人生姿态。

宋诗运动至光绪年间演变为"同光体",主要作家有陈三立、沈曾植、陈衍、郑孝胥等人。同光体又分为陈三立的赣派、陈衍的闽派和沈曾植的浙派。这些诗人正当洋务运动和维新变法时期,大都倾向和支持洋务与变法,创作了不少反对外国侵略、悲愤国事的作品,具有进步的倾向。宋诗运动和同光体诗人中成就较高的是郑珍和陈三立。

这一时期,以王闿运为代表的汉魏六朝诗派和以樊增祥、易顺鼎为代表的晚唐诗派也很活跃。名士李慈铭不专取一派，但诗歌造诣颇高。

六、诗界革命与新体诗

真正在思想上和艺术上对传统诗坛发起冲击的是以黄遵宪、夏曾佑、谭嗣同和梁启超等人倡导的"诗界革命"和对"新体诗"的提倡。

黄遵宪是维新运动的重要人物，关心现实，主张通今达变以"救世弊"。他提出了"我手写我口"和"新派诗"的主张。黄遵宪的诗歌实践了他的主张。反帝爱国、变法图强是他诗歌的两大重要主题。

黄遵宪在诗体的改革上也有新的尝试。他喜欢将当时重大的政治事件与旧体诗的意境和表现方法结合起来，形式上比较自由，以文为诗，风格多样。

"诗界革命"的倡导者是夏曾佑、谭嗣同和梁启超等人。在戊戌变法之前，他们就开始尝试作"新学之诗"，这种新诗与黄遵宪的"新派诗"有某些相同的特点与趣味，但它只有新名词而无新的生活素材与诗歌形象，只是在古典诗歌中硬塞了几个新名词，没有取得多大的成就。在总结这种失败的做法之后，梁启超在广泛接触日本新文化和西方文化思想的基础上，提出了"诗界革命"的口号，要求"以旧风格含新意境"，并具体提出："第一要新意境，第二要新语句，而又须以古人之风格入之，然后成其为诗。"梁启超认为黄遵宪的诗歌在这方面做得最好，是"诗界革命"的一面旗帜。不过，无论是黄遵宪，还是谭嗣同、夏曾佑，甚至是梁启超本人，他们的诗歌离"诗界革命"的要求还有很大的距离。梁启超所期盼的"诗界革命"并没有真正出现。就连梁启超本人的诗歌到了后期，也向古典的传统回归，向"同光体"靠拢，这更是宣告了"诗界革命"的结束。

第五节　清代的散文与骈文

清代古文，作者众多，号称极盛。《清史稿·艺文志》及编补收清人文集4575种，今人辑成的《清集簿录》收清人诗文集16000家，在数量上超出明以前的历朝总和。其成就虽不如唐宋，但确实凌驾元明，特别是骈文的中兴，散文的起衰振弊，都具有不可低估的价值。

清代的散文和骈文，流派繁多，并存在着明显的阶段性。初期（顺治、康熙、雍正三朝）散文主要是扭转晚明的文风，大体上回到了讲求"载道"的唐宋古文的传统上，骈文则酝酿中兴。

中期（乾隆、嘉庆两朝）是桐城派兴起并控制文坛的时期，代表与官方意识形态适应的古文体式确立，骈文则出现中兴的高潮。

后期（道光以后）骈文高潮后续有发展，但声势不如以前；桐城派散文也在走下坡路并出现了分化，其间也有短暂的中兴；随着维新运动的兴起和报刊的大量出现，散文文体特征发生了巨大的变化，文坛出现了错综复杂的局面。

一、经世致用复古唐宋—清前期的散文

入清之后，随着文人学者对亡明的深刻反思、对经世致用文学思想的强调以及封建专制统治的再次强化，清初的散文发展和晚明相比，出现了明显的变化。

在清初的文坛上，晚明的小品文传统仍然在延续，只是创作不像以前那样集中，思想也没有以前那样敏锐，大抵由沧桑之感代替了闲逸之情。进入清代的张岱的散文以及金圣叹、尤侗、廖燕等人的一些作品就带有这种倾向。

此时文坛上占主流的还是一些以遗民自居的文人，如顾炎武、王夫之、黄宗羲等。他们提倡经世致用之风，认为文风、学风关联着国运，而明代文风与学风总的来说是流于空疏，措意于经世致用之文则很少。顾炎武、王夫之的文章，多属于单纯的政论与学术文章，黄宗羲的文章大都比较平实，但也有些是讲究文采、富于感情的如《原君》《柳敬亭传》等。

如果说以黄宗羲、顾炎武、王夫之为代表的文人以经世致用之文矫正了明代文风的空疏，那么，以侯方域、魏禧和汪琬为代表的"清初三大家"则用规模宏大、出入唐宋的散文扫清了明末文风的纤佻，导致了清代文风的转变。

魏禧的散文以观点卓越、析理透辟见长，汪琬则力主纯正，写人状物笔墨

生动。三人中侯方域的影响最大,他继承了韩愈、欧阳修的传统,融入小说笔法,流畅恣肆,委曲详尽,推为第一。侯方域的作品以人物传记类较为出色,较多取法于司马迁、韩愈的活跃的笔法,也讲求辞采之美。如《李姬传》《马伶传》《任源邃传》等,打破文体壁垒,能用传奇之法为文,情节曲折,形象鲜明,富有文学意味。

"清初三大家"作文都效仿唐宋古文,在创作实践中有明显的复古倾向,对扭转当时的文风起了重要的作用。虽然他们没有系统的理论,但他们的创作活动却为桐城派的诞生起了奠基的作用。

二、桐城派的散文

(一)桐城派的古文

清代中期的散文基本上为桐城派所控制。桐城派的先驱戴名世主张为文以"精、气、神"为主,以"言有物"为"立言之道"(《答赵少宰书》),提倡"道也、法也、辞也,三者有一之不备而不可谓之文也"(《己卯行书小题序》)。他的思想为桐城派理论的出发点。

桐城派的奠基者为方苞。他的理论核心是"义法"。"义"主要指文章的内容,"法"主要指文章的作法。两者的关系是义决定法,法则体现义。他还主张文章的言辞应"雅洁"。

方苞的文章大多为崇道明经之作,以及墓志碑传之类应用文字,道学气味很浓,但选材精当,以凝练雅洁见长,最易见其"义法"。有时尚能写出人物的性格和神情。如《狱中杂记》《左忠毅公逸事》等。但这样的文章数量不多。

刘大櫆是方苞的弟子,在桐城派中起着承上启下的作用。他在"义法"的基础上,以"义理、书卷、经济"的行文扩大"言有物"的内容,是姚蒲"义理、考据、辞章"的先导。他还提出"神气"作为论文的极致,讲究"音节""字句"及相互之间的关系,突破了"言有序"的范围。刘大櫆本人的文章,大都铿锵上口,音调高朗,有韵律之美。刘大櫆的文学思想和创作对后来桐城派文人影响颇大。

姚鼐对桐城派理论做出新的总结和发挥，使其影响更为扩大。首先，在方苞"义法"的基础上，姚鼐提出"义理、考据、辞章"三者合一以"相济"的主张，在古文中加入考据，这是针对当时正盛的汉学的让步。他所说的"考据"，含义颇广，主要是指做文章所需要的一种学养和辨明事实的功夫，而不专指作为学术研究的考据。其次，姚鼐提出为文"八要"，即"神、理、气、味、格、律、音、色"。前四者是"文之精也"，相当于文章的内容，后四者是"文之粗也"，相当于文章的形式。最后，姚鼐进一步概括文章的风格为阳刚和阴柔两大类，认为这两种风格都是文章所需要的，不能偏废。

姚鼐本人的古文，说理、议论偏多且大多迂腐，但写人物和景物也间有生动之笔。他的文章比方苞有文采，比较重视形象、意境和辞藻所显示的美学意义。著名的《登泰山记》就体现了他的主张。

姚鼐既是桐城派的集大成者，又是桐城派的核心人物，桐城派至姚鼐时才发展到成熟阶段。姚鼐主讲书院40多年，门下弟子甚多，由此桐城派发展到全国范围。姚门中管同、梅曾亮、方东树、姚莹号称"四大弟子"。其中梅曾亮严守桐城"家法"，又汲取柳宗元、归有光古文的长处，成为继姚鼐之后的桐城派领袖；方东树在理论上多有阐发，并把古文理论推衍到诗歌和书画艺术领域，进一步扩大了桐城派的影响。此外，姚鼐所编选的《古文辞类纂》，体例清楚，选择精当，并附以评论，便于学习掌握桐城派古文理论的要旨。此书流布天下，也极大地助长了桐城派的声势。受时局艰危的影响，他们的理论主张也出现了新的变化。如强调文学的社会作用，文章表现出反侵略的爱国立场，但主要偏于教化；不外以封建伦理端正人心风俗，思想比较保守。他们虽然也批评现实弊端，但多属枝节问题，缺乏经世派那种抨击现实、倡言变革的力度。

（二）阳湖派

嘉庆年间，当桐城派极盛之际，阳湖人恽敬与武进人张惠言接受桐城派的影响，又对桐城派文论做了一些新的修改，因武进原属阳湖，故称阳湖派。

恽敬的祖籍地桐城，但他原从事考据之学并长于骈文，不愿完全拘束于桐城派的范围，又认为桐城派内容单薄，故对它进行补救：一是兼取骈文之长，合骈散为一体，使行文更有气势；二是矫正桐城派专主孔、孟、程、朱的弊病，主张兼收子史百家；三是反对在字句上过于斟酌取删，笔势较为放纵。由于他们的思想比较开阔，故其文章纵横诸子，出入百家，取材要比桐城文更为广大一些，也比较有文采和气势。但这一点变化未必能带来多大的收获。这一派的活动也仅限于阳湖一隅，影响微弱而短暂。

三、湘乡派和新文体

清代后期的散文，主要为两大流派，一是曾国藩所领导的承桐城派余绪的"湘乡派"，是梁启超所倡导的"新文体"。

（一）曾国藩的湘乡派

继梅曾亮之后，把桐城派古文推向中兴局面的是曾国藩。曾国藩早年就倾慕桐城文，后来接受梅曾亮"因时"的观点，为适应时势的需要，对桐城派古文之弊提出修改意见，包括：首先，于桐城派所标榜的义理、考据、辞章之外，再加上"经济"一条，将义理、考据、辞章、经济四者比之孔门的德行、文学、言语、政事四科，使古文适应时代要求，以纠正桐城派空谈义理、脱离实际的倾向；其次，进一步调和汉学和宋学之争，以争取更多人的支持，并扩大古文的传统，由八家上推至先秦两汉，扩大了桐城派古文的学习范围；最后，在强调以儒家义理为先的同时，也重视古文的文艺性质。总之，在桐城派系统的理论中，曾国藩的观点视界较为开阔，在不少地方有较多的合理性克服了前人的褊狭。

曾国藩还喜欢招揽人才；一时文人学者，不少投奔到他的门下，其中不少人负有文名，尤其为张裕钊、吴汝纶、薛福成、黎庶昌，世称"曾门四弟子"，而吴汝纶更被视为桐城派最后一位宗师。"曾门四弟子"中，有三人都曾经出洋考察，思想比较开放，主张研究西学，为文多着眼于经世致用，不受桐城派约束。他们一些反映新思想的议论文和海外游记，给桐城派带来了全新的气象。

此外，以"古文家"自命的林绿和严复，前者用古文翻译了大量的域外小说，后者翻译了《天演论》等大量介绍西方社会学的著作，引起了巨大的社会震动。在他们身上，既有旧派人物的色彩，又有新的思想，对文化的变革起了很大的作用。后人称之为"湘乡派"。

（二）梁启超的新文体

在曾国藩重振桐城派古文前后，以冯桂芬、王韬、郑观应等为代表的新体散文开始出现在文坛上。

冯桂芬思想属于以中学为体、西学为用的洋务派，文章却不为桐城派所笼罩。他也主张"文以载道"，但其"道"的内涵极其广泛；他还要求打破"义法"，主张"称心而言，不必有义法"。王韬长期居住香港，曾多年游历、生活在海外，思想更为开放。他针对时务，直抒己见，担任报纸主笔，许多文章发表在报纸上，首开报章文体。这一类文字，可视为从旧式散文到梁启超新式"报章体"文字的过渡。稍后郑观应的《盛世危言》继续承袭了这一发展趋势。

但是，无论是已经变化了的桐城派，还是经世派的时务文章，都不足以适应新时代的需要。许多近代启蒙思想家为了宣传自己的社会改革理想，扩大社会影响，开启民智，需要创建一种更加通俗、人人可懂的新文体。这种新文体经过康有为、谭嗣同等人的尝试，终于在梁启超笔下正式形成。

康有为的散文，特别是前期散文气势磅礴，汪洋恣肆，时散时骈，一扫传统古文程式，成为梁启超新体散文的先导。谭嗣同思想激进，喜欢"沉博绝丽"的魏晋文，行文能糅合骈散为一体。他的散文议论纵横，笔墨泼辣，锋芒逼人，正如他的思想一样能冲决一切罗网。他颂扬过"报章文体"，还曾用白话体编写《南学会讲义》，对于促进散文通俗化做过贡献。

梁启超曾说"启超夙不喜桐城派古文，幼年为学，学晚汉、魏晋，颇尚矜炼，至是自解放，务为平易畅达，时杂以俚语、韵语及外国语法，纵笔所至不检束，学者竞效之，号'新文体'。老辈则痛恨，诋为野狐，然其文条理明晰，笔锋常带情感，对于读者，别有一种魔力"（《清代学术概论》）。他写的一些重要散文，如《少年中国说》《变法通议》《呵旁观者文》《说希望》《谭嗣同传》《新民说》等文，都能体现他的主张。

梁启超新体散文，首先是语言通俗，条理明晰；其次是不避俚语俗语，并吸收外国语法，不分骈散与有韵无韵，所以词汇丰富，句法灵活，艺术手段多种多样，大大提高了散文的表现力；再次，自由大胆地抒写己见，打破一切格式，运用各种手段，将事理说得非常透辟，思想新警动人；最后，笔锋充满感情，往往用铺排的笔墨以加强文章的煽动力、感染力，使文章形成一泻千里、不可阻遏的气势，具有强大的冲击力。

梁启超的新文散文，主要是宣传性而不是文艺性的，立论有时失之浮夸或偏颇，文辞亦不免芜杂累赘。但在当时，它完全打破了传统古文的束缚，灌注了思想解放的精神和作者内心的热情，造就了新的文风，在古代散文向现代散文推进过程中，它的作用极为重要，并为晚清文体的进一步解放和"五四"白话文运动的兴起开辟了道路。

四、最后的华美——骈文的复兴

自从唐宋古文运动以后，以散文为主的古文逐渐成为文章的正宗，骈文失去了原有的地位，演变为宋代的四六。格调愈卑，实用面也越来越窄。元、明两代，通俗文学成就较大，诗词散文也有可观者，独骈文极少佳作。直到清代，这样的情况才发生了变化，成为骈文再度兴盛的时期。清代骈文作品之多、作者之众，远远超过了元明，并且出现了一大批优秀作家和传诵一时的作品。特别是清代中叶，更是形成了中兴的局面。

清代骈文兴盛的原因：首先是清朝统治的日益稳固和文化政策的调整，乾嘉考据之学走向鼎盛，文化风气总体上趋雅，使骈文更容易得到肯定。其次，由于汉学和宋学的长期论争，又让骈文的兴起带上了和桐城派对峙的色彩。方苞"义法"中程朱理学的内核，在社会已历经深刻变化的情况下，遭到反对是必然的。桐城派专主宋学，疏于名物考据，而且没有在唐宋古文基础上进一步创新，其作品往往流于空泛。汉学重学问，重考据、训诂、音韵之学，风气所及，饱学之士喜爱重典实、讲音律的骈体文，借以铺排遣使满腹的书卷知识，从而刺激了骈文的写作和运用。清代文体上的骈散之争也往往成为学术上汉宋之争的一种表现形式。正如宋学家多写古文，清代汉学家则擅长写骈文，当时不少著名骈文家，如毛奇龄、汪中、洪亮吉、孙星衍、孔广森等人都治汉学。

清代前期骈文的代表作家有陈维崧、毛奇龄等人。陈维崧一代词人而偏爱骈文，作有《湖海楼文集》，内有骈文十卷。其骈文主要学习庾信，以渊博雄肆、情藻丰富著称；加上才力富健，能够逢题即写，故在当时极其有名。骈文作品如《与芝麓先生书》《苍梧诗序》等，气势宏伟，辞藻丰赡，为一代骈文的兴起开启了先路。

清代骈文在雍正、乾隆之际，胡天游承上启下，使骈文更加兴盛。他的骈文风格与陈维崧相似，均以才气辞藻取胜。尔后有"骈文八家"出现，它由吴鼒选辑袁枚、邵齐焘、刘星炜、孙星衍、吴锡麒、洪亮吉、曾燠和孔广森八人骈文为《国朝八家四六文钞》而来。袁枚的骈文流丽生动，雅俗并容，抒情、议论都具有独抒性灵、自然活脱的特点；邵齐焘的骈文崇尚汉魏，用典较少，能于绮藻丰缛之中，存简质清刚之致，使骈文文风为之一变。洪亮吉、孙星衍和刘星炜都是常州人，他们的骈文的风格相近，大多清新自然，用典力求灵活，造句崇尚简洁，尤其喜欢骈散并用，被称为"常州派"。与洪亮吉并称"汪洪"的汪中，在整个清代的骈文作家中，被公认是成就最高的一位。

汪中一直到34岁才为贡生，后绝意仕进，钻研经史，以博学著称。他禀性耿介，愤世嫉俗，恃才傲物，被视为狂人，"众畏其口，誓欲杀之"（卢文弨《公祭汪容甫文》）。他"不信释老阴阳神怪之说，又不喜宋儒性命之学"（江藩《汉学师承记》），对封建礼教和传统思想每每加以驳斥，具有强烈的叛逆精神。汪中的骈文能吸取六朝骈文的长处，内容上取材于现实，情感上情感真挚，风格遒丽富艳，而且用典属对精当妥帖，被视为清代骈文复兴的代表。代表作有《哀盐船文》《经旧苑吊马守真文》《狐父之盗颂》等。这些骈文无论叙事抒情都能"状难写之情，含不尽之意"（李详《汪容甫先生赞序》）。作者广泛地吸取了魏晋六朝骈文的长处，写得情致高远，意度雍容，不以用典属对的博洽精巧取胜，而是以感情的真挚深沉来打动读者。这是汪中散文的成功之处。

参考文献

[1] 陈国恩. 中国现代文学的历史与文化透视[M]. 武汉：武汉大学出版社，2005.

[2] 陈薛俊怡. 中国古代文学[M]. 北京：中国商业出版社，2015.

[3] 陈映婕. 民间文学[M]. 北京：学苑出版社，2012.

[4] 陈志伟，刘建中. 突破与超越：对中国文学发展的定点思考[M]. 兰州：甘肃文化出版社，2011.

[5] 储兆文. 中国古典文学[M]. 西安：西北工业大学出版社，2008.

[6] 丁牧. 中国文学的历史[M]. 北京：中国商务出版社，2018.

[7] 段宝林. 中国民间文学概要[M]. 北京：北京大学出版社，1998.

[8] 方维规. 当代中国比较文学研究文库 文学话语与历史意识[M]. 上海：复旦大学出版社，2015.

[9] 高有鹏. 中国现代民间文学史论：中国现代作家的民间文学观[M]. 开封：河南大学出版社，2004.

[10] 郭昕，母润生. 中国古代文学[M]. 重庆：重庆大学出版社，2006.

[11] 胡永良，杨学军. 民间文学[M]. 杭州：西泠印社，2014.

[12] 黄涛. 中国民间文学概论[M]. 北京：中国人民大学出版社，2010.

[13] 冷成金. 中国文学的历史与审美：修订版[M]. 北京：中国人民大学出版社，2012.

[14] 李小钰. 中国古代文学多元化研究[M]. 长春：吉林大学出版社，2019.

[15] 刘大杰. 中国文学发展史[M]. 北京：商务印书馆，2017.

[16] 刘守华，陈建宪. 民间文学教程[M]. 武汉：华中师范大学出版社，2002.

[17] 刘锡诚. 双重的文学 民间文学+作家文学[M]. 南昌：百花洲文艺出版社，2016.

[18] 鲁太光. 重建当代中国文学想象[M]. 北京：中国言实出版社，2016.

[19] 马春燕，王美玲，杨杨. 中国古代文学教程[M]. 西安：西安交通大学出版社，2018.

[20] 马俊平. 中国古代文学与优秀传统文化精神的传承 [M]. 长春：吉林出版集团股份有限公司，2019.

[21] 马晓霞，徐艳，毛国宁. 文化视角下的中国古代文学动态演变研究 [M]. 北京：中国原子能出版社，2018.

[22] 孟修祥. 中国古代文学与文化研究 [M]. 哈尔滨：黑龙江人民出版社，2007.

[23] 米玛. 民间文学 [M]. 北京：民族出版社，2005.

[24] 祁连休，程蔷，吕微. 中国民间文学史 [M]. 石家庄：河北教育出版社，2008.

[25] 钱可村. 现代中国文学作家 [M]. 上海：泰东图书局，1928.

[26] 师帅. 中国古代文学的发展 [M]. 北京：中国大地出版社，2019.

[27] 石兴泽. 当代中国文学 悲壮辉煌的历史脚步 [M]. 济南：齐鲁书社，2007.

[28] 谭达先. 论中国民间文学 [M]. 哈尔滨：黑龙江人民出版社，2003.

[29] 王婷婷，赵静. 中国古代文学在当代的价值与功能研究 [M]. 北京：中国商业出版社，2021.

[30] 王艳妮. 中国古代文学的发展研究 [M]. 长春：吉林出版集团股份有限公司，2021.

[31] 武文. 中国民间文学古典文献辑论 [M]. 北京：民族出版社，2006.

[32] 徐中玉. 中国古典文学精品普及读本 民间文学 [M]. 广州：广东人民出版社，2019.

[33] 杨城，李伟，饶丹. 中国古代文学审美与批评新论 [M]. 北京：九州出版社，2019.

[34] 杨树增. 中国历史文学 先秦两汉 [M]. 呼和浩特：远方出版社，2004.

[35] 杨秀. 民间文学 [M]. 贵阳：贵州人民出版社，2017.

[36] 虞伟. 中国古代文学理论与典型主题研究 [M]. 天津：天津人民出版社，2021.

[37] 张群芳. 中国古代文学 [M]. 北京：世界图书出版有限公司，2021.

[38] 赵凌河，等. 历史变革中的中国现代文学 [M]. 北京：文化艺术出版社，2014.

[39] 郑振铎. 中国文学 [M]. 合肥：安徽人民出版社，2012.

[40] 周柳燕. 中国文学简史 [M]. 北京：对外经济贸易大学出版社，2013.

[41] 周裕锴. 中国古代文学阐释学十讲 [M]. 上海：复旦大学出版社，2019.